最終の息する時まで

窪田空穂、食育と老い方モデル

臼井和恵

河出書房新社

目次

第一部　窪田空穂の短歌に学ぶ

第二部　窪田空穂にみる明治の家族と初恋

装画　薬師寺章雄
装本　榛地　和

最終の息する時まで

窪田空穂、食育と老い方モデル

最終の息する時まで生きむかな生きたしと人は思ふべきなり

窪田空穂

第一部　窪田空穂の短歌に学ぶ

窪田空穂「食」の歌に学ぶ食育——家庭科〈食生活分野〉教育法の一展開

はじめに

生き物にとって基本的な行為である「食べること」が揺らいでいる、という危機意識に立つ二著作がある。栄養学者伏木亨と人類学者山極寿一編著の『いま「食べること」を問う——本能と文化の視点から』と哲学者鷲田清一編著の『〈食〉は病んでいるか——揺らぐ生存の条件』である。

伏木の問題提起を整理すると以下のようになる。

生命維持のために食べるという本来の目的が薄れ、楽しみや快感のためへと変化してきている。→日本の食は「食のリアリティー（食を介した人間関係）」を捨ててきた。食のなかには、親子関係や人間関係など社会のつながりが含まれている。→食育は、食材のことを教えるのではなく、そのつながりを教えることが大事である。→人間としての食は文化の掟を担っている。食を「文化」という意味でとらえ直す必要があるのではないだろうか。（注1）

山極はサルなどの霊長類との比較から、共食に象徴される人間における食の社会性について言及している。
人間以外の霊長類にとって、食べるということは個人的な行為であり、分け合って食べるということはまずしない。食べ物は常に、けんかの源泉になる。人間は、お互いに競合するはずの食べ物を逆に共存の材料にした。↓食事という行為は、人間にとって最も古い、しかしサルや類人猿にはないコミュニケーションの方法であった。それは人間が言葉を発明するずっと以前から人間と人間を明示的に結びつけ、和解させ、共存させる手段だった。(注2)
鷲田は〈食〉をわたしたちの生理の基本そのものととらえた上で、以下のように述べる。
〈食〉は、ヒトの生命の基本であるだけでなく、ヒトの文化の基本である。↓〈食〉は〈言葉〉とともに、ヒトの生命、ヒトの共同生活、ヒトのコミュニケーションをその基底で媒介してきた。↓〈食〉はたんなる生理行動ではなく、きわめて観念的かつ社会的なものなのである。↓食わなければ生きられないという、これは人間の核にある事実である。が、食うこと、味わうことに人間の生存や体験の意味が凝集しているというのが、さらにもっと核にある事実であるようにおもえる。だからこそひとは、食わなければ生きられないという絶対の必然をも、ときに頑として拒みもするのだ。(注3)
三者の問題提起から、「食」を問うキーワードとして、「生命維持の基本」「文化・コミュニケーションの媒介（方法）」「人間の生存（体験）の意味」などが浮上してきた。

「食」を大切にする心や優れた食文化が失われつつある、という問題意識に立ち、平成十七（二〇〇五）年七月から「食育基本法」が施行されており、栄養教諭も新設された。

食育を含む食生活分野の教育は、家庭科教育の主要な柱の一つである。食生活分野の内容は、「科学」的分野と「文化」的分野に大別される。「科学」に関する教育は、「栄養・食品・調理などについての科学的理解と、必要な技術の習得」を指し、授業実践の積み重ねも豊かであるのに対し、「文化」に対する教育の、「先人の食文化を考え、関心を持ち、大切さに気付き、今に生かす」ための授業実践は、模索の段階にあるように思われる。先人の生活文化としての食文化について考え、関心を持ち、その大切さに気付くための有効な教材を構築中ともいえよう。

本稿は、食生活の「文化」的側面に重きを置いた、家庭科教育のための基礎的な資料教材を目途としている。歌人・国文学者窪《くぼ》田《た》空穂《うつぼ》の「食」に関わる短歌を用いて、「食」を問うキーワード、特に「文化とコミュニケーション」に迫り得たら、と願っている。

一　窪田空穂と「食」に関わる歌

窪田空穂（本名通治《つうじ》）は明治十（一八七七）年、現在の松本市和田の農家の四人きょうだいの末子として生まれ、昭和四十二（一九六七）年、満九十歳に二ヶ月ほど足らぬ長寿で世を去った。大岡信は「この子は二十歳《はたち》までもつかどうか、と幼少年期には心配されていたという人が、九十年間を完全に生き尽くし、老木が自然に朽ちて倒れるように世を去ったことは、それ自体偉業と言ってもいいと思う。九十年を生きて、この歌人ほど老耄《ろうもう》と無縁だった人は稀れだった。（注4）」と『窪田空穂歌集』の解説で述べている。今日の高齢社会のモデルともいうべき人である。

空穂は、九十年の生涯で、妻や子に死に別れ、再婚、離婚等の世の辛酸をなめつつも、透徹した自己省察に基づく自尊感情を保ち続けた。空穂の歌の多くはその「生活実感」から生まれ、おのずから「食」に関する歌が多く生まれた。満四十三歳で早稲田大学の専任講師になる以前は、定収入に恵まれない中で、文芸への一念を貫いた。自らの歌に対して、五十七歳の空穂はこう語る。「一人の人間として天地の間に生れ、今の社会に、貧乏と良心とをとほして生きて行かうとする者の、その実感の端的が、何の値もないといふはずはない。もし何人も値がないといふならば、人には示さないまでだ。私の歌は私が読者となるだけで十分だと思つたのであつた。（注5）」

空穂には二十三冊の歌集（注6）が残されている。わたくしが抽出した空穂の「食」に関わる歌は、短歌六百九十一、長歌九、計七百となった。「食」の定義によりその数に異同があるので見落としがあることと案ずるが。ちなみに窪田章一郎・森伊左夫編の『窪田空穂全歌集』（注7）によると、長歌、旋頭歌をも加えた空穂の全詩歌作品は、一万四百四十七である。

空穂が、「人間生活に欠くことのできない食物の歌が古来少ないのは何故か」、と語ったということを、同じく歌人で早稲田大学教授であった長男章一郎がその著『窪田空穂の短歌』（注8）に残している。以下、人間生活に欠くことができない食物の歌、として空穂が詠出した「食」に関わる歌のごく一部を、家庭科教育教材の視点から掲げたい。

二　履歴（ライフヒストリー）と「食」

生命の流れは「味わい」の中にせきとめられる、といわれる。空穂がその人生の時々においてせきとめた「味わい」はどのようなものであったのだろうか。唐黍《とうもろこし》、柿、栗、林檎、巴旦杏《はたんきょう》、蕎麦、とろろ汁……みな信濃の故里に繋がるものである。

まず唐黍の歌から。

唐黍《もろこし》の焦げしを噛めば幼き日幼きかをり胸に湧きくる　『明暗』

　こんがり焼いたとうもろこしを噛むと　故郷での幼い日々が思い出され　その時の香ばしく甘い
香りや味が胸に湧き上がってくるよ（母が炭火で焼いてくれたなぁ）

唐黍《もろこし》を噛みつつくらき縁にゐきすいつちよ鳴けりあなたこなたに　『濁れる川』

　とうもろこしを食べながら夕暮れの暗くなった広縁に腰かけていたなぁ　庭のあちらでもこちら
でも　すいっちょすいっちょと馬追虫が鳴いていたよ

蜀黍《もろこし》の焦げし香のよく大き房諸手《もろて》にもちて老《おい》の口にす　『老槻の下』

焼き加減も香りもよい大きく実ったとうもろこしを一本両手で持って　年寄になってもおいしくいただくよ

炭火もて焦《こが》したる実の唐もろこし一つぶ一つぶ老の歯に噛む　『去年の雪』

炭火でこんがり焼いたとうもろこしの実を　一粒一粒ゆっくりと噛んで味わうよ（好物だなぁ）

総入歯の老年になっても焼きもろこしを味わっていることが分かる。幼き日に覚えた味覚は、生涯通じて生きているのである。空穂は「自歌自釈」の中で、「熟した唐黍を炭火で焼いて焦がしたのを母から渡されて、両手に持って噛む時の香ばしい味、これは無上の美味であった。（注9）」と、母との懐かしい思い出を語っている。唐黍を両手（諸手）に持つと、二十歳で死別したやさしい母の姿が甦ったのであろう。

生家の庭になっていた巴旦杏《はたんきょう》も、生涯空穂を喜ばせた。

あな甘《うま》き巴旦杏かも口の中に甦り来る童の日かも

なんて甘くおいしい巴旦杏なんだろう　味わいの中に小さい頃が甦ってくるようだなぁ

なつかしく悲しきものの郷愁を齎らしにける巴旦杏かも
懐かしく切ない遠いふるさとへの想いをもたらしてくれる　この巴旦杏の実の味わいよ

町行きて見出づるに胸ときめきぬ忘るべくあらぬ巴旦杏ぞこれ
町を歩いていてふと店先に見出して嬉しく　胸がときめいたよ（故郷の思い出で）忘れる事の出来ない巴旦杏の実だよ　この実こそ

故郷の庭に熟《う》みたる巴旦杏落すに落つるぽたぽたと赤く　『さざれ水』
故郷の庭になっていた巴旦杏の実が熟してきた　棒でたたくとぽたぽたと次々に落ちて　庭に赤く散ったよ

街の店先で巴旦杏を見つけ、胸をときめかす五十代の空穂が瑞々しい。とろろ汁も蕎麦と並び、信州での生い立ちと切り離すことが出来ない空穂の大好物である。

とろろ汁する音つづく台所幼きわれは故里に住みぬ　『郷愁』
台所で妻が　すりばちでコリコリと　とろろ汁をすっている音が続いている（それを聞きながら）わたしは故郷に暮らしていた　幼いころに戻っているよ（母がすっていた音だなぁ）

柱をば支へとしては妻ひとり夕べ摺《す》るなり信濃の長芋　『清明の節』

この夕べに　すりばちを柱に押し付け安定させて　妻はひとりでとろろ汁をすっているよ　わたしの故郷の信濃の長芋だよ

二首目は空穂八十九歳、最晩年の作である。五十三歳で再婚した、歌の弟子であった鉒子夫人も七十歳になっていた。夫の好物のとろろ汁を擂《す》っている姿があたたかい。空穂の生家は元旦にとろろ汁を食べたということで、殊更に想いが深いのかもしれない。

栄養学者の伏木亨は、子どもの好みをつくる第一歩が離乳食である、という。そして、現在売られている瓶入りの離乳食のほとんどが輸入品であることを指摘した上で、「親が食べてきた日本の文化を、（子どもが）生まれたときに覚えさせてあげる」ことの必要性を告げている。「食文化と嗜好の伝承」の必要性である。(注10)

次の歌は空穂八十二歳の詠である。まぶたが思わず潤んでくるような「食」に関わるライフヒストリーをこころの襞にたたんでいることは、人としての幸いのひとつであろう。

旨き物食《た》べつつ母を憶ひ出でわが眼濡れむとするに慌《あわ》つる　『老槻の下』

うまい物を食べながら（亡くなった）母のことを想い出して　（ひとの前で）涙をこぼしそうに

なったので慌ててしまったよ

三　誕生日（誕辰）と「食」

誕生日を祝う事は、その人が今在ること、さらにいえば、その人が今在ってくれることそのものを喜び合う、という意味で大切にしたい、とわたくしは考えている。教育現場において、心を病む学生の増加を肌で感じ、その背後にある人間関係の障碍と自尊感情の希薄さを察知する今、誕生日を祝うことの大切さを痛感する。それも素朴な手作りの食に、精一杯の祝の想いを込めたい。人間存在の根幹に響け、と祈りつつ。

心を病む人々の臨床治療に熱い心で取り組んでいる精神科医の斎藤学の以下の指摘は鋭い。心を病む人々は「健康な自己愛」が持ちにくい人々なのである。

「自分はみんなに望まれてこの世に生まれてきたのだという素朴な確信のことを私は「健康な自己愛」と呼んでいます。(注11)」

空穂は両親との関係において、「健康な自己愛」を持ち続けた人であった。空穂晩年の著「私の履歴書」の結び、「恩人を思う」の中で空穂は書く。

「私の第一の恩人は両親である。母は無性に末っ子の私が可愛く猫かわいがりに可愛がってくれた。母を思うと、自身を大切にする気が起こってきたことが何べんもあった。父は窮乏に堪えて生きてゆくことを教えてくれた。窮乏に処する心得である。父の顔は胸を離れなかった。[注12]」
空穂は内なる健康な自己愛を、こう詠んでいる。

生れたる我に見入りて父と母静けき笑みを浮べましけむ
　生まれてきたわたしをじっと見つめて　父と母は（喜びのこもった）穏やかな笑みを浮かべられたのだろうなぁ

父母のその身分てる我なりと年に一日《ひ》の今日は思はむ　『さざれ水』
　自分は父と母の分身であることを　年に一度の誕生日の今日はしみじみ思うことにしよう（感謝を込めて）

六月八日、空穂の誕生日に用意されたご馳走は、何を措いても赤飯、強飯《こわめし》であった。好物の強飯を喜ぶ誕生日の歌を。

祝ひては我に食はする赤飯《せきはん》をできよく旨《うま》しといひてねぎらふ　『老槻の下』
　誕生日にわたしに食べさせるために　わざわざ娘が炊いてくれたお赤飯「上手にできたね　うまい」と言って娘の労に感謝したよ

祝ひぞと娘が炊《た》ける強飯《こはめし》をうましとぞ食ぶ誕辰今日を　『去年の雪』

お祝いですよと娘が炊いて　わざわざ持ってきてくれた（好物の）お赤飯を　うまいうまいといって食べたよ　今日はいい誕生日だなぁ

嫁いだ愛娘のふみが、好物の赤飯を自ら炊き、わざわざもってきてくれた八十七歳の誕生日、空穂はさぞ嬉しかったことであろう。母亡き後、空穂が母ともなって育てたふみも五十一歳になっていた。「うまい、うまい、よく炊けた」と作り手の労をねぎらい喜び食べるかわいい老翁空穂が目に浮ぶ。愛される老いの姿であろう。

孫の初誕生に関わる、民俗学的にも興味深い長歌が残されている。新しい命がめでたく満一年を過せたことを家族一同が喜び祝い、生れた土地の守り神に感謝し、今後の更なる守りを願う。そのときの唱え歌も含まれている。農耕を生きる糧としてきた生活史も、箕《み》、粃《しいな》、よき実などの言葉から窺われる。箕は収穫した穀類をあおって殻・塵などを分け除くもので、竹・藤・桜などの皮を編んで作る。粃は殻《から》ばかりで実のない籾《もみ》をいう。

初誕生の子が背に祝餅を背負わされ、祖父母も加わった家族の歓声の中を、ヨチヨチ歩く姿はとてもかわいい。伝承したいものである。

初誕生

この家に生れし幼児《うひご》　初誕生迎ふる今日を　家びとらその児囲みて　仕来りの祝事《いはひごと》する　祝餅《いはひもち》背に負はしめて　木の香立つ箕《み》に抱《いだ》き載せ　産土《うぶすな》の神に向ひて　その親の祝ひ言へらく　粃《しひな》はも風に舞ひ行け　よき実残れここにと祝ひ　繰返し三たびを唱へ　唱へつつ打煽《あふ》る箕に　抱《かか》へ持つ箕の上の児は　残る実の笑ましくゐるよ　言霊《ことだま》は奇《く》しびにいます　産土の神受けぬべし残る実の強くさやけく　真幸《まさき》くて生ひ立ちゆけよ　祝へるこの児　『明闇』

この家に生まれた幼い子の　今日は初めての誕生日　家族皆がその子を囲んで　ならわしのお祝いごとをする　お祝い餅を幼子の背中に背負わせて　木の香も新しい箕にその子を乗せて　（箕ごとその子を）持ち上げる　子どもの親は　箕を揺すりながら　土地の神様に　次のような祝言葉を三度唱える　「空の実は風に飛んで行け　実ったよい実はこの箕に残れ」　今　箕の中にいるこの子は　実ったよい実　ニコニコ笑っている　この唱え言葉には不思議な力が宿っておられる産土の神さま　今　初誕生のお祝いをしているこの子をどうかお守りください　残った実であるこの子が　強く清らに　無事幸せに育ちゆきますように

四　死者と「食」——忌日《きにち》（命日）の供物としての「食」

空穂には「母の日」「父の日」と題する歌が数多くある。「母の日」は今日でいう五月の第二日曜日をさすのではなく、空穂の母の亡くなった祥月命日の八月一日を、「父の日」も父が亡くなった九月一日をさす。他に結婚生活十年で、第四子出産のために大正六（一九一七）年四月四日、満二十九歳で亡くなった愛妻藤野、終戦後もシベリアに捕虜として抑留され、昭和二十一（一九四六）年二月十日《ママ》（一〇六頁参照）、極寒の中戦病死し、遺骨も還らなかった二男茂二郎、一歳にもならずに病死した二女なつなどに関わる歌である。忌日には萩の餅、赤飯や季節の物などを供えた後、亡き人を偲びつつ家族でいただいた。

母の忌日に寄せた歌二首と茂二郎命日の二首を。

母の日に

萩の餅うまらにきこせ御下《みさが》りはこの子う孫のいただくべきに　『朴の葉』

お母さん　お命日にお萩をお供えいたします　美味しくおあがりください　お下がりのお萩は子のわたくしや孫が有難くいただきますので

母の日

み祭のためと設けし強飯《こはめし》を食《を》させわが母み余り食《は》まむ　『冬木原』

ご供養の為に用意したお赤飯を　お母さん　どうぞ召し上がってください　召し上がった残りはわたしがいただこうと思います

戦病死せる子の命日

大杯《たいはい》に酒を満たして供へつもよろこぶらんと思ふはかなさ　『木草と共に』

（今日はお前の亡くなったという日だ）大きな盃にお酒を満たしてお供えしたよ　お前がきっと喜ぶだろうと思う親心は　はかないものだなぁ

二月十日茂二郎逮夜

戦病死茂二郎祥月命日なりよき天どん得て五人《いったり》に頒《わか》ちよろこぶ　『清明の節』

きょうはシベリアに抑留され　戦病死してしまった二男茂二郎のお命日だ　美味しい天丼を取り家族五人に分けてやってわたしは喜んだよ

子が親を置いて先に亡くなるという「逆縁」ほどの悲嘆はないといわれる。おそらくそうであろう。逆縁の親の悲しみは、児童・生徒たちに折に触れてきちんと語られるべきだとわたくしは考える。七十歳で末子茂二郎の異国での哀れな捕虜死を伝え聞いた空穂は、ほとんど起き上がれない、食も咽喉を通らないほどの衝撃を受け、やがてその嘆きと悲憤は、「捕虜の死」と題する一大長歌に結実する。次の歌からは、悲しみをむさぼるように寝ている空穂に、せめて一口を、と勧める妻の切ない姿と、その好意を認める空穂の姿とが重なってくる。

子を憶ふ

枕べに膳はこびきてわが妻は食べよ食べよとただにし勧む　『冬木原』

寝ている枕元に（好物が並ぶ）ご飯のお膳を運んできて　わたしの妻は「さあおあがりなさい

おあがり」と　ただただ勧めるよ

仏壇や神棚のない家庭も多いことであろう。わたくし自身も、子どもの頃は仏壇の供花と水を毎朝取り替える係りであったが、子世代にはそうさせてはいない。盆や彼岸や命日のような物日のみの関りに近い。多忙をその理由としてはならないであろう。DNAの解明を例に挙げなくても、先人・祖先からの連綿とした命の脈絡とおのが命の尊さへの気づきは、ともすれば命の軽視が窺われるような現在、より意識的になされる必要があると思われる。忌日への供物とそのお下がり（み余り）をともにいただく、という具体的な生活行為は、命の尊さへの気づきのひとつの有効な手だてになるのかもしれない。

五　季節・年中行事と「食」

わが国には春夏秋冬という四季があり、それぞれの季節にふさわしい年中行事がある。「年中行事は家庭という劇場で行われる家族が登場人物のドラマであり、そのシナリオと舞台装置（家庭空間から小道具まで）に見合った演出しだいでは現代家族の絆を結ばせる力を持っている」[注13]と主張するのは、社会心理学者の井上忠司である。

盆・正月に代表されるような伝統的な年中行事を捉え、空穂は歌にしている。年中行事には食の文化がつきものである。食の文化はその土地、その家の味であり、おふくろの味でもある。

まずは年越、次いで元旦のお屠蘇、黒豆、お雑煮を。

除夜

年越《としこし》の飯《めし》なり食べよ食べよとぞ子等に強ひつつ我も食べける

大晦日の夕ご飯だよ　さぁたくさん食べよう　食べなくてはだめだぞと子どもたちに勧めながらわたしも食べているなぁ

東京の年越の蕎麦さみしみて我が家《や》はひそかに牛の肉食ふ

東京の大晦日の（定番である）年越し蕎麦は　（故郷信濃の年越し料理に比べて）何かさみしいので　我が家はこっそり牛肉料理を食べたよ

大年《おほとし》の信濃の家や幼きら鰤《ぶり》と膾《なます》に笑《ゑ》がほをするか

『郷愁』

大晦日の信州の我が家よ　子どもたちは　おいしい鰤や膾の料理を笑顔で食べているだろうか

年越しを祝ひて今宵食ふ蕎麦の末長くして淡くもありなむ　　『明闇』

無事に今年も終え　新年を迎えられることを祝って　大晦日の夜に食べる年越し蕎麦よ　わたしもこの蕎麦のように末長く　あっさりと生きたいものだよ

年のはじめに

我や先ず杯あげむよろこびをもとむる心ありては尽きぬ

元旦だ　わたしがまずお祝いの盃を挙げよう（新年おめでとう）　喜びを願い求める心というのは　なくならないものだなあ

やなぎ箸さやけき持ちて黒煮豆はさみわぶるを皆に笑はる

めでたい柳の箸を持ち　おせち料理の黒豆を食べようとしたが（歳を取って）どうもうまくつかめないので家族皆に笑われているよ

ま白くもうまげなる餅椀《もちひ》にして香を立て並ぶいざや祝はむ　　『卓上の灯』

今日は元日　真っ白なおいしそうなお餅がお椀の中で湯気を立て　いい香りがしているよ　家族

みんなのお雑煮が並んだ　さぁともに新年を祝おう

若草の緑も美しい七草粥の歌もある。

七くさ粥白く真青く清きもて身を守りしか代々《よよ》の親達　『去年の雪』

今日は七草　あったかい七草がゆをいただこう　白米の真っ白なおかゆに　透き通って白い蕪や大根　せりやはこべなどの真っ青な若草の緑　この美しい清らかな七草がゆをいただいてわが身を守ってきたのだろうなぁ　親もご先祖様も

五月五日、端午の節句の柏餅の歌を。

柏《かしは》の葉解きつつ食《た》ぶる白き餅五月《ごぐわつ》はたのしいささかごとも　『丘陵地』

柏の葉をそーっと開きながら　真っ白な柔らかい柏餅を食べる　こんなささやかな喜びがあるだけで五月は楽しいよ

秋の彼岸の萩の餅も好物であった。自らを「生ける先祖」と称する米寿の空穂がほほえましい。

菓子屋にて求めし萩の餅食うべては生ける先祖の我のよろこぶ　『去年の雪』

お菓子屋さんで買ってきた　好物のお萩を存分にいただいて　生きているご先祖様であるわたしは　大喜びだよ

「仲秋名月」と題した次の三首も心に沁みる。空穂八十九歳、今生最期の月見となった。最晩年までの風雅心、まさに先人の文化に頭が下がる。わたくしは十五夜、十三夜ともに継承している。十五夜だけで翌月の十三夜をしないと、「片見月」でお月様がさみしがるよ、と教えてくれた婚家の父を想い出す。

仲秋名月

名月の夜は栗茹《ゆ》でて食べさせよと言ひゐる栗のよきを得しかな

十五夜には　美味しい茹で栗を食べさせてほしいものだと常々言っていたが　見事な大きい栗が手に入ったよ（食べるのがたのしみだなぁ）

月読神《つくよみのかみ》にと供ふ小机に茹《ゆ》で栗・団子・菊添ふすすき

月の神様にお供えいたします　縁側に出した小机の上には　茹でた栗　お団子十五個　花瓶には銀色に輝く穂すすきに薄紫の野菊を添えて

ガラス戸を広く開《あ》けたり月読神《つきよみのかみ》さし照らせ今宵の供物《くもつ》　『清明の節』
今日は仲秋の名月　縁側のガラス戸を広く開けました　月の神様　今宵のお供え物を明るく照らしてください

冬至の日の南瓜料理も懐かしく取り上げている。寒さも大気の乾燥度も増し、風邪をひく確率も高くなる冬至に、カロテンの多く含まれる南瓜を摂ることの科学的な妥当性は、立証済みである。食の科学と冬至南瓜の生活文化とが、見事に融合している例である。

郷愁も老ゆるに淡し幼日《をさなび》の小豆《あづき》まぜたる冬至《とうじ》の南瓜　『丘陵地』
きょうは冬至　子どもの頃　冬至の日には（母が作ってくれた）かぼちゃの煮物に　甘く炊いた小豆を載せて食べていたなぁ　故郷を恋しく想う気持ちも　年を取るにしたがって淡いものになってきた

今の子どもたちは、その晩年に「幼日」における食の何を懐かしみ、何を継承していくのであろうか。飽食の時代の申し子たちは。

六　親友と「食」

空穂の親友といえば、やはり文芸を主たる職とした前田晁《あきら》であろう。空穂は大正五（一九一六）年から六年にかけて、当時読売新聞社婦人部長であった前田晁に請われて、婦人面掲載の「身の上相談」の回答を担当したこともあった。(注14)文学や思想はもとより、互いの生活のほとんどを知り、助け合う親友であった。六十年近い往来は、当然のことながら、ともに食べ、ともに飲み、多くの時を共有することになった。空穂と晁、この男同士の友情の素晴らしさは特筆に価する。嬉しいことがあると、晁はまず空穂を招いた。

賀筵　前田晁君『少年国史物語』六巻を完成す。

この喜び妻子《さいし》に分けむ君も来よ酒飲み物食べ遊ばむといふ　『郷愁』

長い間力を尽くした著作が六巻すべて完成したよ　この何とも言えない喜びを妻や子に分けようと思う（君にも分けたいので）君もぜひ来てほしい　酒を飲み　うまい物を食べ　ともに遊ぼうではないか　と前田はわたしに言うのだ

晁は酒が強く、空穂は弱かった。語りつつ酒を酌む晁を眺めながら、空穂はご飯を食べた。晁は空穂より二歳年下だった。

年頭
常に似ず言葉少なに杯を重ねゐるなり喜びある友　『冬日ざし』
いつもと違って言葉少なく　うまそうに盃を重ねているわが友前田よ　しみじみ嬉しいことがあったものね（よかったなぁ）

老友
酒飲めば酔ひてたのしくなる友にひとり飲ましめ我は飯食ふ　『丘陵地』
酒好きな前田は　酔って朗らかに楽しくなる友だ　ひとりで美味しく飲んでくれ　その楽しい話を聞きながら　わたしはご飯を食べるよ

窪田空穂と前田晁との人間関係の尊さの前には、「友情」という言葉さえ色褪せるような気がする。空穂と坪内逍遥先生を繋ぎ、空穂の大正九年四月からの早稲田大学奉職への道を開くに当って も、前田が一役も二役も買っていた。以下の空穂の晁の霊前での詞書が二人の六十年間にも及ぶ友情の尊さを伝える。晁、満八十二歳、空穂、満八十四歳の時であった。

前田晁《あきら》君の霊前にて

六十年間親交をつづけし同学の友前田晃君、九月九日脳出血のため世を終ふ。八十二歳なり。その知性の明らかに、情誼に篤きこと、稀に見る人なりき。軽井沢より帰りて霊前に坐すれば、哀感潜みてその人現前するごとし

六十年こころかよはし辛き世に生き来しおもへばかりそめならぬ　『木草と共に』

わが友前田晃よ　君と出会って六十年　互いにこころを通わせ合って　この生きづらい世の中を生き抜いてきたことを想えば　君との出会いはかけがえのないものだったんだね

軽井沢に避暑に行っており、親友前田の死に目に会えなかった空穂。慌ただしく帰京し霊前に座っていると、頭がよく情も深かった稀にみる友、前田晃が目の前に居るようだ、と空穂は言う。居てほしいのだ。「哀感潜みてその人現前するごとし」の詞書きは、胸に沁み入る。親友との共食、コミュニケーションが持つ人生の醍醐味を示す、ひとつの確かな実例が窪田空穂と前田晃の友情である。

七　店屋物と外食

スーパーマーケットやコンビニエンスストアが普及する以前は、来客や家族の喜びごとがある

時などに、店屋物といって、地域の飲食店から寿司や丼ものの出前を頼むことがあった。次の長歌は子どもたちの進級祝と空穂の歌集出版を祝って鰻丼を取った日の食事のひとこまである。店屋物はめったにないことなので、子どもの頃のわたくしもそれは嬉しかった記憶がある。乏しさのなかの豊かさとでもいえようか。

祝

二人子《ふたりご》の進級祝ひに、わが歌集できし祝ひと、この夕店屋《てんや》もの取り、打集ひさわぎて食へば、祝ふこと持たぬ手童《たわらは》、それさへに共にさわぎて食ふや己《し》が物。

章一郎とふみの進級祝いと　わたしの歌集の出版祝いとを兼ねて　この夕べは店屋物の鰻丼を取ったよ　家族皆で食卓に集まり　わいわい騒ぎながら鰻丼を食べていると　学校に入ってもおらず　進級祝いとてない　小さい茂二郎だというのに　一緒になって喜び騒いで自分の鰻丼を食べているよ（かわいいものだなぁ）

祝ひぞといひて食らへばいささかの鰻添ひたるうなぎ飯うまし　『鏡葉』

お祝いだよ　と言いながら皆で食べれば　たいして大きくない鰻が乗っている鰻丼でも　美味しいものだなぁ

大正十（一九二二）年四月、間もなく四十四歳になろうとする父親空穂と家族の姿である。長男章一郎は小学校を卒業して早稲田中学に入学が決まり、長女ふみは小学二年生に進級した春である。その祝をしてやろうという父親の心である。空穂自身は第九歌集『青水沫』を三月に刊行しており、自祝の気持ちも重なっていた。三歳にもなっていない手童は二男茂二郎のことである。祝の主人公ではない幼い末っ子が誰よりも一番うれしげに騒ぎ、はしゃいでいる。その口の周りには鰻丼のたれが付いていたであろう。この楽しい食事の場面には、長男長女の叔母（亡くなった母の妹）であり、一番のはしゃぎ主茂二郎の母である、空穂の妻操が全く登場しない。このころから夫婦の齟齬は生じていたのか（昭和三年に離婚）。その齟齬がもたらす翳りを、打ち払うべく囲んだ、めったにない店屋物の食卓であったのかもしれない。

人類学者の山極寿一は、食事という行為を、人間と人間を結びつけ共存させるコミュニケーションの方法、と捉えている。(注15) この祝の日の食卓も、次の外食での食卓も、「母」の影の薄さを何とか補おう、とする父親空穂の、子どもたちと交わすコミュニケーションの姿なのかもしれない。わたくしが空穂に惹かれる所以のひとつである。

素朴なるよろこび

正月の三日《みか》といふ今日《けふ》、三人子《みたりご》を連れて家いで、神楽坂《かぐらざか》の洋食屋にて、いささかの物を食はしぬ、十八となれる兄の子、大人《おとな》びてフォークを執れば、八つとなれる末《おと》の暴《あば》れ子、取り澄まし顔よごし食ひ、十三となれる中の子、少女《をとめ》さびナイフ扱ふ、さりげなくそを見つつ食ふ、この肉の味のうまさよ、うまきやと問へばうなづく、三人子《みたりご》におのづと笑まれ、マチ摺《す》りてつくる煙草《たばこ》の、ほのかにも口にしかをる、いざ行きてまじりはすべし、今日《けふ》の大路《おほぢ》に。『鏡葉』

今日は正月の三日　三人の子どもを連れて家を出発　新年の街を散歩しながら神楽坂へ　洋食屋にて食事をする　十八歳になる兄の子は　大人びてフォークを使い　八歳になる末っ子のやんちゃ坊主は　気取って食べているつもりだが　口の周りには汚れが　十三歳の真ん中の娘は　乙女らしくなり品よくナイフを使っている　三人の様子をさりげなく見ながら食べる　このステーキの味の良さよ　おいしいかと子らに聞けば　みなうなずく　三人の子の愛しさに　自然と笑顔がこぼれ　マッチを擦ってつけた煙草が　口の中でほのかに香りうまい　（食事は済んだ）さあ外に出て　皆の中にまじろうではないか　今日　新年の大通りへ

「祝」の長歌から三年後の正月三日の詠である。神楽坂の洋食屋にて、子ら三人と空穂とで囲む、フランス料理の食卓である。目白台の自宅から歩いて行き、「子供らは父に誘われてゆく散歩がどんなに嬉しかったろう」、と章一郎が書き記している。(注16)「さりげなくそを見つつ食ふ、この肉の味のうまさよ」と、「素朴なるよろこび」を表現する空穂。三人の子を見つめる空穂のまなざしの温かさ、深さゆえに、この歌は忘れ難い。楽しい食事の後は、連れ立って毘沙門天へも回ったのであろうか。この歌からも分かるように、空穂は煙草を好んだ。煙草の副流煙の害など認識されていなかった大正十四年の新春のことである。
外食を詠った短歌を三首。空穂好物の天麩羅を、四年前に結婚した妻と食べに行った折の歌と思われる。空穂五十七歳、銈子夫人三十八歳。夫婦のそこはかとない甘さとつながりとが感じられる歌である。ふたりにとってこの日の天麩羅、さぞおいしかったことであろう。この妻とは三十六年余を連れ添った。

天麩羅

車海老嚙むに感ずる味ひを愛でつつ見やる共に食ふ人

車エビの天ぷらを嚙む時の　プリッと甘く美味しい味わいをほめながら　一緒に食べている妻の方に目を向けたよ

芝海老に貝柱まじる掻揚げの細かき味よ静かに食はむ

芝エビに貝柱が混ざったかき揚げ天のおいしさよ　その繊細なおいしさを　静かにゆっくり味わおう

天麩羅の甘《うま》かりしよと我がいへば人の頷く食ひ終へて後　『郷愁』

「天ぷらうまかったなぁ」とわたしが言うと　妻もうなずいたよ　ふたりで天ぷらを食べ終えた

後に

八 「食」のしつけ

空穂の歌には、日常の食卓における「食」のしつけに関するものがみられる。

飯《いひ》はしもいただきて食ふものぞよと我が子に教へ子とし飯《いひ》食ふ　『鳥声集』

ご飯というものは　感謝していただくものだよ　と子どもたちに教え　一緒に有難くご飯を食べたよ

「ご飯は有難くいただくものだよ」、とまだ小さい子どもたちに諭している。空穂の生家は農家であり、米作りの苦労を身をもって知っていた。次の歌はご飯を食べこぼす子どもたちに向かって。

そのやうに飯《いひ》をこぼすなぢぢさまは米をつくると汗ながしましき子と食事をしつつ。　『鳥声集』

そのようにご飯をこぼしてはいけないよ　お前たちのおじいさまは　ご飯のお米を作るために（ご

苦労されて）いっぱい汗を流されたのだよ

ご飯を食べることを大事に思っている空穂は、二男茂二郎のために、自らかわいいご飯茶碗を買って帰る。茶碗の絵柄は乗り物かはた動物か。

折にふれて

飯茶碗もたぬ子なりと心おもひかはゆきを買ふものの帰さに　『青水沫』

自分用の子ども茶碗を　茂二郎はまだ持っていなかったなぁと思いつき　かわいい絵柄の小さなお茶碗を買ったよ　用事の帰りに

空穂は、「食」は分かち合うべきもの、そうありたい、と考えていたことが、次の歌からも分かる。弟子たちに菓子などを勧めながら、「（おいしいものを）食べれば、食べさせたくなる」と、よく語っていたという。

或時

無くてならぬ飯《めし》と汁《しる》とを分ち合ひ食らふ心を持ちたりや我　『郷愁』

生きていくために無くてはならないご飯とみそ汁　この大事な食べ物を　分かち合いいただくと

いう心持を　持っているのだろうか　このわたしは（持ってはいるのだが）

また、いただく食物は、ていねいに味わって食べるもの、と捉えており、空穂の「食」のしつけの基本となっていた。次の「白桃」の連作からは、ものの生命を尊びつつ味わう、空穂の食物観が伝わってくる。昭和二十四（一九四九）年、空穂七十四歳の感懐である。空穂の歌の弟子であり、『窪田空穂論』の著者でもある岩田正は、空穂は物を惜しみつつ食べ、食べることに「倫理的」であった、と指摘している。(注17)

白桃

思はざるうるはしさ見る世にしあれや箱より出づるあまたの白桃《はくたう》

（食べるものもなかった戦時中には）思ってもみなかった麗しいものを　目にする世の中になったのだなぁ　届いた箱からは　たくさんの見事な白桃が次々と出て来るよ

よき物は乏しくて足る余りにもあるに惜しまるあまたの白桃

良いものは少しで心が満ちてくる　こんなにもたくさんあるのに　かえっていただくのが惜しまれるような　たくさんの見事な白桃よ

掌《たなそこ》に愛で惜しみゐる白桃にそぞろにもわが爪触れにけり
手のひらに載せて眺め　食べてしまうのがもったいないような見事なこの白桃　（さあいただこう）
皮をむこうとして爪で触れたよ

うるはしき色せる白桃わが爪の触るるがままに雫としなる
白に薄桃色のうるわしいこの白桃　爪を触れると甘い汁が溢れたよ（美味しそうないい匂い）

白桃と呼ぶは足らはず天地《あめつち》のちからあひ合ひて成りたる木《こ》の実　『卓上の灯』
白桃とただ呼ぶだけでは足りない気がする　天と地の恵みの力が　相合わさって出来上がった
神の恵みの木の実だなぁ

次の病気の折の野菜スープの歌からも、ものの生命を惜しみつつ味わう空穂がいる。スープが持つ、命を支える不思議な力については、料理研究家の辰巳芳子が鮮やかに指摘している。(注18)旬を味わい、物の命を味わい、人生を味わう——空穂と辰巳芳子には共通するものを感じる。

病臥
野菜スープこよなく旨《うま》く床の上に一匙一匙惜しみつつ吸ふ　『丘陵地』

（妻の手作りの）野菜スープはこの上なくおいしい　寝床でひとさじ　もうひとさじと　大事にいただくことよ

空穂は無類の日本茶好きである。失意、悲嘆の時も、こころ弾む時も、常にお茶があった。やはり、お茶と人生の愉しみを重ねるのである。空穂にじっくりと味わわれたお茶は幸いである。

ひとり飲む朝茶《あさちゃ》のかをり口に満ちほのかに消ゆるこの静けさや
ひとりで味わう朝茶の時よ　緑茶の香りが口いっぱいに広がり　そっと消えていく　静かな朝のひとときはいいなぁ

風呂あがり茶を喫《の》みをれば湯ぼてりのややに冷《さ》めゆく暫くのよき　『木草と共に』
お風呂上りにお茶を飲んでいると　お風呂のほてりもだんだんに収まっていく　このしばしの時の心地よいことよ

「食」は惜しみつついただくもの——空穂翁の食のしつけは、飽食の今こそ光を放つ。

九　老いと「食」

空穂は六十代、七十代、八十代と齢を重ねるなかから、優れた歌人ならではの切り口で、老いの多様な真実を、何とその死の四日前まで詠み切った。空穂の「食」に関わる老いの歌は、高齢者の本音を伝え、高齢者理解を促すことであろう。

空穂は、自分たち老夫婦と子ども家族との食の好みが異なる、ことを歌にしている。空穂大好物のとろろ汁を若い孫たちは好まなかったのか。晩年、空穂がわが老いの口に招いたのは、故郷信濃のとろろ汁であった。「口に招く」というユーモアが愉しい。

旨《うま》しとは口に適《あ》ふ物若きらが好める物にわが箸伸びず　『老槻の下』
　うまいということは　自分の口に合う物だ　若い人たちが好む食べ物には　どうもわたしの箸は伸びないいなぁ

国々の山の薯《いも》穫ぬとろろ汁若きは好まね老には旨《うま》し　『去年の雪』
　様々な産地の山芋を得たよ　とろろ汁を若い者は好まないようだ　老いたわたしには大好物で実に美味しい

炬燵のうへ膳とはなして芋汁にわが腹のうちはらしめしかな
（こたつに当たりながら）こたつの上をお膳として　とろろ汁のご飯を食べ　わたしのお腹は満腹になったよ

総義歯の口にはあれど幸ひのとぼしくはあらずしばしば招く　『清明の節』
総入れ歯の今も　故郷信濃のとろろ汁を食べる幸せは不足してはいない　しばしばいただいて口の幸せを招いているよ

空穂は、加齢に伴い食事量が減少したことを記す。

わが膳をあはれみ見るな一椀《いちわん》の飯《いひ》に事足るわれにしあるを　『丘陵地』
わたしのお膳の上の　ほんの少しの食事を　気の毒に思って見ないでくれよ　歳を取ったわたしは　一杯のご飯で充分なのだからね

物の味よろこぶ齢《よはひ》となりけるがたやすく足りて箸をさし置く　『木草と共に』
食べ物そのものの味や質を喜ぶ年齢になったけれども　直ぐお腹いっぱいになって箸を置いてしまうよ

体調がすぐれない日は、粥や葛湯をひと匙ひと匙食べて回復を待った。お粥の誕生日もあったことが次の歌から知れる。

今日はわが誕生日ぞといひて啜る梅干添へし一椀の粥　『老槻の下』

今日はわたしの誕生日だと言いながら　梅干を添えた一椀のおかゆをすすったよ

病臥

老妻《おいづま》の小匙に盛りて出す粥を枕のうへに口あきて受く

年を取った妻が小さじにすくって入れてくれるおかゆを　わたしは寝たまま枕の上で　口を開けていただいた

うまき物食べたしとおもふ素直なる願ひをもちて粥のみすする　『木草と共に』

（早く病気がよくなって）うまい物が食べたいと思う素直な願いを持って　今はおかゆだけすすっている

吉野葛

吉野葛匙に掬《すく》ひて少しづつ口に運《はこ》べばわが口は足る　『清明の節』

今日の食事は有名な吉野葛で作ったあったかい葛湯だ　匙で少しずつすくって口に運べば　とろり甘くてわたしの口は満足したよ

空穂には、夫の一日も長い長寿を願う、頼りになる妻がいた。妻は、命《めい》は食にあり、と日々空穂の口に合うものを作った。

笑み設《ま》けて老い妻が我に言ふことは己が作らむ食べ物の上

ニコニコしながら老いた妻がわたしに話すことは　これから作ろうとする食べ物のことが多いなあ

老ふたり日々をひそかにする食事食べよ食べよと妻の勧むる

老夫婦ふたりで毎日静かに食事をしている　食事の度にしっかり食べてね　たくさん食べてねと妻は励まし勧めるよ

忍苦とはながき病臥のことなりし涙ごゑに妻食べよ食べよと勧む

苦しみを忍ぶとは　病気で起きられず長く寝ていることだったのか　心配する妻は涙声でご飯を

食べてね食べてね　とたのむように勧めるよ

家に帰りて幾にち振りぞ抱き起され庭に対ひて物を食べをり　『去年の雪』

（退院して）家に戻って幾日ぶりだろう　（妻に）抱き起こしてもらい　馴染みの庭を見ながら物を食べているよ（嬉しいなぁ）

老空穂は、食事した後の排便に苦しんだ。重い便秘は「老い」の身にとってゆゆしきことであった。日課のように下剤を飲んでいた。便秘でお腹が張って苦しむ高齢者のために、「摘便」の方法を専門家から学ぶ家族は少なくない。次の歌は、その苦しみと疲れを伝える。

口より入る食餌身より出でがたく老いたる我をいたく疲れしむ

口より入った食べ物がうまくわが身より出ていかず　年を取ったわたしをひどく疲れさせるよ（つらいなぁ）

口と後世《しり》の常ならば何事もなからむものを小事にあらず　『去年の雪』

食事と排便　いつもならば何でもないことなのに（年を取り弱ったわたしには）小さなことではないんだ（大仕事なんだよ）

気分のすぐれた日には、車に乗せてもらい花見などに出かけた。好物の蕎麦を食べた日のことを。

深大寺《じんだいじ》巨木並み立つ下《もと》に来て鄙びし蕎麦《そば》の太きを啜《すす》る　『去年の雪』

深大寺の大きな立派な並木の下にやってきて　有名な昔ながらの太い蕎麦をすすったよ

老いてもおいしいものを食べる「口の欲」は、空穂の身とともにあった。水気が多く甘い果物を、人生を味わうように味わった。

静岡の海辺につくる寒苺微熱にかわく口にとけ入る　『清明の節』

静岡の海辺で育った寒苺　微熱のあるわたしの口に溶け込むようだ　美味しいなぁ

物欲の口に集る老われの野童《やどう》にかへり果実むさぼる

食欲第一の老人のわたしだよ　子どもに戻っておいしい果物をよろこんで食べてるよ

果実おのおのその味ひを異にして皆いみじかり言葉とならぬ

果物にはそれぞれ異なる味わいがあり　どれもみな素晴らしい　言葉に出来ないくらいだよ

寝てあれば残るは口の欲にして葡萄好ましくポール・モールうまし　『去年の雪』

弱って寝ているわたしに残っているのは　口の欲だけだ　葡萄はおいしいなぁ　煙草のポール・モールもうまい

これらの果物の多くは、空穂の歌と人柄を愛し、ひと日でも齢長く、と願った歌の弟子からの贈物であった。ポール・モールは煙草の銘柄。

次の歌の下町の煎餅もきっと弟子からの贈物であろう。「こんなうまい煎餅はないな。うまい」、空穂先生の笑顔見たさに、弟子は煎餅を届けたに違いない。愛される老いの姿がここにはある。

東京の下町《したまち》を措《お》きていづこにかかくも味よき煎餅のあらむ　『老槻の下』

東京の下町以外に　いったいどこにこんなに味の良い　美味しいお煎餅があろうか（ないよなぁ）

空穂が人生最後に残した「食」の歌は次の柴又だんごの歌である。食べる、そのなかに人生を見出した空穂らしくて、なぜか嬉しい。亡くなる年、満八十九歳（数え九十一歳）の詠である。

餡多き柴又だんごの四つ五つ息つがず食べ幸ひとせむ　『清明の節』

あんこがいっぱいの葛飾の柴又団子　四つも五つも息も継がずに食べたよ　美味しいなぁ　今日の幸せとしよう

窪田空穂は昭和四十二（一九六七）年四月十二日に、心臓衰弱のため世を去った。その少し前、三月二十一日春分の日に寄せ、以下の歌を残している。最期まで生きることに意欲をみせた空穂であった。「身ぢから」という言葉がこころに沁みてくる。

春分

栄養を摂れとしきりに医師すすむ身ぢからもちて病に克てと

栄養を摂れと主治医がしきりに勧める　わたしの身に持っている力を生かして　病気を克服せよというのだ（そうしたいなぁ）

生

最終の息する時まで生きむかな生きたしと人は思ふべきなり　『清明の節』

わたしは最期の息をするその時まで生きよう　人は「生きよう　生きていたい」と思うべき存在なのだ

十　糧としての「食」

生きるということは食べ続けることである。生命維持のための「食」、と言ってもいい。空穂の九十年近い生涯には、大正期の米騒動、関東大震災、そして我が子をも失った太平洋戦争とその敗戦後などがあり、生命維持のための「食」、糧としての「食」そのものがおびやかされる場面が厳然として存在した。歌人空穂は、人生を離れて歌（芸術）はない、と考えていたので、その厳然たる事実を、あまたの歌として残した。「飢え」という言葉もみられる。今から七十余年前のわが国の歴然とした事実を、次世代にきちんと伝えるべきだ、とわたくしは考える。家政学者が国民を飢えから守る為に、食べられる野草の種類や調理法、ふすま（小麦の皮）やぬかの主食としての調理法を、真剣に考え、教えた時代でもあった。

戦局もきびしくなりつつあった昭和十八（一九四三）年の詠から始めたい。

日夕

孫三たり持てる嫗《おうな》の飯食《いひ》ぶること稀なりと恥らひ嘆く

（食べ盛りの）三人の孫を持つ年寄の女性が　（お米の）ご飯が食べられるのはごくたまにでと恥ずかしそうに嘆いたなぁ

生みの子の幼きあまた持てる母おのれ食はずとあはれに痩せぬ

まだ小さい子がたくさんいる母親は（乏しい食糧を）自分は食べないで子らに分けるので　哀れなほどに痩せてしまっているよ

日に三たび飯食へむ世の思ほゆと声落しいふ親しき翁

『明闇』

一日に三度の食事が出来る世の中になってほしいよ　と小さな声で親しい年寄の男が言ったよ（そのとおりだ）

翌昭和十九年の空穂の食事を。勤務先の早稲田大学は、学生の多くが召集され戦地に、残る学生も勤労動員のため休講状態であった。空穂は、戦地の学生の苦しさに自らを重ねるべく、日夜『万葉集評釈』の執筆に専念した。六十七歳のころである。

食糧

沢庵の薄き二きれ添へて食ふ豆滓まじる二碗《にわん》のわが飯《いひ》

『冬木原』

（漬物の）薄いたくあん二切れと　豆かす（大豆油の搾りかす）で量を増やしたご飯が二はいこれがわたしの食事だ

昭和二十年、東京は空襲が激しく、空穂夫妻は遂に信州に疎開し、そこで敗戦を迎える。軽井沢の食糧状況も厳しかった。細い大根一本が宝物であった。

夏大根《おほね》ほそき買ひ得てわが妻の宝のごとくするにあはれなり

細い貧弱な夏大根なのに　やっと買えたとわたしの妻は　その大根を宝物のように喜んでいる可哀そうだなぁ

今は飢うと人みなこころ乱るるをいやますます物の値《ね》あがる

今は多くの人がひもじい思いでこころが不安になっているのに　食べ物の値段はますます上がるばかりだ

麦粟はすでに得難みまづからぬ物とわが食《は》む高粱《かうりやん》と稗《ひえ》　『冬木原』

米はもちろん麦や粟《あわ》も手に入らない　わたしが食べるのは高粱《こうりやん》と稗《ひえ》　それもまずくはない食べ物としてだ（今は食べ物があるだけで上等なのだ）

昭和二十一年、東京に戻った空穂に食糧難は付きまとう。

食べものをもらふうれしさ覚えぬと心はぢつつわれのつぶやく　『冬木原』

食べ物をもらうことの有難さ嬉しさを覚えてしまったよ　と心では恥ずかしく思いながらも　わたしは本音をつぶやいた

昭和二十二年、配給制度による食糧では、絶対量が足らず、高額な闇取引による食糧でなんとか目の前の飢えを癒そうとした。

闇の食《しょく》買ひつつもわれこの命もてあそばるる恥を感じつ

（飢えをしのぐために）わたしは闇取引の食糧を買った　わたしのこの命をもてあそばれるような　恥を感じながら

やみのかね一銭すらもなきわれの買はねばならぬこの闇の物

不正に得た金など一銭もないわたしが　この闇取引の物を買わなくては生きていけないのだ

食《しょく》とかねにつながりあらぬ業《わざ》しては老い来しわれの饑ゑてやあらむ

食糧と金には縁のない職業をしながら　年を重ねてきたわたし　今や飢え死にしてしまうのではないか（食糧が乏しい）

食《は》まずてはあられぬ物と憎むべきものの如くに飯《いひ》の箸とる

食べなくてはいられない　憎むもののようにご飯の箸を取るわたしだ

うゑ死には怪しくもせぬものなりと身もて知りぬと友の笑《ゑ》み懸《か》く　『冬木原』

飢え死にというのは（こんなに食べられなくとも）不思議にもしないものだね　身をもって知ったよ　と友がわたしに笑いかけたなぁ

この友は親友前田晁か。長男章一郎が自宅の庭を耕し、丹精したトマトも盗まれてしまうような、食糧難の時代であった。

好もしくうれたるトマト夕待ちて取らむとせしを盗まれにけり　『冬木原』

見るからにおいしそうに熟れた庭のトマト　夕方に取り　新鮮なものを夕飯に食べようと思ったのに　盗まれてしまったよ

敗戦後二年、東京の焼け残りの店に品物が並ぶようになって、ようやく飢えからは解放されつつあった。しかし、生活水準が戦前の状態に戻るには、さらに八年後の昭和三十年を待たねばならなかった。

久に見る焼け残り店なつかしく牛蒡《ごぼう》の二本わが買ひにけり　『冬木原』

久しぶりに見る焼け残りの八百屋で　わたしはごぼうを二本買ったよ

結びに代えて――「食」の命を惜しむ

空穂は、物を食べることに「ひそかなる歓び」を感じていたことが、次の歌から確認できる。空穂八十七歳の詠である。

ひそかなる歓びもちて口に合ふいささかの物食ぶる老かも　『去年の雪』

自分だけの歓びを感じながら　口に合う少しの物をいただくよ　年を取ってからは

親しき姉や友とともに物を食べるとき、空穂の「ひそかなる歓び」は「かくも楽しき歓び」となった。長姉むらの喜寿を祝う歌と親しき友らと会食した折の歌を。

祝ひぞといひてすすむる今日の飯《いひ》姉にこやかに先ず箸とらす

姉さんの喜寿のお祝いです　今日のご馳走をどうぞと勧めると　姉はにこやかに　一番最初に箸を取られたよ

祝ひぞと集ひて物を食ふことのこの楽しさを姉よまたせむ　『明闇』

お祝いだからと　親族が揃って一緒に食事をすることの楽しさよ　姉さんお元気でまた集まりましょう

たまたまに家離れ来て親しきどち物をし食へばかくも楽しき　『郷愁』

たまにではあるが　家を離れ出かけて来て　親しいもの同士で会食をすることは　こんなにも楽しいものなのか（楽しい）

「食」のしつけのところでも触れたが、空穂は「食」の命を惜しむ人であった。子持蟹の、そして若鮎の命を、惜しみつつ有難くいただいたことが知れる。

松葉蟹小さきは雌とやあなあはれ腹に持ちたり数知らぬ子を

松葉蟹の小さい方はメスだという　ああ愛しいなぁ　お腹には数知れないたくさんのたまごを持っているよ　子どもになるたまごを

松葉蟹雄も雌も子らも共に食ひうましといひてこころあはれなり
松葉蟹の大きなオスも　たまごを持つメスも　うまいと言って両方いただいたけれど　こころがしみじみとしたよ

皿のうへに二つ並べる若鮎の清らにさびし箸つけまどふ　　『冬日ざし』
ご馳走のお皿の上に　若鮎が二匹並んでいる　その姿が清らかで寂しそうで　箸を付けてよいか心が揺れたよ

次の歌は、年来の友前田との旅の温泉宿での食事である。かけがえのない友と、いい湯と地場の新鮮な山女・きゃら蕗そして熱燗。積もる話で夜も更けたことであろう。生きて在ることの醍醐味の一夜といえよう。

野州川治《かはぢ》温泉　前田晁君と遊ぶ
鬼怒川のやまめ川治《かはぢ》のきやら蕗と膳静かなりいで酒飲まむ　　『冬日ざし』
鬼怒川でとれた美味しい川魚のやまめ　川治でとれたきゃらぶきと　温泉宿のお膳は地味だがおいしい　さあ酒を飲もう

空穂は生きなずんだ二十代に、日本基督教会の牧師植村正久によって洗礼を受けている。正久は空穂にとっての恩人であり、「心が動揺し、次第に虚無的になってきた時、安定感を持たせてくれた」人であり、「尊敬の念は微動だにしたことはない」と晩年の空穂は語る。(注19)「我は神の造ったもの、聖霊の宿る神殿で、限りなく重んずべきものである」(注20)という確信が生まれ、囚えられ、執して苦しんできた自我が、初めて真に尊ぶべき自我として自覚されるに至ったのである。「心の眼の前に明るい広い路が現われてきたような感が起こり、自身のことを思うことが少なくなった」(注21)と空穂は記している。父母と並んで、空穂の自尊感情の根幹に触れる出会いが植村正久との出会いであった。次の歌はただ一度、正久の自宅で昼食を馳走になった思い出を詠んだ、正久が亡くなったときの連作のひとつである。会食の大事さを語った正久の言葉を、空穂は終生忘れなかった。

植村正久先生身まかりたまふ、二十年前御教うけし頃を思ひいでて

生涯に一たび会食せむことは難きをと笑まし箸とりぬ先生

(先生の御宅にて馳走に預かりき)　『鏡葉』

一生のうちで一度でも　食事をともに出来ることはなかなかないものだよ　と植村先生は笑いながらおっしゃって　箸をおとりになった（先生のお宅で食事をご馳走していただいたことがあっ

たなぁ）

正久の教は、神が造った自身を重んじるという価値観となって、空穂の生涯を貫いた。

わがためは第一の物われはわが命に仕へかくも老いにし　『老槻の下』

わたしにとって一番大事なものは（神から与えられた）わたしの命　その大事な命に仕えて生きてきて　こんなに歳を取ってしまったなぁ

空穂は八十九歳、最後となった新年に「年頭」と題する以下の歌を詠む。身は立つもままならない老いの身であった。人間の尊厳にこころ打たれる。

年頭

新年の市《いち》に良書充ち読むを待つ読みてふやさむ生涯の富　『清明の節』

新年のまちには読み応えのある良書がいっぱい並び　読むひとを待っている　さあ今年も良い本を読み　感動し学び　わたしの生涯の富を増やしていこう

窪田空穂の「食」に関わる歌を、「家庭での食事をよし」とするこの歌で結びたい。

口に合ふ今宵の食事いささかのこのことだにもよしや我が家《や》は
好みに合う美味しい今晩の夕食よ　ささやかなこのことだけでも　我が家はいいものだなぁ

『濁れる川』

家庭科教育の出番である。

追1 「食《く》う」という言葉について

「思春期やせ症」に詳しい精神科医の大平健は、本物の拒食症の患者における、病院の食事には一切口をつけずに、「真夜中にベッドを抜け出して、配膳室に入り込んで残飯漁りをする」という事例を示している。この患者の病理の謎を、「たべる」と「くう」という二つのコトバをキーワードとして、解くことを試みている。「たべる」には「たべさせたり、たべさせてもらったり」する交流性を当て、「くう」には「くうかくわれるか」の攻撃性を当てている。この思春期やせ症の患者が拒否しているのは、ひとが用意してくれた食事を「たべる」ことであって、その限りでは人に隠れて残飯をむさぼり「くう」ことは、何の不思議もない、と大平は解釈している。(注22)「食う」の今日的用い方であろう。

空穂の「食」に関わる歌には、「食《く》ふ」という表現が、食《は》む、食《を》す、食《た》ぶ（食《た》ぶる）、食べる、食《くら》ふ、の言葉とともに、多く用いられている。空穂は、万葉集・古今集・新古今集の評釈をした国文学者であるから、言葉の用い方には信頼が置ける。日本で長く用いられてきた「食う」という言葉は、空穂の以下の歌からも分かるように、充分な「交流性」を有していることを付言したい。

誕生日

今年《ことし》また炊《た》けるこはめし祝ひては我も食ふべし多く食へ子ら　『朴の葉』

今年もまたわたしの誕生日を祝って炊いてくれたお赤飯　感謝してわたしも食べることにしよう
お前たち子どももたくさん食べよ

追2　家庭科教育と空穂の自尊感情

家庭科教育の在り方を、家庭科に寄せる愛情とともに探求し続けているお茶の水女子大学名誉教授の牧野カツコは、学ぶ生徒の視点に立つアメリカの家庭科教科書の例を上げ、「家庭科を個人、あるいは自分自身の問題についての学習からスタートさせ、家庭科の中心に人間の問題がきちんと位置づけられなければならない(注23)」と述べている。まず自分自身を理解するための内容があり、次いで他人を理解し、家族について学び、それから資源、住生活、衣生活、食生活へと展開していく家庭科の学びの奨めである。

自分自身を理解し、好きになることに一歩でも二歩でも近づけたならば、思春期も生きやすくなることであろう。空穂は「自分に仕える」という自尊感情に繋がる価値観を、生涯を通じて持ち続けた人であった。牧野が指摘するような、家庭科学習のスタートに位置する、自分自身の問題と理解を助けるためのひとつの教材として、空穂の自尊感情についての適切な紹介は、意味があると思われる。稿を改めて論じたい。

注

1　伏木亨「栄養学者伏木亨からの問題提起」、伏木亨・山極寿一編著『いま「食べること」を問う——本能と文化の視点から』農山漁村文化協会、二〇〇六年
2　山極寿一「人類学者山極寿一からの問題提起」1に同じ
3　鷲田清一「〈食〉のほころび」、鷲田清一編著『〈食〉は病んでいるか——揺らぐ生存の条件』ウェッジ、二〇〇三年
4　大岡信「解説」、大岡信編『窪田空穂歌集』岩波文庫、二〇〇〇年
5　窪田空穂「作歌上の標語」、『窪田空穂全集』第八巻・歌論Ⅱ、角川書店、一九六五年

6　歌集の刊行年と制作時の空穂の満年齢を以下に示す。（歌集名のふりがなは筆者）

一　まひる野《の》　明治三十八年　（二十二歳〜二十八歳）
二　明暗《めいあん》　明治三十九年　（二十九歳）
三　空穂歌集《うつぼかしゅう》　明治四十五年　（二十二歳〜三十四歳）
四　濁《にご》れる川《かわ》　大正　四年　（三十五歳〜三十七歳）
五　鳥声集《ちょうせいしゅう》　大正　五年　（三十八歳）
六　泉《いずみ》のほとり　大正　六年　（三十九歳）
七　土《つち》を眺《なが》めて　大正　八年　（四十歳〜四十一歳）
八　朴《ほお》の葉《は》　大正　九年　（四十一歳〜四十二歳）
九　青水沫《あおみなわ》　大正　十年　（四十二歳〜四十三歳）
一〇　鏡葉《かがみば》　大正　十五年　（四十四歳〜四十八歳）
十一　青朽葉《あおくちば》　昭和　四年　（四十九歳〜五十二歳）
十二　さざれ水《みず》　昭和　九年　（五十二歳〜五十七歳）
十三　郷愁《きょうしゅう》　昭和　十二年　（五十七歳〜五十九歳）
十四　冬日《ふゆひ》ざし　昭和　十六年　（六十歳〜六十三歳）
十五　明闇《あけぐれ》　昭和　二十年　（六十四歳〜六十六歳）
十六　茜雲《あかねぐも》　昭和二十一年　（焼失の「明闇」＋六十七歳）
十七　冬木原《ふゆきはら》　昭和二十六年　（六十七歳〜七十歳）

十八　卓上《たくじょう》の灯《ひ》　昭和　三十年（七十歳〜七十五歳）
十九　丘陵地《きゅうりょうち》　昭和三十二年（七十六歳〜七十八歳）
二〇　老槻《おいつき》の下《もと》　昭和三十五年（八十歳〜八十二歳）
二一　木草《きぐさ》と共《とも》に　昭和三十九年（八十三歳〜八十六歳）
二二　去年《こぞ》の雪《ゆき》　昭和四十二年（八十七歳〜八十九歳）
二三　清明《せいめい》の節《せつ》　昭和四十三年（八十九歳）

7　窪田章一郎・森伊左夫編『窪田空穂全歌集』短歌新聞社、一九八一年
8　窪田章一郎『窪田空穂の短歌』短歌新聞社、一九九六年
9　窪田空穂「自歌自釈」、『窪田空穂資料　窪田空穂全集別冊』角川書店、一九六八年
10　注1に同じ
11　斎藤学『家族依存症』誠信書房、一九八九年
12　窪田空穂「私の履歴書」、『窪田空穂資料　窪田空穂全集別冊』角川書店、一九六八年
13　井上忠司＋サントリー不易流行研究所『現代家庭の年中行事』講談社、一九九三年
14　本書「窪田空穂の身の上相談　抜粋」参照
15　注2に同じ
16　注8に同じ
17　岩田正『窪田空穂論』芸術生活社、一九七六年
18　辰巳芳子『家庭料理のすがた』文化出版局、二〇〇〇年

19 注12に同じ

20 窪田空穂『わが文学体験』岩波文庫、一九九九年

21 注12に同じ

22 大平健「「たべる」と「くう」の精神病理」、注3に同じ

23 牧野カツコ「家庭科で家族と人間をどう取り上げるか」、牧野カツコ編著『青少年期の家族と教育——家庭科教育からの展望』家政教育社、二〇〇六年

男の老い方モデル――歌人窪田空穂の場合

＊本稿は平成二十五年度「（相模原市）市民大学」にて全五回で講演したものを基にしている。空穂の名前だけは知っている方から初めて知る方まで受講者は多岐に亘った。したがって内容は基本的な分かりやすい資料を用いることに努めた。周知のことかと案じつつも、空穂の名文や名歌は、味わうたびにまた違った輝きを増すように思われる。

はじめに

老い方のモデル、それも生きていく力を与えられるようなモデルを見つけることは、大事なことのように思われる。死の四、五日前まで短歌を詠み続け、八十九年を老耄と無縁に生きた、歌人・国文学者窪田空穂（一八七七―一九六七）の生に迫りたい。

空穂は二十歳で母を、二十二歳で父を亡くし、三十九歳で大切な妻をお産で失う。残された二人の子と空穂のその後には、幾多の困難が待ち受けていた。亡くなった妻の妹との再婚と離婚、さらなる再婚と次男の戦病死を経て、空穂は生き抜いて行く。

最終の息する時まで生きむかな生きたしと人は思ふべきなり　『清明の節』

わたしは最期の息をするその時まで生きよう　人は「生きよう　生きていたい」と思うべき存在なのだ

と晩年の空穂は詠う。空穂の臨終に立ち会った長男の窪田章一郎は空穂の死を次のように詠んだ。

あはれまれ生きじと言はしきどつしりとさびしげもなく死にたまひたり　『硝子戸の外』

「憐れまれながら生きたくない」と言われていた　どっしりとさびしげもなく　この世と別れていかれたよ

この二首からも、こころに響く老い方のモデルが顕ち上がってくるような気がする。

わたくしが窪田空穂に魅了されたきっかけは、縁あって若き日の空穂が担当した、読売新聞の身の上相談の回答を分析したことに始まる。まずは資料①の「わたくしと窪田空穂」をご覧いただきたい。

資料①　わたくしと窪田空穂

窪田空穂との出会いは、わたくしにとって稀なる幸いであった。幸いのひとつは、空穂が「自分に仕える」という、自尊感情に繋がる価値観を、生涯を通じて持ち続けた事実とその重みを知ったことである。わたくしは教育を業とし、生甲斐としている。教育現場において、心を病む学生の増加を肌で感じ、その背後にある人間関係の障碍と自尊感情の希薄さを察知する時、空穂の人生は「希望」である。レポートに「人と関係を作ることができません。自分を大切に思うこともできません」と書き記した痩せ細った学生を想う時、空穂の歌が響いてくる。

われや母のまな子なりしと思ふにぞ倦みし生命《いのち》も甦り来る　『まひる野』

わたしは母の大事な愛し子だったなぁとしみじみ思うと　生きるのに疲れた命が　生き生きと甦ってくることだ

（まな子は愛子、真子）

わがためは第一の物われはわが命に仕へかくも老いにし　『老槻の下』

わたしにとって一番大事なものは（神から与えられた）わたしの命　その大事な命に仕えて生きてきて　こんなに歳を取ってしまったなぁ

全力を籠めて耐へ来し一瞬と一瞬のつづきしばしばして来《こ》し　『清明の節』

全力を籠めて耐え抜いた一瞬と一瞬の続きのような人生を　しばしば経験してきたことよ（よく生きてきたなぁ）

幸いの今ひとつは、自らの「老い」のモデルとしての空穂との出会いである。空穂は九十年間を完全に生き尽くし、老木が朽ちて倒れるように世を去ったという。死の四日前の心境を歌に詠んでおり、最後まで老耄とは無縁であった。八十歳を過ぎてからの最晩年に四冊の歌集を出版しているというたくましさである。最晩年の歌がまた実に素晴しい。

「年頭」と題した次の二首は、空穂八十九歳六ヶ月、昭和四十二年、今生最後の年頭にての想いである。何という瑞々しい感性と、確かな社会認識であろうか。

年頭

わが国の国際責任たかまれり国際の信《しん》寄り来て積れ

（戦後二十年余　経済成長も続き）国際社会におけるわが国の責任も高まっている　国際的な信用が（平和を守る）日本に寄せられ　さらにさらに積もり行けよ

新年の市《いち》に良書充ち読むを待つ読みてふやさむ生涯の富　『清明の節』

新年のまちには読み応えのある良書がいっぱい並び　読むひとを待っている　さあ今年も良い本

を読み　感動し学び　わたしの生涯の富を増やしていこう

次の「春暖」と題した空穂最晩年の歌は、わたくしの憧れる自らの死のイメージと重なる。

春暖

桜花ひとときに散るありさまを見てゐるごときおもひといはむ　『清明の節』

（もう起き上がることもできぬ床の中で　暖かき春の日に）満開の桜の花が　いっときに舞い散る様子を　まるで観ているような心持ちだなぁ

性別を超え、世代を超え、時代を超え、心に沁みてくる素晴しい空穂の歌の数々。反芻し愛誦しつつ、空穂の世界に近づきたい。

生活は一に信なり信あらば道おのづから開けゆくべし　『青朽葉』

生活していく上で何より大切なのは「信」である　信が在るならば　人生の道は自然に開けていくに違いない

次の資料②「高齢者というもの」は、空穂が八十一歳の時に七十代を顧みて、「老壮の友」に寄せた随筆である。後に続く壮年や同世代の老年に向けての文章であるためか、「七十代は良いものである。微笑して楽しみ得る世界が開けて来る。」と言い切っている。「高齢者というものは、壮年者のあわれむような不幸なものではない。壮年者の高まり深まり来《きた》った心境の保持者なのである。」という結びは、今もわたくしたちを励まし続ける。この随筆は、大岡信編の『窪田空穂随筆集』（岩波文庫）で手軽に味わうことが出来る。

資料②　高齢者というもの（本文中の年齢は数え年）

年が改まったので、私は満《ママ》八十二という高齢者になった。若い頃はどちらかというと虚弱な方で、折々寝て過ごした身である。我ながらよくも生きて来たものだと思うことがある。

十代から二十代頃には、七十・八十の老人を見ると、人間離れをした、変な存在だと思い、遠くから、まじまじと眺めるだけで、近寄ろうと思わなかった。現在自身がその年になっているのである。

高齢者を別世界の者のように思う気持は根深いものと見え、私は四十代に入ってもそれを持続していた記憶がある。

二十代の学生時代に、先生と仰いでいた五十代の漢学者で、七十代に入って新たに劇職に就かれた人があった。私は会って挨拶をした時に、

「えらいんですねえ先生、そのお年で」

というと、先生は微笑して声を低くしていった。

「君、七十代って、良いものだよ」

私は返す言葉がなかった。その心持が解せなかったからである。

事はそれだけで、従って忘れ去っていたのであるが、自身七十代に入った或時、すでに故人になっていられる老漢学者先生のその一言を思い出した。そして、先生のいわれたとおりだ。七十代というものは案外よいもののようだ、としみじみ思ったのであった。

知識には老若の差別はない。若くても知識の優れた者もあれば、老いても劣っている者がある。しかし日常の生活気分の面では、年老いた者は、若い者の到底及びえない境にいるものである。明らかに高い境にいる。しかもそれは、努力して得るものではなく、おのずからにして得られるもので、年齢の高まると共に、無意識の中におのずからその境に入ってゆかれるのである。高齢者には高齢者のみの持ち得る幸福があるのである。

生活とは言いかえれば欲望の追求である。これは人間の本能である。本能といえば卑しげに聞こえもするが、これは生命の要求で、生命そのものの姿であって、離れようにも離れられない人間の大道である。

欲望の対象は、社会的には名利《みょうり》である。個人的には肉体的欲望である。人間はすべて欲望の追求者であるが、これを結果から見て、その欲望を満たし得た者があったろうか。欲望が大きければ大きいだけ不満も大きく、一人の満足者も無かったといえよう。即ち満足の楽しさを夢みて労苦し、不満足の結果を嘆くのが常態で、古来一人の例外者も無かったといえるのである。

しかし人間の本能は、単に欲望のみではなく、欲望から脱出する本能と本質も与えられている。その相互関係は甚だ微妙である。

あらゆる生物の中、人間のみが知性を蓄積する力を与えられており、知性はすでに本能化している。この知性は、人間、老境に入る頃には、自身のもって生まれた能力の限界を認識する。同時にその生存環境である社会の本体をも認識する。この認識は、年齢の加わると同じく、おのずから加わり深まるのである。深まり来った認識は、進んで自身と名利との間に一線を劃させる。消極的な諦めではなく、積極的な悟りである。即ち名利は絶対的なものではなくなるのである。

更に個人的には、生命力が減退すると、肉体的の一切の欲望が衰える。欲望ある故に価値あるものが、欲望が衰えると価値が失《う》せさるのである。

人間、欲望から解放されると完全なる自由人となる。高所に立ち得た新人となる。しかし生命の消えない限り、別種の欲望を発見し、自主的に、合理的な静かな欲望を生み出し来るのである。

七十代は良いものである。微笑して楽しみ得る世界が開けて来る。

高齢者というものは、壮年者の哀れむような不幸なものではない。壮年者の高まり深まり来った心境の保持者なのである。(「老壮の友」一九五九年二月)

次の資料③は、昭和四十一（一九六六）年元旦の日本経済新聞を飾った有名な空穂の一文、「九十歳賀すべし」である。昭和四十年の男性の平均寿命は六十八歳（女性七十三歳）であったことを思うと、「九十というと自分で取った年ではなく、授かり物のような気がする」という空穂の心境も察せられる。執筆時の空穂、満年齢では八十八歳と六ヶ月であった。「枯木の境涯、何所《どこ》からか降って来た、えたいの知れない寿命」という空穂の老いに対する自然体には、感嘆せざるを得ない。「九十歳賀すべし」と結ぶ空穂、やはり老い方モデルである。

資料③　九十歳賀すべし（「日本経済新聞」一九六六年一月一日、『清明の節』所収）

除夜の鐘が聞こえて来て、年が改まったと思うと同時に、私など高齢の者は、いよいよ私も数え九十まで生きて来たのだと、今更のように一種の感が発して来る。

つい、少し前までは、私は八十九歳だったのである。八十台までは、一つ一つ累《かさ》ねて来た齢《よわい》が、積もり積もって、そういう数になったのだと思われるのであるが、九十というと自分で取った年ではなく、授かり物のような気がするのである。何処《どこ》からか降って来た年が自分の身に憑《つ》いて、年齢ではなく、寿命という、えたいの知れないものになっているのだと思わせる。これは誇張ではなく、実感で、自分は老人以上の老人になったのだと思う。

老人は若い人の思うように変なものではなく、少年が青年に、青年が中年から老人にとなったので、誰もそうなるが当り前の、自然の成り行きである。

九十歳になって顧みると、最も切実に老を感じさせられたのは五十台であった。四十台には菲才《ひさい》の私も、今が年盛りだと思えた。私が母校の一講師にされたのは四十台にはいってで、何事も立ち遅れている、今から勉強して、取り返しをつけようと思った年台であった。私は老学生の気になって、むきになって勉強した。勉強していると十年は短かった。しかし根気の衰えを感じさせられる場合が多く、事毎に若い頃と比較して嘆息させられた。

六十台になると、五十台は良かったなあと思った。七十台になると、六十台は良かったなあという嘆息は出たが、同時に諦めもついて来た。人間の定命《じょうみょう》には限度がある。七十台は植物でいうと、花が咲いて散り、実となる時だ。どんな農夫でも、また植木屋でも、その時になって肥料をほどこす者は無い。無能は無能なりに、相応した収穫をすべきだと諦めがついて来たのである。

八十台はその延長であった。人間七十台までだな、としみじみ思わせられた。私などのして来たような事でも、がまんと無理をしなくては何も出来ない。何をしてもすぐ疲れる。厭やになる。結局、何も出来ないのである。

私の生まれた家は必ずしも長寿の家ではなかったが、祖母という人は九十を越えること幾つまで生きていて、私の二十台に没した。百まで生きるかも知れないと周囲の者は思いもし、言ってもいた。それが、お祖母《ばあ》さん、きょうは少し変だと言っていると、それも半日ほどで、正に眠るがごとく没した。私はそのさまを眼にして来た。

医師が死因を調べて、「何の御病気もありません。老衰の極の死で、枯木の倒れたのと同様です」と断じた。

九十歳は老人以上の老人だと言ったが、これは枯木の境涯である。何処からか降って来た、えたいの知れない寿命があると言ったが、寿命など、我が物に似ているが、結局わが物ではなく、手のつけられない物である。言いつづけると愚痴めくから止《や》める。九十歳賀すべしである。

「老人は、誰もそうなるが当り前の、自然の成り行きである。」という空穂の認識をかみしめたい。また、祖母の老衰死が空穂の死のモデルとして存在したことも分かる。半日ほどで、正に眠るがごとく、自宅で、孫にまで看取られて没した祖母の死に方は、自宅で死ねない現代の老人の死に方への、問いかけを孕んでいる。

一　父や母と空穂

空穂と両親

窪田空穂は満八十八歳の時、日本経済新聞に「私の履歴書」を執筆した。その中に「恩人を思う」と題する章がある。空穂にとっての恩人とは、「無力わがごとき者を世に生かしてくれた」人であり、「あったればこそ、どうにか生きながらえてきた」人であり、「もしなかったとしたら、どうなっていたろうと思うとぞっとする感がある」人である。空穂は恩人の第一に両親を挙げる。資料①がそれである。

資料①　恩人を思う（「私の履歴書」）

　私の第一の恩人は両親である。母は無性に末っ子の私が可愛く猫かわいがりに可愛がってくれた。母を思うと、自分を大切にする気が起こってきたことが何べんもあった。父は窮乏に堪えて生きてゆくことを教えてくれた。窮乏に処する心得である。父の顔は胸を離れなかった。

　空穂は次男で末子であり、父四十二歳、母四十歳の時の第四子として誕生した。兄は二十一歳、長姉十二歳、次姉十歳であった。兄はこの年に結婚している。空穂は両親自身も驚き迎えたような授かり子であった。空穂の両親は父二十歳、母十八歳で結婚し、立派に家庭を築いた。ここでの年齢はみな数え年であるから、現在の十八歳よりさらに若い年齢で、時は安政年間のことであった。

誕生日（誕辰）は、「健康な自己愛」を確認する契機となる。次の資料②の空穂の歌からは、父や母に望まれてこの世に生まれてきたという空穂の素朴な確信が、伝わってくる。

資料②　誕辰と父母

誕辰に

かかる日に生まれし我か空白く青葉けぶりて揺らぐともせぬ

このような日に生まれたわたしなのだなぁ　空は白く光り輝き　新緑は美しくけむり　揺らぐ様子もない

我は父母老いての子なるに

生れたる我に見入りて父と母静けき笑みを浮べましけむ

生まれてきたわたしをじっと見つめて　父と母は（喜びのこもった）穏やかな笑みを浮かべられたのだろうなぁ

父母のその身分てる我なりと年に一日《ひ》の今日は思はむ　『さざれ水』

自分は父と母の分身であることを　年に一度の誕生日の今日は　しみじみ思うことにしよう（感謝を込めて）

父母
老いて知るわが父母《ちちはは》やあきらかにいたはり合ひて一代《ひとよ》経ませる
自分が歳を重ねて分かったよ　わたしの父母は明らかに夫婦仲良くいたわり合って　その人生を送られたということが　『木草と共に』

父母と題する歌から、空穂の両親は「いたわり合った夫婦」として、末っ子の目に映っていたことが分かる。

空穂の短編「駱駝《らくだ》」も、空穂の父が苦労をかけた妻を東京見物に誘うという、心に沁みる一文である。空穂の母は東京見物の翌年に、姑より夫より早くに亡くなってしまうのである（数え年六十歳）。空穂は満二十歳になったばかりであった。母危篤の報せで、若き空穂は混迷する大阪の米相場稼業から抜け出すことが出来たのである。自らの死をもって「まなこ（愛子）」を救い出したのではないか、そんな大きな母の愛をも感じてしまう。

空穂の両親の夫婦関係を最も如実に示す空穂の作品は、明治四十（一九〇七）年四月、「文章世界」に発表した短編「母」である。空穂がすぐれた新進作家として認められる契機となった作品である。資料③から、母は臨終の苦しみの中で、最後に我が子の空穂よりも夫を側に呼んだことがわかる。長年連れ添った夫婦ならではの繋がりが見事に再現されている。

資料③　小説「母」より（『全集』第四巻）

……父は母の前へ廻つて立膝をしながら、

「何うした――確《しつか》りしろ！」と言ひながら、じつと母の上に眼を注いだ。

父の声は落着いて力が籠つて、物を諭すやうな調子であつた。眼には憐みの色が浮んで居たが、如何なる命運にも瞬《また》きもしないで対はうとするやうな強い所が現はれて居た。

父の声を耳にすると、母は暗んで来た眼を強ひて瞬《ひら》くやうにして、黄に濁つた光の無い瞳を上げて、じつと父の顔に据ゑた。

見下す父の眼と、見上げる母の眼とは、じつと相合つて動かない。

私は母の様子に眼を注がずには居られなかつた。今が今まで彼《あ》れ程までに悩んで居たのに、父が側へ来て声を掛けると共に、母はぴつたりと、子供が怖い物を見て泣き止むがやうに静かになつてしまつた。そして眼を挙げてぢつと、今見なければまたと見られない物を見るがやうに目動《まじろ》きもしずに父を見詰めて居るのであつた。其眼は劇しい苦痛を宿して、物を見詰めると言ふよりも睨んで居るがやうに見えたが、其中に懐かしい柔かい捉へようとすれば消えるやうな色が明かに仄めいて居るのであつた。

空穂と父

その顔が胸から離れず恩人だとした、父を詠んだ資料④の短歌から、空穂と父の関係を探ってみたい。土地の農事協会を管理したような篤農家の父庄治郎（寛則）は、一たび傾いた家産を自らの力で立て直した苦労人である。現在、窪田空穂記念館の一部となっている立派な母屋も、父が改築したものである。

資料④　父の歌

父を憶ふ

まづしくて児はあらせじと思ひぬと、みまかりにける父が一言《ひとこと》。

小さい子どもに貧乏な暮らしはさせたくない　と努めたよ　亡くなった父のその一言が想われる

我が指の高き節《ふし》見よ、世に経《ふ》るは難《かた》しといひて手を見せし人。

『空穂歌集』

わたしの指の　このごつごつした高い節を見てごらん　この世の中を生きていくのは大変なんだよ　と父は手を出して見せてくれたっけなぁ

父は空穂が満二十二歳のときに亡くなった（数え年六十四歳）ので、父との思い出は青年時代のものである。「父を憶ふ」の歌は、父の没後十年の頃、借家住まいを転々とし、窮乏にも耐えて東京の生活をしていた中で詠まれた。長子章一郎が生まれた後、父のこの一言の重みは、空穂の身に実感として増していったことであろう。亡き父が案じてくれた自分への愛情とともに。「世に経るは難し」と語り得るものを、子育ての過程で現代の父は現代の父の形で、ためらわず伝えていくべきではないかとわたくしは考える。お金で済ませてはならない真実がそこにはあるように思われるからである。

或日

人をしも信ぜむとするこのこころ持つに悲しく捨てむにさびし

人を信じよう　信じたいとするこのわたしのこころは　持ち続けるのは辛く悲しいが　捨て去るのはさらにさびしいなぁ

よきところ一つある人は稀なるをさな求めそといはしきわが父　『鏡葉』

人間　良いところが一つでもある人はそうそういない　そのように相手に厳しく求めるなよと言われたなぁ　わたしの父は

「或日」の二首は、空穂が再婚した、亡き妻藤野の妹である妻操との思うに任せぬ日常の中で、すがるように思い出した亡き父の言葉を詠っている。当時、日常を共にした空穂の長男窪田章一郎の解説を引用したい（資料⑤）。

資料⑤　窪田章一郎著『窪田空穂の短歌』より

最初の歌（人をしも）は、対人関係の心で、その人を信じようとするのであるが、信じきれないと思う悩みの持続されている時の作である。「持つに悲しく」の「持つ」は、ひと時のことではなく持続の状態を暗示する。「悲しく」は、その人との関係が並一通りのものでないことを十分に表現している歌である。信じようとする心を、甲斐のないことと見きわめれば捨てるよりほかないが、それは如何にもさびしい。この「悲し」「さびし」は深刻な内容をもっている。誰しも人生経験として持つもので、読者にうなずかれる歌だと思う。

次の歌（よきところ）は、亡き父の言葉を回想し、現在の苦悩に堪えようとする心の表現である。「よきところ一つある人は稀なるを」は、人間を冷静にきびしく、また広い体験を通して見きわめた言葉である。誰にも長所は一つあるというのではなく、一つあるのは稀だというのである。この人物はそれが一つあるのだから、そのように要求はするなと、青年だった空穂を諭し、慰めたのである。聞くところによると、二十歳《(ママ)》年長の兄に対して弟が注文をつけて父に訴えた時、父の言った言葉だったという。生れた年に兄は結婚をし、家督を受けついで、一家を支えて来た人であった。父はそれを認めて「よきところ一つ」と言ったという。おまえの言い分も尤もであるがと頷いた上で、静かな口調で諭されたようである。父を終生、神のように尊敬した息子であったから、胸に沁ませて聴いた言葉は、永別して二十年余の今、人生行路の悩みに際会して、指針となっているのである。

この歌は前の歌と連作になっている。人を信じようとして信じかねている悲しみとさびしさに堪え、否定することなく生きてゆこうとする心の表現である。「よきところ一つある人は稀」だと亡父の言ったのが人生の真相であると考えると、思いかえし、立ち直る心のゆとりが生れたであろう。自分自身をも加えて、人間というものを考えたのではなかろうか。苦痛から発するうめき声というべき歌である。人間相互のもつ価値の発見と理解、思いやりという宗教的領域の表現であるのを思う。

同居していた章一郎ならではの、父親空穂から聞いたエピソードが書かれているのが興味深い。また、章一郎は父親に同情的であることが良くわかる解説でもある。四十代後半の空穂の悩みに亡き父が寄り添っているようにも思われる。

空穂は父の死を区切りとして、婿養子先の養家から離れる。父が勧めた末子空穂の養子縁組ではあったが、空穂には不如意の連続であった。養子先からの離縁が、歌人・国文学者窪田空穂誕生には不可欠であり、その意味で、父は自らの死をもって末子空穂の人生の舵切りをしてくれたようにも感じている。

空穂と母

空穂は母というものを、「生涯を通して心の矜《ほこ》りであり、心の慰めであり、心のふる里である所の、世にまたと無い者として自分たちを愛してくれた」存在として捉えている（『亡妻の記』）。わが子を「世にまたと無い者」言い換えれば「かけがえの無い者」として捉えるその感じ方は、母親の情の源を示す言葉のように思われてならない。空穂は母のことを以下のように詠う。

我が母は我に求むるところあらず母に取りては我もよき子ぞ　『さざれ水』
わたしの母は（こうあれなどと）わたしに求めることはなかったなぁ　母にとってはそのままのわたしでも　可愛い良い子だったのだ（有難いことだ）

母逝きて三十五年、五十代の空穂の歌である。情報過多の現代、他の者と比較し、母も子育てへの自信をなくしていく場合も多い。日本の現代の子どもたちの自尊感情が、各国比較においても低い結果を示していることについては、いくつもの調査が指摘している。

空穂のこの嬉しそうな歌から浮かび上がってくる、平凡な懐の深い母は、いつの時代にも主流であってほしい。

次の冬至の柚子湯の歌も忘れられない空穂の歌である。


湯げかをる柚子湯《ゆづゆ》にしづみ萎《しな》びたる体撫《からだ》づれば母のおもほゆ　『丘陵地』

冬至の今日　湯気まで柚子の香がする柚子湯に　ゆったりしずみ　長生きしてシワシワになった体を撫でていると　産み育ててくださった優しい母が想われるよ

歳を取って、肌もシワシワになった老人空穂が、柚子湯にしずみながら、自分を産んでくれた母への感謝を想う歌である。母への感謝は、空穂自身の一生《ひとよ》に対する肯定感情に根ざしているといってよいであろう。人生の実りのときにおける自尊感情が滲み出ている歌として、大切にしたい。

空穂の本名は窪田通治《つうじ》である。愛称は「通《つう》」。使用人には時に「通さま」などと呼ばれたらしい。次の歌は、空穂最終歌集の歌である。

『清明の節』

通《つう》のゐる所へ行くとの母の言年《こと》を経《ふ》れども忘られなくに

（病気が治ったら）可愛い末っ子通治の住むところに行き一緒に暮らしたい　と言ってくれた母の言葉は　五十年経っても忘れることは出来ないなぁ（嬉しくて）

空穂の母の臨終に近い頃のエピソードが詠われている。「母危篤、帰れ」の報に、空穂が大阪堂島の米相場仲買業の店から駆けつけると、母はうるみ声で「もう汝《われ》には逢えねえかと、思っていたぞよ」と言う。空穂は「これからは側につき切りにいる」と応える。母は喉頭結核らしくて声が良く出なかったのが、かわいい末っ子に会えて、珍しく声が出たのである。空穂が母の側に昼もごろ寝をしていると、空穂のお臀を手を伸べてさすり、大きくなったと、うれしそうにしたという。これらは空穂の筆になる「私の履歴書」から知れる。気分の良い一日、母は病気が癒ったら「通」のいる所へ行って一緒に暮らすと言い、傍らの夫はその声を聞いて喜び、そうするといい、と応えたと言う。癒るはずのない病気で一ヵ月あまりで母は亡くなるのだが、母が自分と暮らしたいと最後に言ってくれたことの感動を、空穂は繰返し想い出し歌にも詠み続ける。この言葉と共に母は消え去らず、子と共にありありと生き続けていることになる。生活の節目における、こうした言葉を発することの大切さを、教えられる気がする。ひとは言葉できちんと伝え、きちんと受け止める、ということが出来る存在であるはずだ。受け止めるちからの大切さをより思うことである。

今にして知りて悲しむ父母《ちちはは》がわれにしまししその片おもひ　『冬木原』

（七十代の親である）今になって　父や母が溢れるほど自分にかけてくださった想いや愛が分かるよ　有難い親の見返りを求めない一方的な愛情だったなぁ（感謝したくても父や母は既に世にない）切ないことだ

二　配偶者の死・離婚・再婚と空穂

恩人としての二人の妻

空穂が日経新聞に執筆した「私の履歴書」の中に、「恩人を思う」と題する章があり、第一の恩人として両親を挙げたことは既に述べた。第二の恩人として坪内逍遥先生と植村正久牧師の両人を挙げ、次いで恩人としての二人の妻に言及する。藤野と鉎子夫人で、資料①がそれである。

資料①　恩人を思う（「私の履歴書」）

数え年三十一歳、当時としては晩婚と言われた結婚をした。郷里をほぼ同じゅうする者で、小学校の高等二年生の時、私は代用教員として半年間教えた少女である。裕福に育った娘であるが、文学青年の域を脱しえず、東京で漂泊者に類した生活をしていた私に嫁し、窮乏を共にし、三十歳にして産褥病で急死した。

ちちの実の父と我がなりはは葉の母と汝《な》がなりて生める子らかも

一男一女を遺し、母なき子らは父とともに世路のさみしさ悲しさを味わわされた。

私は後妻を娶《めと》った。筆名林圭子という晩婚の女性で、東京生まれ、名士の娘で、父なき後のことであった。

私にはある程度の古典研究書があるが、それをさせたのはこの後妻である。仕事の性質上、夜更かしと朝寝はつきもので、手のかかる夫であるが、その仕事はほとんど稿料とはならないのである。階上、南向きの四畳半の書斎で、風とおしが悪く、別棟の瓦屋根の照り返しが、晩春のころから暑い室に籠っての勉強であった。圭子は、妻となり、友人ともなって、可能な限り、いたわり励まして仕事を続けさせたのである。私は妻に恵まれてきた。妻の好意と理解とによって、いささかながら好む道の上で働くことができたので、かりにその好意と理解とがなかったとしたら、仕事はできなかったろうと思う。それを思うと妻は恩人というべきである。

「私の履歴書」執筆時の空穂は八十八歳で、鉒子夫人との結婚生活も三十五年に及んでいる。日々老いの進む生活を支えてもらっている、十九歳年下の頼りになる妻を恩人として挙げた空穂は、当時の偽らざる心境を述べたのかもしれないが賢いと思う。著名な全国紙である日本経済新聞紙上に、夫から恩人として遇された妻はどんなにか嬉しく晴れがましく思い、さらにこのひとを大事にして上げたいと思ったことであろう。家族関係とはそのように動き行くものである。高齢社会の今、日本の男性も、自らの日常の環境確保のためにも、空穂先生の「妻は恩人」的表現に倣うことをお勧めしたい。

恩人としての妻のなかに、藤野の死後再婚して、戸籍上は十一年間妻であった次男茂二郎の母でもある操夫人のことについて、空穂は一言も触れていない。それなりの理由あってのことであろうが、初めてこの一文に接した時、「操さん、抜けている」と、感じたことを思い出す。

以下、藤野の死、操との再婚と離婚、について触れたい。

配偶者の死―藤野と空穂―

空穂と藤野のことを考えると、まず浮かんでくるのは、藤野の死後その短い生涯を悼み、残さんとして空穂が力を傾けた『亡妻の記』の以下の文章である（資料②）。空穂満三十歳、新妻藤野満十九歳の初夏のことである。

資料②　藤野との結婚式の後に　明治四十年五月二十七日（『亡妻の記』）

私と藤野とは私の郷里の家で結婚をした。式後、二人で相対すると、私の胸には過ぎ去つた足かけ三年間の思ひが、今一度よみがへつて来た。今生涯の頂点である時の上に生きてゐるといふ思ひがした。その部屋は少女であつた藤野の年始に来たことのある部屋であつた。蛙の声が門田の方から頻りに聞えて来た。黙つてぢつと私の顔を見守つてゐる藤野の眼からは、涙が静かにこぼれ落ちて居た。

忘れ難いふたりの場面である。

我が瞳直《ひた》に見入りつ其瞳やがて眩《まぼし》げに閉ぢし人はも　　　　　　『土を眺めて』

わたしの瞳をじっと見つめていたその人は　やがてその瞳を眩しそうにそっとつむったよ

藤野は「文学青年の域を脱しえ」ず煩悶する空穂を傍らで支えた。三十代の生き悩む自身の姿と傍らの藤野とを空穂はいくつもの歌に残している。

机うちて我とわめきつ故知らぬ憤《いきどほ》ろしさ胸にあまりて

机を手で強く打ちながら　わたしは大声で叫んだ　訳の分からない腹立たしさ　嘆きが胸に溢れて来て

よく識れる人の顔みてよく識れる心とむかひ今日もくらすも
分かり合っている妻の顔を眺め　分かり合っている心と向かい合って　今日も暮らしていること
よ（穏やかな日常を）

何をさはさびしげにすと君いふか命たふとくうれしかる故　『濁れる川』
なんでそんなに静かにさびしそうにしているの　と君は言うのかい　命というものが尊く嬉しい
ものだと　味わっているのだよ

藤野の死後、亡き妻を偲ぶ空穂の以下の歌は、何度読んでもこころに沁みる。

人呼ぶと妻が名呼べり幾度《いくたび》をかかる過ちするらむ我れは
用があって人を呼ぼうとして「藤野」とまた亡き妻の名を呼んでしまった　いったい何回このよ
うな過ちをするのだろうか　このわたしは

藤野の新盆の折りの一首を。

其子等に捕へられむと母が魂螢《たま》と成りて夜を来たるらし　『土を眺めて』
かわいいお前たち子どもにつかまえてもらいたくて　（亡くなった）母さんの魂が（新盆の）夜に螢となって　会いにきてくれたのだよ（父さんも会いたいよ）

亡妻の年祭に
もうまる九年になる、言つたからとて誰が汲まう、いふまいと腹できめて、さすがにさみしい、言はねば紛れぬ、独言《ひとりごと》でもいはうよ。　『青朽葉』
（藤野が亡くなったあの日から）今日で丸九年になる　そのことを言ったとて　だれがこの気持ちを察してくれようか　誰にも言わないと決心しても　さすがにさみしくていられない　独り言でもいおうよ

次の資料③は、藤野を亡くして一ヵ月後、空穂は当時担当していた読売新聞の身の上相談に、以下の回答を示す。苦労を共にした夫が、羽振りがよくなると同時に愛人を作って妻の自分を蔑《ないがし》ろにするという、「相生町の女」と称する二十七歳の妻からの相談である。

藤野を失った空穂が、自らに言い聞かせるような回答に注目されたい。嘆きの為に「心を砕かれる」ことなく、「心を引き締めて新しい路を拓いて行く」ことを勧め、それがその人の「幸不幸の岐れ目」だと空穂は回答するのである。

資料③　読売新聞身の上相談「泣かぬ日は無し」（拙著『窪田空穂の身の上相談』）

大正六年五月十六日

▲貴方のやうな心の素直な、人の為に尽す心の深い、労苦を厭はない人が、寂しい日々を送らなければならないといふのは、お気の毒に堪へません。併し誰の身にも不如意はまぬかれません。何等かの意味で嘆きを持つてゐます。この嘆きを何ういふやうにして行くかといふ事が大事な事です。即ち嘆きの為に心を砕かれてしまふか、嘆きの為に心を引き締めて新しい路を拓いて行くかが、その人の幸不幸の岐れ目です。―略―　（記者）

再婚と離婚―操と空穂―

大正六（一九一七）年四月四日に藤野はお産のために亡くなる。満二十九歳の若さであった。藤野のお墓の前に立ち、自分をうつけものにしないでくれと、かこち嘆く空穂ではあったが、心を引き締めて新しい路を拓いて行くべく選択したのが、藤野の両親が勧める、藤野の妹操《みさを》との再婚であったと思われる。操も義兄としての空穂には好感を抱いており、藤野が「わたしが死んだら妹と結婚したらいい」由のことを言ったと、空穂が『亡妻の記』に書き残している。藤野が亡くなった年の十月に空穂は操と再婚する。空穂は満四十歳、操は満二十六歳間近であった。直ぐに空穂にとっては次男、操にとっては初子の茂二郎を授かる。
小さい茂二郎の様子を詠った次の歌からは、ほほえましい母子の様子や、幼い子を囲んでの夫婦の暮らしの穏やかさも伝わってくる。

ひる寝より目ざめにし子は母を呼びいらへする聞きて又眠りけり　『鏡葉』
昼寝をしていた茂二郎が　ふと目を覚まし不安になって母を呼んだ「はーい　茂ちゃん」と応える母の声を聞いて　幼な子はまたすやすやと眠ってしまったよ

大正十年の作である。この歌の「自歌自釈」を空穂はこう記す。

「子」は次男の茂二郎《しげじろう》である。三、四歳であったろう。ひる寝していたが、ふと眼をさまして母を呼んだ。母は生母である。母が返事をするのを聞くと、すぐまた眠ってしまった。怖《こわ》い夢でも見たのだろう、と感じた。稚《いとけな》いものにもそうしたことがあるのかと思い、それに感を持ったのである。よくある事らしい。（「自歌自釈」、『全集』第七巻）

「自歌自釈」執筆時の空穂は八十七歳、操も茂二郎も世にない。当時を思い出しながら空穂は書き進んだのであろう。「母を呼んだ。母は生母である。」という表現に、操に対する時を経た情を、わたくしは感じたいように思うが、「生母」と殊更に書くこと自体が、空穂の抱えていた悩みを期せずして物語っているのかもしれない。大正十二（一九二三）年の関東大震災の自警団動員への過労から、長男章一郎は肋膜炎に罹り、生死を危ぶまれることすらあった。操との関係の不調の鍵を握る原因の一つは、当時十代、気難しい思春期の章一郎と操との関係、殊に章一郎の胸の病気ではないかと思われる。章一郎は操にとって実の甥なのであるが、実子の重病に動揺し、一心に真向かう父空穂と、甥へのそれとは温度差があったということか。資料④からは、離れつつある空穂と操の夫婦関係が推測できる。

資料④　憂いを共有できない空穂と操（大正十三年）

子が病久しく軽からずも見ゆる頃
この憂ひ語らじとしてわがをればいはむことあらずかたはら人に
重い病状の長男が心配でたまらなかったが　この心配や憂いを（分かち合えない）妻の操には言うまいと　わたしは決めていた　直ぐ傍にいる人なのに何も話すことはないのだ（話せないのだ）

こらへつつ生きむとおもへわが心向はしむべきところのあらぬ
（分かり合えない夫婦仲も長男の病気のことも）なんとか我慢して生きようと思うけれども　わたしの心はどこにどう進んだらよいのかも分からないほどに弱っていた
『鏡葉』

「自歌自釈」に空穂はこう記す。（　）内の注は筆者による。

心は常に（病気の）子に捉われていた。（略）それには他人には漏らせない事情が伴っていた。私の後妻は、子には血縁の人であるが、この人は憂いを分かつことのできる人ではなく、私一人で両親《ふたおや》の憂いをしていたからである。

「この憂ひ語らじとしてわがをれば」で、「傍人《かたはらびと》」と婉曲に言っている人は、私の妻、子の母だったのである。（略）

「怺《こら》へつつ」は、我ながら情ない心境だとは思うが、その当時は私は精神力が疲れきって、限界に近づいていたかに思われる。何に対しても興味がうすらぎ、失せていって、厭《い》やになっていた。

（「自歌自釈」、『全集』第七巻）

空穂の神経も相当に追い詰められていることが分かる。操も精神の均衡を崩していく。昭和二（一九二七）年あたりから操が信州の実家に移り、別居状態を経て、昭和三年十月二日協議離婚へ。空穂は、「それより他には法がなく思われたからである。」と記している（「歌集について思い出す事ども（二）青朽葉」、『全集』第二巻）。

操との年月は、人間空穂にとって試煉《こころみ》であり、人間洞察を深めたであろうことは、想像に難くない。操自身が書き残したものが少なく、空穂と操の十年の結婚生活は、空穂研究者においても取り上げられることが少なかったように思われる。

今回、窪田新一さんご夫妻から、大正十三年一月十六日付の信州島立の実家から空穂に宛てた操の手紙をお借りすることが出来た（資料⑤）。操は姉田鶴《たづ》が卵巣水腫で亡くなったため帰郷。章一郎は大学病院のX線診断の結果、左肺の一部に病巣が発見され、医師から退学を勧められる。空穂は藤野の死以来の身の上の大変化に驚愕し、動揺し、神経衰弱の様相を呈し、操とのそれまでの齟齬が修復不能に近くなっている。章一郎の命に関わる一大事を、自分と同じ思いで受け止めない薄情な母、妻として母として真心の足りない女だ、と空穂は憤り、離縁状すら書く。そうした状態での操の手紙である。

この手紙を読んだ空穂は、「考へて見ると気の毒だが、云ひ方が不快に聞えた。」と日記に記す。ふたりの溝は深い。

資料⑤　窪田操の空穂宛書簡　大正十三年一月十六日　（　）内の注は筆者

昨朝の地震のお見舞いを申上ます

嘸《さぞ》びつくり遊ばしたでせう　ふみちゃんはどんな様子でしたでせう、兄さん（章一郎）も御母さん（操）も皆別れ〳〵になつて居るので一層心細いやうな気がした事でせう、貴郎にも此の頃中便り無い明暮を続けてゐらつしやる折柄とて矢張そんな風にも御思召しはせぬかとはるかに御すもじ致して居ります
昨今は御風邪の具合は如何でゐらつしやいますか、かげ乍ら御案じ申して居ります。章ちやんの方も被害は無かつた事と思ひますが今日の新聞では少しも様子を知る事が出来ません本当から云ふと早速御見舞に出かけねばならぬのですが又貴郎も薄情な女だと御怒りもござゐませうが私の一存にも参りかねますので予定の十八日頃まで待ちます、

切つても切れない恩愛のきづなを一思に絶ち切つてすべてを諦め人間生活といふものから全く遁がれ只々清い心となつて神にだけ使へて一生を過ごさうと堅く、決心は致しましたが此頃となつて貴郎の御心が平常に復され只今大変御不便を感じてゐらつしやるご様子もわかりましたから、先の決心は取消して再び帰る事の出来ないと信じたあの雑司ヶ谷の御家へ又帰る事にきめました、私の心中をも何卒、御察し下さいまし、

正月十六日　　　　　　　　　　　　　　　　　　　　　　みさを

御良人様

操も空穂もともに、いっぱいいいっぱいだったのだ。帰京した操と空穂は、しばらくは平穏に暮らした。大正十四年には、空穂と操は三人の子どもたちとともに、ひと夏を葉山の森戸海岸で過ごした。操の妹家族も加わり、ともに楽しんだ。早稲田大学での空穂の教え子であり、短歌誌「槻の木」の編集人都筑省吾は、空穂宅を訪ねた折に聞いた、「みさを　みさを」と呼ぶ空穂の優しい声の響きを、歌の弟子である来嶋靖生に幾度も語っている。

しかし、ひとたび生じた夫婦の溝は埋まらず、操は再び信州の実家に戻り、その後離婚に至る。昭和五年四月二十七日、操は実家にてその生涯を閉じた。満三十八歳であった。

操と空穂との結婚は、操の姉藤野の遺児二人を育てるための、言わば方便としての結婚であったとも言える。実の姉とはいえ、恩人として夫の胸にしっかり抱かれている藤野を想えば、女としてこころ穏やかならぬこともあったであろう。再婚は「死に別れより生き別れ」の方が楽だ、という俗言もある。章一郎に数学を教える操、章一郎の病篤く東大分院に入院の日々には、山のような洗濯物を届けたという操、「操おかあさん」とずっと呼んでいた章一郎とふみ兄妹、窪田家にはいくつもの操さんの思い出が残っている。

操夫人の貴重なこの書簡からは、教養や知性も窺える。可哀想な操さん、頑張った操さん、愛しい操さん、という思いが湧いて来る。

三　子どもの病や死と空穂

空穂と子ども

今回は空穂と子どもとの関係に焦点を当てたい。長男章一郎、長女ふみ、次男茂二郎の三人の子どもである。

まず浮んでくる空穂の子どもの歌がある。昭和十三年、空穂満六十一歳のときの歌である。「心定まれり」という親の覚悟が快い。

三界の首枷といふ子を持ちて心定まれりわが首枷よ　『冬日ざし』

三界の首枷《くびかせ》（この世の苦悩から逃れることを妨げるもの）といわれる子どもを持って　覚悟が決まったよ　わたしのいとしい首枷の子どもたちよ

空穂は「壮年期から初老期へ亘っての体験よりえた実感の積み累《かさ》ねを、総括的に言ったものである。」と「自歌自釈」（『全集』第七巻）で述べている。昔から伝わっている「子は三界の首枷」の諺を、「心定まれり」と「善意をもって肯定し」、「詠んだ当座はたのしくて、当分忘れずにいた歌だ」と続けている。「わが首枷よ」と添えられた結句がそのたのしい気分を伝えている。

ふみ（文）と空穂

空穂と藤野との長女ふみは大正二（一九一三）年に生まれ平成十五（二〇〇三）年に八十九歳で亡くなった。空穂の誕生日には好物の御赤飯を炊いて届け、父を喜ばせたことが次の空穂の歌から知れる。

祝ひぞと娘が炊《た》ける強飯《こはめし》をうましとぞ食ぶ誕辰今日を　『去年の雪』
お祝いですよと娘が炊いて　わざわざ持ってきてくれた（好物の）お赤飯を　うまいうまいといって食べたよ　今日はいい誕生日だなぁ

ふみが兄章一郎の早稲田大学での同級生であり、空穂の教え子でもある浪本澤一に嫁ぐときの歌も残っている。鉒子夫人が「一心になって嫁入り支度をしていたころの気分」と空穂は記す（「自歌自釈」）。

娘嫁ぐ
父となり母ともなりて年永く見てこし娘わが手はなれゆく
父でもあり母ともなって　長い間育てた娘よ　今日は嫁いで行くんだね　わたしの手元を離れて

うれしさにまじるさぶしさ胸に充てさりげなくしも娘に向ふ　『冬日ざし』

娘が結婚するという嬉しさと　手元から離れていってしまうさみしさとで　胸はいっぱいなのだが　そんな様子は見せないで　花嫁姿の娘と向き合ったよ

「母ともなりて」というこの一文こそが、空穂と子どもたちとの関係を、端的に示しているとわたくしは考える。空穂は娘ふみのことを「祖母の愛から実の叔母を母としたが、終に愛が湧かず、母の愛を知らずに育ったのである。私は父と母との愛をこの子にそそいで育てたのである。」と自釈する。祖母とは妻藤野と操の母ゆう、実の叔母とは後妻操のことである。空穂のこの文からは、後妻の操が実の姪であるふみに対して愛が湧かなかったというように受取れる。おそらくそうした日常があり、そのことが操と空穂との葛藤を生み、離婚の一因となったのであろう。が、空穂とふみ、空穂と章一郎との実の親子関係の強固さの前に、操がたじろぎ、嫉妬し、心を揺るがせもしたのではないかという思いもわたくしには残る。

ふみと空穂との父娘関係を思うとき、なぜか「短歌に入る道」（『全集』第七巻）に描かれた次の資料①の場面を思い出す。

資料①　自歌自釈―家族を詠んだもの―　（「短歌に入る道」年齢は数え年）

私には、母親を喪つた二人の子どもがあります。上の子は男で、今年十六、下の子は女で十一になります。この子たちが母に死に別れた時は、兄の子は十、妹の子は五つの時でした。妹の子の九つの時、私はその子を相手に遊んでゐました。子の顔を見てゐると私は、そぞろにその母親を思ひ出しました。面ざしがよく似てゐるからです。

私はふと、

「お前、お母さんを覚えてゐる?」

と聞きました。子どもに悪いことをきいてしまつた、そんなことは聞かない方がよかつたものをと心付いた時には、その子は、軽く頭を振つて見せました。覚えてゐないといふ心を示す為に。それを見ると私は、やや意外な気がして、聞かなかつた方がよかつたと思つたのも忘れて、

「ちつとも」

と追つかけてききました。

その子は軽くうなづいて見せました。

「さうかねえ」と言つて私は心で嘆息をしました。それと一しよに、私の心の中にはいろいろのことが思ひ出されて来たのでした。

第一に思はれたのは、この子が大病をした時のことでした。三つの時で、助かるかどうかと思はれる程でした。母親はその時、臨月の苦しみの多いからだをしてゐましたが、俄に強い母となつて、付添となつて病院に行き、三週間ほどのうち、夜も寝ないまでの注意を払つて看護をしました。その時の母は全くの命懸けでした。ああ、それを知つてゐるものは、今は私だけだと思ひ

ました。私はそぞろに涙ぐましい気になりました。

次いで、その子の母親の死ぬ時のことが思はれて来ました。母親は、後に残してゆく二人の子のことだけが気になりました。父親の私だけでは心もとないといふ気がしたのか、その子の祖父にも祖母にもたのみました。子どもに悲しみは見せたくない、それが母親の願ひだつたのです。その子は今は悲しんではゐない。悲しみのうちの悲しみともいふべき、幼くて別れた母を悲しむ心さへ持つてゐないのです。

次いで又思はれました。それだからいいではないか。忘れるといふことがあつてこそいいではないか。生きてゐる身は、さし当つた、現在に関係のないことはみんな忘れてゆく、何といふ有難いことだらうと思ひました。

その時の心持は、後までも心にとまつてゐました。そして或る時、五首の歌となりました。思つたことをそのままに、少しも形を変へずに言つたのです。それは次のやうなものです。

その母に生き写しなる女の童今は忘れて母を知らずといふ
この子ゆゑに命も懸けし母なれど我ならずして誰かは知らむ
母のこと忘れしといふ子を聞きてそぞろにも涙わが落しけり
現身《うつしみ》の今にかかはりあらざればうべ*忘れけむなき親がことは
忘るればかなしみあらずかなしみのあるなと死なむ母は願ひき

*うべ（諾・宜　なるほど）

亡くなった妻藤野が、美化とも言える姿で、ひしと空穂の胸に抱かれていることが分かる。

章一郎と空穂―子が病重き頃―

空穂と藤野との長男章一郎と空穂との親子関係を、章一郎が早稲田中学を肋膜炎のために休学、遂には三年次で中退せざるをえなくなったころに焦点を当て、考えてみたい。当時肋膜炎は結核への怖れを拭い去り難く、空穂を不安に陥れた。喜び入学した早稲田中学への退学届けを、空穂は書く事態となる。

長男病にかかる、友の医師に勧められて学事を廃さす
子が為の退学届書きたるが封ぜむとして封じ難くしぬ　『鏡葉』

病気で休学していた長男が（病が重く）遂に退学せざるを得なくなった　退学届けは書いたものの　その封をすることがなかなかできない（このまま中学に戻れなくなるようで）

安房の鴨川に転地療法をさせるが病状は悪化、家に連れ帰る。自家用車などない頃であるから、父親空穂は両国までは電車で、後は雑司ヶ谷の自宅までタクシーで帰宅させた。大正十三年で七円もしたという。大学卒の上級の公務員の初任給が七十三円くらいの頃の七円である。「この当

時は、両国駅にいる自動車は四台きりしかなかった。私は子をホームに立たせて置き、駅前に走って最後の一台を捉え得たのである。うれしかった。」と空穂は自釈する。病気の子のために、必死に走る父親空穂の姿が浮んでくる。章一郎は近くの東大分院に入院中に肺炎を起し、主治医に一時その命を危ぶまれる。切羽詰ったそのころの空穂の長歌が残っている（資料②）。

資料②　子が病重きころ

たまたまに家出でくれば、人の家の垣根《や》を越えて、くれなゐに咲く桃の花。ゆくりなき春におどろき、眼をやりて見むとしすれば、見えくるは花にはあらで、病み臥して命あやふき、はしきやし我が子の姿。俄にも胸むせばしく、眼《まな》ぶたの熱しと思ふに、何なれや我が喉衝きて、笑ひ声口にいでたり、高らかに出で来る笑ひ、おさへ難み出《だ》しつつをれば、今をしも狂ふや我はと、背《そびら》の寒き。

『鏡葉』

たまたま家を出て外を行けば　他所の家の垣根を越えて　紅の桃の花が咲いている。思いがけない春に驚き　花を見ようとすれば　見えてくるのは花ではなくて　病気で寝ている　命も危ない可愛いわが子の姿。急に胸が詰まり　まぶたが熱く涙が出そうだと思うのに　どうしたことかわたしの喉を突き抜けて　笑い声が口から出たのだ　高らかに出て来る大きな笑い声　抑えようとしても抑えられないので　大きな笑い声を立てていると　わたしは今にでも狂ってしまうのではないか　と背筋が寒くなった。

かくばかり空穂が案じた長男章一郎は健康を回復し、父と同じく早稲田大学の国文学教授となり、九十二歳の長寿を全うする。父空穂の安堵と喜びを想うことである。

茂二郎と空穂―子を憶ふ―

次男茂二郎は、空穂と操との間に授かった子どもである。茂二郎の生母操は茂二郎が小学校四年生の時父空穂と離婚し、六年生の時に実家にて死去。実の母操と父空穂の離婚に至るまでの葛藤は長く、茂二郎の心に陰を落としたであろう事は想像に難くない。自分の母を敬する空穂が茂二郎の不憫さに気付かないはずはない。兄の章一郎は弟茂二郎のことを、「聡明な頭脳の所有者」であり、空穂が「茂二郎は自分の若かった頃によく似ている」と言ったことがあり、「(空穂が)内心、愛を深く蔵していた子」であると、名著『窪田空穂の短歌』に書き残している。学んだ早稲田大学では泉鏡花に関する優れた論文を書き、空穂はその将来に期待を寄せたという。

茂二郎は召集され、中国北部にいたところでソ連が参戦、捕虜としてシベリアに抑留され、昭和二十一年二月四日[*]、極寒の中で発疹チフスのため死亡した。満二十七歳七ヶ月の生涯であった。悲報を受けた空穂は満七十歳になろうとしていた。(＊従来は十日であったが、ロシア側からの正確な資料が窪田新一さんに届いたため戸籍訂正。)

資料③は終戦の翌年、昭和二十一年八月の作である。死亡通知はないものの、生きていれば居るはずの中国からの最終引揚げ船にも、待ちわびる茂二郎がいなかったときの、「甚しく失望した」空穂の悲痛な親心の歌である。事実は半年も前に、シベリアにて戦病死していたのである。

資料③　わが心甚だ悲し（昭和二十一年）

八月一日、中国より復員の最終船浦賀に入れるに、必ずやその中にあらんと思へる次男茂二郎、終に還らず。わが心甚だ悲し

親ごころおろかしくして必や生きて還ると頼みたりしを
親心とは愚かしいものだ　我が子は必ずや生きて帰ってくると頼みにしていたものを

国のため死にけるものの数《かず》知らぬ今とはおもへ親は子の悲し
お国の為に命を捧げたものは　数知れないほど多いことは分かっていながら　親にとっては　わが子が死ぬのは悲しい

七十の心ぢからの俄にもくづほれはてて泥と横たふ
七十歳なりの気力も急に崩れ失せはてて　泥のように横たわっているよ（起き上がる気力も力も

ない）

還り来ばかにせむかくと思へるをおろかしとせずただに悲しむ
無事帰国したならば　このようにもあのようにもしてやろうと思う親心を　愚かだとは思わない
（帰ってこない子のことが）ただ悲しいばかりだ

死ににける時処《ときところ》すら知り得ざるわが子とおもふにあはれに切なし
死んだ時も死んだ所も　知ることが出来ないわが子　と思うと　なんとも哀れで切ない

悲しみの起るがままにまかせてむ死ににける子につながる思ひて
悲しみの気持ちは　湧き起こるままに任せよう　この悲しみが死んでしまったわが子に繋がるように思うので

親といへば我ひとりなり茂二郎生きをるわれを悲しませ居よ
『冬木原』
（実母は既に無く）親といえば父親のわたしひとりきりだ　茂二郎よ　わたしの側に来て　生き残っているわたしを悲しませて居ておくれ

「親といえば我ひとりなり」という言葉が、切々と真に迫ってくる。今は、悲しみが二人を結んでいるのだ、悲しませてもよいからともに居てくれ、茂二郎よ、と空穂は呼びかけている。忘れ難い重たい歌だ。

翌二十二年五月、シベリア抑留からようやく帰国できた、茂二郎の戦友の一人が空穂宅を訪い、過酷な抑留死の真実を告げる。次の資料④は、もはや一縷の望みも絶たれた、茂二郎の父母ふた親を兼ねた空穂の「子を憶ふ」絶唱である。

資料④　子を憶ふ

いきどほり怒り悲しみ胸にみちみだれにみだれ息をせしめず
　憤り　怒り　悲しみ　が胸に満ち溢れて　胸ははりさけ乱れに乱れ　息をさせないほどだ

湧きあがる悲しみに身をうち浸しすがりむさぼるその悲しみを
　（茂二郎が死んでしまった　異国のシベリアで）湧き上がってくる悲しみにすっぽりと身を置いて　その悲しみにすがりつき　その悲しみをむさぼるのだ（それしか今はできない）

ひよつこりと皆帰りたり帰り来む必ずと聞くに親はおろかに

（出征した兵士が）ひょっこりと皆家へ帰ってきている　（お子さんも）必ず帰ってきますよと人から聞き　そうだきっと帰ってくる　茂二郎も（その路地を通って）ひょっこりと帰ってくると思っていたなぁ　愚かにも親のわたしは

病み臥せる我に見入りて老いし友心落すなとただ一言《ひとこと》を
病んで寝ているわたしを見つめて　（ともに）老いた親友は「心落とすな」と一言だけ言ってくれたなぁ

枕べに膳はこびきてわが妻は食べよ食べよとただにし勧む
寝ている枕元に（好物が並ぶ）ご飯のお膳を運んできて　わたしの妻は「さあ食べましょ　食べて（元気を出してね）」とただただ勧めるよ

わが写真乞ひ来しからに送りにき身に添へもちて葬《はふ》られにけむ
（戦地から）親のわたしの写真を送ってほしい　是非にと（茂二郎から）便りが来たので送ったよ　肌身離さずに持っていて　わたしの写真も亡骸と一緒に葬られたのだろうか（きっとそうだ）

去年《こぞ》の夜《よる》夢に入り来てかなしげにわれ見し子の目立ちては去らず
『冬木原』

去年のある夜に　わたしの夢の中に入ってきて　かなしそうにわたしを見つめた茂二郎のその日が　浮かんできてわたしを離れない（父親のわたしに別れに来たのかい）

「心落すな」と空穂に声を掛けた「老いし友」は前田晁か。夫を案ずる銈子夫人の日常も伝わってくる。戦地の茂二郎に送った空穂の「わが写真」（左）が残っている。空穂はネクタイ付きの正装だが、遥か異国の茂二郎を憶っているようなさみしそうな表情だ。軍服姿の茂二郎の写真は、『全集』第三巻に掲げられている。

戦地の茂二郎に送った空穂の写真
（窪田空穂記念館蔵）

空穂は夏にもまた茂二郎の夢を見る。まさに親のまなざしだ。

襟もとの髪の伸びしが目につきて刈れよといふにわが子は消えぬ　『冬木原』

夢の中の茂二郎の襟元の後髪が伸びすぎているのが気になった　「そろそろ髪を刈りに行けよ」
と声をかけたのに　すっと姿が消えてしまった

そして秋、涼気を感じた空穂は、亡き子茂二郎の形見となった冬襦袢を自ら身に着ける。読むたびにこの歌には涙が出てきてしまう。「われこそ著《き》め」に、父親空穂の心情が溢れているからである。

死にし子が形見となりし冬襦袢われこそ著《き》めと今朝を身につく　『冬木原』

シベリアで抑留死した茂二郎の　形見となってしまった冬襦袢を　父さんが着ようね　肌寒くなった今朝から着せてもらったよ

昭和十七（一九四二）年の八月、空穂は応召の予定される茂二郎を伴って、鬼怒川温泉に遊んだ。「歌集について思い出す事ども」の『明闇《あけぐれ》』の中で、「夏、次男を伴って、栃木県鬼怒川温泉に遊んだ。その数日は忘れ難い思い出となった。」と空穂は書いている。「忘れ難い思い出」は逆縁の親を慰めてくれるのであろう。
空穂最晩年の以下の歌が、しみじみと胸に迫ってくるように思われる。

全力を籠めて耐へ来し一瞬と一瞬のつづきしばしばして来《こ》し　『清明の節』

全力を籠めて耐え抜いた一瞬と一瞬の続きのような人生を　しばしば経験してきたことよ（よく生きてきたなぁ）

＊茂二郎の抑留死を空穂は長歌「捕虜の死」として残している。市民大学では受講者全員で音読した。それぞれの想いで教室は静まり返った。岩波文庫の『窪田空穂歌集』に収録されている。お読みいただきたい。

結び　男の老い方モデルとしての窪田空穂

三十六年間連れ添った妻　鉒子夫人

空穂の老いは、鉒子夫人と共にあったといってよい。鉒子は筆名林圭子という歌人でもあった。空穂とのそもそもの出会いが短歌であったから、結婚生活においても空穂のことを「先生」と呼ぶことが多かったと言われる。空穂最後の歌集『清明の節』に「林圭子歌集の序に代へて」という詞書が添えられた以下の歌がある。

妻が蒔きし椿《つば》の実椿《つば》の木となりて濃紅《こべに》白たへ花あまた咲く　『清明の節』

妻が植えた椿の実が　芽を出し大きくなり　花をつけるような椿の木に育った　濃い紅色の花も真っ白な花もたくさん咲いたよ（よく大事に育てたね　綺麗な花だなぁ）

妻が手ずから植えた椿の実が、芽を出したくさんの花を付けるまでに育ち、その花はめでたい紅白の花であると、空穂は妻の歌集を言祝ぐ。この椿の実は、空穂と鉒子夫人の結婚生活をも指し、三十余年の間に、見事な濃紅や白妙の花のような実りをたくさんにもたらしたことよ、と長年連れ添う妻を称え、労っているようにも感じられる。

空穂との間に子を成さなかった鉒子夫人は、それゆえにいつまでも夫であり尊敬する歌の師である空穂を、慕い頼り続けていたように思われる。空穂の次の歌などがそれを示している。

生を厭ふ身となりたりと呟けば哀しき顔して妻もの言はず　『清明の節』

（病気が辛くて）生きているのが嫌になってしまった　と弱音をつぶやくと　（それを聞いた）妻は　哀しい顔をして返事もしなかったよ（わたしに　生きていてほしいんだなぁ）

空穂もまたより若い元気な妻を頼っていた。

身は若く寿《とし》のみ積るものの如く妻よたのみて共にあり経《へ》し　『清明の節』
自分の身体は若いままで　年齢だけが積もるもののように思っていたよ　妻のあなたを頼りにして　ふたりで暮らしてきたね

八十代の空穂が詠み取ったつれあいの歌を。

老ふたり互に空気となり合ひて有るには忘れ無きを思はず　『去年の雪』
年取った夫婦ふたりが　お互いに空気のようになり合って　一緒にいるのが当たり前で　相手がいなくなることなど　思ったことはないなぁ

老妻は老友に似たり幾十年《いくととせ》同苦同慶記念おほき友
長年連れ添った老妻は　老友と似ているなぁ　同じ苦労をし　喜びをともにし　記念すべき思い出がいっぱいある　よき友と同じだ

わが腰を支ふる老妻力尽き倒るるにつれてわが身も倒る　『清明の節』

（弱った）わたしの腰を懸命に支えている老妻が　力尽きてよろめき倒れてしまうのにつれて
わたしの身体も倒れてしまったよ　（銈子夫人は空穂よりはるかに小柄でいらした）

空穂から学びたいことのひとつは、「恩人」のところでも触れたが、妻への想いを、（歌という媒介を通して）表明することである。母の命日に、空穂は母に向けるかのようにして、こう詠う。

母の子の通《つう》をいたはる妻のをりうれしと見ませ世にもよき妻　『清明の節』

（母の命日に　お供えをしながら）お母さんの可愛い子である通（わたし）のことをいたわって
くれる　優しい妻がおりますよ　嬉しいねぇ（安心したよ）とご覧ください　この世にめったに
いない　良い妻を

「通《つう》」とは本名通治の空穂自身のことを指している。夫から「世にもよき妻」と言われて、悪い気のする妻は少ないであろう。銈子夫人の実弟が急逝した時の以下の歌からも、空穂のまなざしのあたたかさが伝わってくる。出来そうで出来ないことである。

かなしみに面やつれしてもの言はぬ妻となりしをあはれみて見る　『卓上の灯』

（仲良しで頼りにもしていた　実家の弟が亡くなり）余りのかなしみで顔まで細くなり　話す気

力もなくなってしまった妻を　かわいそうに　無理もないことだ　と見守ることよ

この夫の想いに妻も呼応する。ここが人間関係の味わいであろうか。足腰の弱っていく夫空穂を、鉒子夫人は見守り続けた。

われをしも親と思ふやわが妻は眼をば離さず老《おい》の起《た》ち居《ゐ》に　『老槻の下』

（わたしよりずっと若い）妻はわたしのことを親のように大事だと思うのか　わたしが立つに座るに気を付けて　わたしから眼を離さずにいるよ（ありがとう）

窪田空穂にならう（倣う・慣らう・習う）老い

空穂にならって、望ましい男の老い方、というよりは人間の老い方について、考えてみたい。

1　好意を素直に受け喜ぶ

空穂には、家族や歌の弟子たちからの好意を素直に受け喜ぶ歌がたくさん残っている。「好意を素直に受け喜ぶ」ということは、関わった周りのひとまでを嬉しくする。弟子たちが空穂先生の米寿の賀宴を催したくなる所以である。

米寿の賀宴に招かる

空穂わが米寿を祝《ほ》ぐと諸人《もろびと》の集ひ給へり忝なしや　『去年の雪』

私　空穂の米寿を寿《ことほ》ぎ　このように大勢の方々が集まって下さった　有難く嬉しい限りだなぁ

参会者約四百名、上野の精養軒にて開かれた空穂米寿の祝宴の折りの歌である。空穂はその返礼（記念品）として、自ら書き下ろした新刊書『芭蕉の俳句』を列席者に贈る。好意を当然として受けるのではなく、「忝《かたじけ》なし」と謝するこころからである。この喜びの席で、『窪田空穂全集』の刊行が発表され、実行に移されていった。

下町のおいしいお煎餅の手土産を喜ぶ次の歌も愉しい。持参した弟子は、さぞ嬉しかったことであろう。そして、また次もと思ったに違いない。

東京の下町《したまち》を措《お》きていづこにかかくも味よき煎餅のあらむ　『老槻の下』

東京の下町以外に　いったいどこにこんなに味の良い　美味しいお煎餅があろうか（ないよなぁ）

お酒を嗜まなかった空穂は、甘党であった。お彼岸にお萩を食べて喜ぶ空穂の次の歌は、「生ける先祖」という絶妙の表現とともに忘れ難い。おいしい手作りの萩の餅をお届けしたくなってしまう。

菓子屋にて求めし萩の餅食うべては生ける先祖の我のよろこぶ　『去年の雪』

和菓子屋にて買い求めたおはぎを食べて　この「生きている先祖」のわたしは大喜びだよ（おいしい　おいしい）

高齢社会・超高齢社会と喧しい今、長生きすることをいささか後ろめたく思うという高齢者自身の風潮がないわけではない。が、高齢者にそう思わせる社会は、その根本において間違っている。高齢者は空穂の次の歌のようでありたいし、次世代はそれを可能にする社会の有り様を、困難とはいえ模索していかなくてはならない。

八十回誕辰

猶し生きよと目にものいはせ賀《ほ》ぐ家族《うから》いはむことなく笑みて頷《うなづ》く

ますます長生きをと　家族の皆が目の表情でわたしに伝え　八十歳の誕生日を祝ってくれる　わたしはただ笑ってうなずいたよ

家族《うから》らのよろこぶ見れば命長きわれは善事《ぜんじ》をなしゐるごとき　『丘陵地』

（わたしの）傘寿のお祝いをして　喜ぶ家族を見ていると　長生きしているわたしは（それだけで）善い事をしているようだなぁ

2　老いの艶

空穂の歌に、歌を詠むことを初恋の少女に譬えた次の歌がある。こころのリリシズム、こころのみずみずしさが感じられる。空穂にならいたいことの次のひとつは、「老いの艶」である。

詠歌

初恋の少女《をとめ》かも歌といふものは思へど逢へず忘れしめずも　『丘陵地』

初恋をした少女のようなものかもしれない　わたしにとっての短歌は　愛しく思うけれども　会うのはままならず（思い通りには詠めず）　かといって忘れ捨て去ることもできないしなぁ

空穂の魅力を期せずして語るのが、次の春蘭の歌である。春の一日、多摩川べりの知人宅でのひと場面である。おいしいうぐいの洗いを供してくれた折のこと、洗いの盛皿の飾りに一茎の春蘭が添えてあった。空穂は、その春蘭の一茎を手に取り、背広の襟のホールに飾ったのである。一座は明るく盛り上ったことであろう。老いの艶の香る歌として、愛唱されている空穂の一首である。初恋の歌とともに空穂七十八歳のときの作。

春蘭《しゅんらん》の花の一茎《ひとくき》そぞろにも皿より取りてわが襟《えり》に插す

『丘陵地』

刺身のあしらえの　綺麗な春蘭を一本　何とはなしに手に取り　背広の襟に飾ってみたよ

艶を風情あるさまと捉えると、空穂最晩年の枕元の梅の歌こそふさわしいように思われる。寝付いている中でのまことの老の艶。

顔を刺すひかりを感じて目覚むれば枕元の梅みなひらきたり

『清明の節』

（病床の床の中で）ふと顔に光を感じて目を覚ますと　枕元の盆栽の梅の花が満開だった（いい香りがして）

3　日常の自然を愛しむ

信州松本平の農の家に生まれ育った空穂は、土と空が好きであった。『木草と共に』と題する歌集もある。変転きわまりない人事に比し、花や木の自然は季節を確かに芽生え咲く。日常の自然から、つつましい喜びや幸せを感じ取れる「能力」は、老いの深まりとともにより大切になってくる。空穂は長年の作歌活動で研ぎ澄まされた、卓越した自然へのまなざしを備えており、日々の楽しみを見出していく。空穂の好む鉄線花とヒキガエルの歌を。空穂が蟇と目を見交わし、「われ見るごとき」と感ずる感性に注目されたい。

老われと共にしづかにゐる花の鉄線ありて目をやれば見ゆ
　老人のわたしと一緒に　同じように静かに生きている　鉄線の花よ　庭に目をやれば綺麗に咲いているお前が見えるよ

冬庭にうづくもりゐる大き蟇《ひき》目をしばだたきわれ見るごとき　『木草と共に』
　冬の庭にうずくまって座っている大きなヒキガエルよ　目をまたたかせて　まるでわたしを見ているようだなぁ（仲よくしような）

空穂にならう自然の愛しみ方をさらにふたつ。

春の土もたげて青むものの芽よをさなき物の育つはたのし
　春の黒く湿った土をむっくりと持ち上げて　青々とした芽が顔を見せたよ　小さなものが育っていくのは楽しみだなぁ

雪割草《ゆきわりさう》ほのかに白く咲きて散り青き苞《はう》解く春蘭《しゅんらん》の花　『丘陵地』

庭の雪割草のほのかに白い花が咲いて散ったよ　次は蕾を包んでいる青い苞がはらりと解けて咲く　春蘭の番だよ

水仙などの芽吹きを、幼きものが育つことに重ねてたのしむ空穂。春蘭が花開く前を、「青き苞解く」と受け止める感性は素晴らしい。次の黄の冬ばらの歌の感性も実に見事で、市民大学の受講者も「かりそめならぬことの如くに」で、みなが感じ入った。次の寒つばきの歌もそれは人気があった。「冬木の庭の瞳」という捉え方、やはり名歌だ。

はらはらと黄の冬ばらの崩れ去るかりそめならぬことの如くに　『老槻の下』

（わたしの目の前で）黄色の冬ばらがハラハラと散り　その美しい容がこわれ落ちてしまったかりそめのことではないかのようだなぁ（しっかり見届けたよ）

寒つばき深紅《しんく》に咲ける小《ち》さき花冬木の庭の瞳《ひとみ》のごとき　『去年の雪』

小さな深紅の寒椿が咲いている　花の少ない冬木の庭のぱっちりかわいい瞳のようだね

自然のみならず、「日常」の生活を愛しむという視点からも、空穂にならう点は多い。空穂満七十七歳から七十九歳のときの歌集『丘陵地』の、最後を飾る歌を掲げる。何という澄んだ引き締まった境地であろうか。清貧の豊かさとも繋がるように思われ、わたくしは大好きである。

卓上の書《ふみ》を照らせる深夜《しんや》の燈《ひ》澄み入るひかり音立てつべし　『丘陵地』

机の上の書を照らす深夜のスタンドの明るい光よ　この静けさの中で澄み渡る光は　まさに音を立てそうに思えるなぁ

4　与えられた生命をいっぱいに生きる

窪田空穂には、生きる上での暗黙の信念があったように思われる。その信念は、「与えられた生命をいっぱいに生きることが人間の本性である」と、まとめられたりする。空穂は「わが命に仕えて生きる」と表現したりしている。

わがためは第一の物われはわが命に仕へかくも老いにし　『老槻の下』

わたしにとって一番大事なものは（神から与えられた）わたしの命　その大事な命に仕えて生きてきて　こんなに歳を取ってしまったなぁ

最終の息する時まで生きむかな生きたしと人は思ふべきなり　『清明の節』

わたしは最期の息をするその時まで生きよう　人は「生きよう　生きていたい」と思うべき存在なのだ

空穂の流れを汲む歌人である来嶋靖生は、この一首を以下のように解説する。

晩年の傑作の一つで、空穂の人生・死生観の集約されたものと言ってよい。命というものは、自分の命であって自分のものではない。人間は自分だけの存在ではないという認識が空穂にはある。「生きたしと人は思ふべきなり」と自分を戒めるように言い切るのである。

（来嶋靖生『現代短歌の秋』）

「最終の息する時まで生きむかな生きたしと人は思ふべきなり」

空穂八十九歳のこの歌そのものが、老い方のモデルを語っていると言え、後に続くわたくしたちを励ましてくれるように思われる。

さて、空穂は老の孤独をどのように捉えていたのか、見てみたい。空穂は孤独を人間生まれつきのものとして捉え、孤独の嘆きも人の世の常とする。「孤独感」と題する連作のうちから二首を。

生来《しやうらい》の孤独に徹しえたるとき大き己れの脈うちきたる
　人間が生れつき持っている孤独というものに　徹することが出来た時には　その孤独のうちから
　より大きな自分自身が生き生きと生れてくるものだ

孤独感ふかまるままに澄みきたるたのしき心は己れのみのもの　『老槻の下』
　孤独感が深まり深まり　やがて澄んだたのしい心境にまで至る　その境地は自分自身だけのもの
　なのだ

深まり来る孤独すらも、大き「己れ」、澄みきたるたのしき心の「己れ」に還元してしまう空穂、やはりただものではない。

5　空穂の絶詠二首

窪田空穂は昭和四十二年四月十二日の夜八時に、住み慣れた雑司ヶ谷の自宅で亡くなった。満八十九歳十ヶ月であった。四月八日と題された二首が絶詠とされる。亡くなるわずか四日ないし五日前の詠である。空穂が「老耄と無縁に生きた歌人・国文学者」と言われる所以である。

四月八日

四月七日午後の日広くまぶしかりゆれゆく如くゆれ来る如し

四月七日午後　寝室の障子越しに差し込む春の光が広がってまぶしいよ　その光の中で私の身体はたゆたっているようだ　あちらへそしてこちらへ

まつはただ意志あるのみの今日なれど眼つぶればまぶたの重し　『清明の節』

（身体は弱ってきて）頼みになるのは　ただ最期のときまで生きようとする意志の力だけとなった今日だけれども　つぶったままのまぶたは重たく感じるよ

まつは俟つ（待つ）で、頼みになるのはの意とされる。頼みになるのは、「意志あるのみ」と詠った空穂。嗣子章一郎は「最期の時まで生きようとする意志力を失うまいとする空穂であった」とし、「強い意志力をもって人生を生き抜いた人であった。」と記す（『窪田空穂の短歌』）。まつはただ意志あるのみのと声に出して誦していると、まつは「己れ」という言葉が浮かんできた。

父空穂を看取った窪田章一郎は、「亡父哀傷歌」と題する歌を詠む。空穂先生の最期のご様子が伝わる尊いお歌だ。

手をのべてわが手とらしぬ今に知る末期《まつご》の別れしたまひしなり
（父空穂は臨終に際し）御手を伸ばされて　わたしの手を握られた　今生の別れをなさったこと
が　今になって分かるなぁ

〈おまへに頼みがあるが〉と常のごと言はす言葉をかすかに聞きとむ　『硝子戸の外』
「おまえに頼みがあるが」といつものように言われた言葉を確かに聞いた　そのかすかなお声を

空穂が母ともなって、胸を病んだ長男章一郎を守り切ったことは、既に触れた。その愛し子章一郎に向けて空穂は手を差し伸べ、末期の別れをなされたのか。空穂の〈頼み〉は、分骨して信州の父母のみ墓に納めてほしいという願いであった。空穂の頼みは叶い、松本市和田の窪田空穂記念館近くの無極寺《むごくじ》に、若くして別れた両親《ふたおや》とともに、今も眠っておられる。

空穂は「高齢者というものは、壮年者のあわれむような不幸なものではない。壮年者の高まり深まり来った心境の保持者なのである」という。窪田空穂の次の歌からは、「余るあはれ」を味わいつつ生きる、若者や壮年者には及ぶことのできない、「静かな豊かさ」が伝わってくるように思われる。わたくしの最も好きなお歌である。

目つむればあらはれきたる面影や余るあはれにいや目をつむる　『冬日ざし』

目を閉じると　忘れられないひとの面影が浮かんできたよ　しみじみと懐かしく（会いたくて）さらに目をつむったよ

窪田空穂の身の上相談　抜粋

歌人・国文学者の窪田空穂は、三十九歳の時に、読売新聞婦人部記者として、「身の上相談」の回答をしたことがある。大正五（一九一六）年十月九日入社、翌大正六年五月二十六日辞表送付という、わずか八ヵ月足らずのことであったが、回答数は二一一事例に及び、ずっしりと読み応えがある。読売新聞の「身の上相談」は、「人生案内」と名を変え今日も「くらし 家庭」面に掲載され続けている。

空穂の名回答から八事例を抜粋し、ご紹介したい。百年以上も前の「身の上相談」である。

一　空穂の合理性

空穂の合理性を示す事例を一つ。空穂は若き日によく引っ越しをした。太字の部分が味わい深い。

方角は信ずべきか（大正六年三月二十二日）

△私宅、子供の就学、近所に病人あるなどの点より転宅を余儀なくせられ候まゝ、先頃より所々《しよく》と貸家相捜し、四五日前《ぜん》、やつと総ての点に於て此処ならばと思ふ家を捜し当り、今日にも転宅いたしたくと存じ候ところへ、方角だけはとの知人の勧めにより易者に見てもらひ候ひしに、その方角私にごく悪《あし》く、それならばと、家族一同にさし障りなしと云れし方角を願ひ晩に幾度となく捜し廻り候へども、その方面には希望に適する貸家は今に見当らず。悪《あ》しといはれし方角には、先きの家はもはや人の住家と相成り候も、外《ほか》に一二心当りこれあり候も、易者の言葉にて決定致しかね、とやかく迷ひをり候。方角の善悪《よしあし》など果して之あり候ものか。又その善悪にて病人やら凶事やら出来候ものか。易者の言葉は信ずべきものか。御教示願上げ候。主人の電車の便、長男の学校、二男の幼稚園、周囲との関係、経済の都合などにて、こゝならばと、十数日を費して捜し当てたる家、方角云々にて迷ひをり候うち、人に先取られ、誠に残念に思ひ候あまり、相尋ね申上候。（小石川の迷ひ者）

▲一寸先は闇だとも申します。末々の事は誰にも分りません。分らないから不安があります。その不安を脱れたい所から、かうすればい丶、あ丶すればい丶と云ふ者があると、その事の性質も考へずに縋りつく気になります。易者の言葉などいふものもそれです。（易は支那の大昔の一つの学説です。）記者の知つてゐる範囲には易者を信じてゐる者はなく、転宅をする時に方角を気

にする者もありません。しかしその為に何《ど》ういふ悪るい事のあつたのも見ません。多分易者を信じ、方角を気にしてゐる者と少しもちがはない結果になつてゐる事と思ひます。記者は、**この美しい天地の、何方《どちら》の方角がよく何方は悪るいなどいふ事を考へるのは、大それた事だと思つてゐる一人で、何方の方面も皆ないゝ方面だと思つて安心してゐます**。そして未来の事は、易者は愚か誰にも分らない。分らない事を無理に分らせようとすると、却つて悪るい結果になると思つて、その事には見切りをつけて障らないやうにしてゐます。併し人の精神は微妙なもので、易者に限らず誰からでも、その事は将来の為め悪るいといはれると、自分も何だかそんな気がしてしまひ、終には自分から悪るい事を招くやうな事にもなります。これは御注意なさるべき事です。諺にも「障らぬ神に祟りなし」とも申します。分らない者には障らず、随つて気にしないといふ心の持方をお勧めします。(記者)

次の事例は、男女の相性に関する空穂の見解である。いとこ同士の結婚は、昨今少なくなっているように思われる。太字にした箇所、「一体人が生まれた時から運命がきまつてしまつてゐるなんて事があつてたまるものですか。」という回答には、力がある。

合性の悪い悲しさ(大正五年十月十四日)

△私は八年前《ぜん》に従兄と結婚して睦《むつま》しく暮して来ましたが、一昨年の夏夫は二月ばかり病気をし、

その看護づかれの為か妊娠中であつた子供は生れると間もなく死にました。昨年の秋夫は易者から身の上を見てもらひますと、この縁は合性が悪い故長くは続かぬ、続ければ夫の体が弱つて行き、子供も満足の者は出来ないといはれたさうです。元来夫は体の弱い上に、血族結婚を気にしてゐた所へこんな事を云はれたのですから、それ以来私たちは何うしたらよいかと気ぬけしたやうに成つてゐます。離別をされる位ならば私は死んだ方がましだと思ひますが、さりとて一緒に居る為に夫の生涯が駄目になるやうでしたら、自分の体は犠牲にしても夫は幸福にしなければ済まないと思つて、生きる甲斐もない日々《にちく》を送つてゐます。合性の悪いのは何うする事も出来ないものでせうか。（苦しむ女）

▲**合性の良し悪しなどいふ事のある筈がありません。**いはゆる合性は悪くても仕合せな夫婦もあり、合性は善くても不仕合せな夫婦もあります。合性などゝいふ事のないのはそれだけでも分ります。**一体人が生まれた時から運命がきまつてしまつてゐるなんて事があつてたまるものですか。**何うでも易者を信じるならば、五人十人と見てお貰ひなさいまし、云ふ事が皆違ひませう。八年も一緒に睦《むつ》ましく暮してゐる中《うち》には、一度位の不仕合せは誰の身の上にもあります。それ位の事で迷ひ出してはいけません。そんな役に立たない心配こそしてはなりません。（記者）

二　人間の「自然」

次の事例からは、百年前の大正時代に、親が結婚相手を決める傾向が見られ、かつ早婚を勧めていることが分かる。この事例は、子の結婚に対して親の方がより忍ぶべきだ、という空穂の回答が胸に沁み、現在でも正論であると思われる。

父と母との板挟み（大正六年三月九日）

△私は東京に遊学してゐる男子です。郷里の母は、私の卒業後、従妹にあたる女を娶れと頻りに勧めます。しかし父の方は、それには酷《ひど》く不同意です。（先方の両親は同意らしいのです。）結局本人たる私の意見次第で一家の心持を決めやうとの事で、其旨を申してまゐりました。私は従妹については好きでも嫌ひでもなく、又利害の関係もありません。しかしさういつてやつただけでは問題の解決がつかず、さりとて同意しては父に済まず、不同意では母に済まず、又私の考へ次第では親族間に不和も起りますので、軽率には返答も出来ません。この場合何うしたらよいでせう。困つてゐます。（煩悶の青年）

▲結婚といふ事が本人の意思よりも寧ろ両親の意志で定《き》まつてゐる現在の社会状態では、貴方のやうな問題で困つてゐる方が随分多い事だらうと思ひます。両親の気にも入り当人の気にも入るといふやうな結婚の相手があれば、それに越す幸ひはありませんが、さうした謂《い》はゆるお誂向《あつらへむき》の

相手といふものは、如何なる家《うち》でも、如何なる人でも中々得難い事だらうと思ひます。随つて結婚の場合には誰かゞ多少の不平を忍ばなければならないといふのが実際でせう。それで**何方《どなた》が余分に忍ぶべきかといふと、両親の方が忍ぶべきだらうと思ひます**。これは人間の自然で、その自然を成るべく枉《ま》げないのが本意だと思ひます。貴方の場合としては、貴方自身さう気にも入らない人でしたら、無理にきめる必要はないではありませんか。気に入る人があつた時まで延しても遅くはないでせう。殊に貴方は今修学中ですから、そんな問題はその機でないとして、延しておくのが本当だらうと思ひます。(記者)

三　自分のため

この回答は、「自分に仕える」という、自尊感情につながる価値観を、生涯を通じて持ち続けた、まさに窪田空穂の回答、といえるものである。教師であるわたくしは、一体何人の学生たちとともにこの空穂の事例を読んだことであろうか。学生の幸せを願う熱きこころで。

空穂は、勉強は「自分の為め、生涯(一生)の為め」にするものだから、おやりなさい、と勧めている。勉強することが何故自分の為なのか。空穂はこう答える。「生れつき授つて来ただけの力は育てられるだけ育て」ることが、「人生の第一の歓び」であるからと。そして、そのことは、自分自身が「切望」することである、という。おそらく、空穂自身の信念でもあったのであろう。

大正五、六年時の女学生数は、多く見積っても十一万人から十二万人、東京でも同世代の一割前後と考えてよいであろう。しかし、この事例からも察せられるように、女子にも女学校教育をという潮流は、静かながら確かな動きを始めていた。良妻賢母という言葉にも注目したい。

将来の為に学問（大正六年三月十二日）

△私は田舎の高等小学を卒業した十八歳の女です。高等小学を終へると続いて高等女学校に入る筈でしたが、私は何分学校の方は好まないので、気が進まずにゐました。折柄私は病気に罹りましたので、入学を見合せてをりましたが、今度病気が直りますと、四人の兄から口を揃へて女学校入学を勧められてをります。兄共の申すには、**此れからの社会で高等女学校位は出た者でなければ妻とする者はない。教育の足らぬ者位ゐ情ないものはない。女学校の卒業を出来ぬやうなものは、良妻賢母になる資格はない、高等下女に過ぎないと申して、毎日のやうに教訓致します。**しかし私はもう十八歳にもなつてをりますので、これから十二三歳の人とまじつて一緒に学ぶのが何だか恥かしいやうです。私は勉強の時機を失つてゐるのではないでせうか。又愈《いよいよ》入学することゝなつたら東京へ出たいと思ひますが、東京の何所《どこ》の学校がよいでせう。又無試験で入学が出来るものでせうか。（東北の女）

▲周囲の方々が一緒になつて、学校へ入つて勉強するやうに勧めて下さるといふ事は**何といふ仕合せな事でせう。私たちは誰も誰も、生れつき授つて来ただけの力は育てられるだけ育てゝみた**

いと切望し、それを人間の第一の歓びとしてゐるのです。それにも拘はらず事情が許さないので思ふやうに出来ずにゐる者が多いのです。さういふ訳だと勉強なさらないと冥利が尽きます。勉強は結婚準備ではありませんが、**いゝ人間にならなければいゝ妻にもいゝ母にもなれない訳です**から、その為にも必要な訳です。勉強の場所は、馴れた落ちついてゐられる故郷が一番いゝでせう。年下の者に雑《まじ》つて勉強するのはつらい所もありませうが、**自分の為め生涯の為めと思つて御辛抱なさいまし。**（記者）

四　品性

戦前の「家」制度の下では、家の跡取り娘（推定相続人）の「婿養子という形での結婚」が多くみられた。婿養子は（養親の娘との）婚姻と養子縁組という二つの法的要素をあわせ持つものであった。次の「虫の好かぬ新妻」例もそれに該当する。娘の家が「財産家」故に青年側の両親や親族も「その結婚を熱望」したのであろう。文面から夫優位の夫婦関係が伝わってくる。「貴方は品性の上では幼稚園の生徒」と喝破する空穂のこの回答は、松本市和田の「窪田空穂記念館」における企画展でも好評を博した。

大正六年四月十九日「恩家の娘と許嫁」の事例で、空穂は以下のような示唆に富む回答をしている。自身の苦い婿養子体験からの教訓も、含まれているように思われる。

▲私達は時として、止むを得ない事情といふ名の下に、自分の本心に違つた事をする事があります。その時はそれで済んだやうな気がしますが、後になると、本心が頭を擡げて来て、その事を非難せずにはゐません。此事は私達の生活から見て、大きな不幸です。そして此の止むを得ない事情といふのは、多くは生活上の安易を欲する心に伴つて起つて来るものです。

虫の好かぬ新妻（大正五年十一月二十七日）

△私は本年六月某私立大学の政治経済を卒業した二十三歳の青年ですが、先月中伯父の媒介で、母一人娘一人の親族に当る田舎の財産家へ婿養子に参りました。その娘とは中学時代から度々逢つたことがあるので性格はよく知つてゐましたが、田舎ながら女学校を卒業してゐるにもかゝはらず所謂虫の好かぬ女でした。しかし**実家の両親や親族が私のその結婚を熱望してゐたので、反感を怖れ強制に任せて納得した次第です。**結婚後の私は実際に娘の欠点を見出し、彼女《かれ》の一挙一動が癪を醸す種となつて毎日不快な生活を継続してゐます。彼女《かれ》の醜貌、音声の悪濁、音楽趣味の皆無な点は殊に私の嫌悪する所で、その為め墻壁《しやうへき》なき愛情を提供することの不可能なる事を是認しました。この場合如何にせば社会的に満足を得ることが出来るでせうかお伺ひ致します。終りに妻は非常に私を慕つてゐることを附言して置きます。（煩悶生）

▲高等教育を受けた事に対して矜《ほこ》りを持つてゐる貴方のやうですが、**何よりも大事な品性といふ**

ものに対しては何等の修養も持つてゐないのは驚かれるまでゞす。厭な、虫の好かない娘だといふ事は前々から承知してゐたが、両親や親族の手前を憚つて結婚したと、貴方はそれが男子の意気でゞもあるやうに云つてゐますが、**結婚といふ如き大事をさういふ態度で扱ふのは、第一は自身を辱しめ、第二は他人を辱しめる事で、道徳の上から観てこれ位ゐ不道徳な恥づべき事はないでせう。**さうした貴方だから結婚して一と月もたゝない中《うち》からそれに伴ふべき責任を無視して、顔が醜い、声が悪い、音楽の趣味がないから嫌ひだと、遊蕩児が芸妓の批評でもするやうな批評を新妻に加へて、世間体さへ悪くなければ離縁しやうと思つて、それの出来ないのを煩悶と称して相談をするやうな事になるのです。**貴方は品性の上では幼稚園の生徒となつて、新しく修養を始めなければなりません。**（記者）

五　大正期のセクシュアル・ハラスメント

次の事例は、今日で言う「セクシュアル・ハラスメント」の最悪の例である。読んでいて憤りが湧き、怒りが込み上げて来る。「男女雇用機会均等法第二十一条（職場における性的な言動に起因する問題に関する雇用管理上の配慮）」は、こうした多くの被害者の嘆きの上にうち立っていることを、現代に生きる私たちは噛みしめたい。「辱《はじ》」「身をけがされる」という表現そのものに、大正期が滲んでいる。

此辱《はぢ》を如何せん（大正六年二月十三日）

△私は当年二十八歳になる男です。昨年の春親戚の媒介で二十三歳なる女と結婚しました。まだ入籍の手続はしてありません。現在私は某局へ務めてます。妻も昨秋相談の上子供の無い中《うち》とて私と違ふ会社へ務め始めました。所が先夜例になく帰宅しない夜がありました。今まで会社の用事の為とか実家へ寄つて来たとか云うて二三時間位遅く帰つたことも度々ありましたが、全く帰らんといふ事はありませんから非常に心配してゐましたら、翌夜帰つてまゐり事情を云ひました。それは昨夜社の新年宴会で料理屋へ行き御酒をいたゞいたら急に気分が悪くなりその家へ泊《とめ》ていたゞいたといふのです。併しその言葉も前後してをり猶《な》ほ不審なことも沢山ありますから怒つたり騙したりして色々の手段で責めました所、終に包み切れず実《じつ》を吐きました。それによると妻が勤め始めた二日目のこと、**重役の方**に是非といはれて料理屋へ連れて行かれ、その後も二回ばかりも連れて行かれた。昨夜もまた勧められた。それまで厭なことは一言もいつた事がないので、うつかり連れられて行くと、酒の酔のまはるに連れて重役の態度が一変し、**今夜で四回目だ、今夜こそは許さぬと云つて無理やりに身をけがされてしまつたと云ふのです**。それを聞いた時の私の心中お察し下さいまし、暫くは何も云はれませんでした。結婚後一年間唯の一度も争つた事はなく、余所目からも羨まれる程睦まじかつたのですが、それも今は過去の夢となつてしまひました。妻は唯詫びるばかり許して頂けねば生きてはゐられないと云ひますが**私としては仮令《たとへ》一度で**

も身をけがされた女と暮す気にはなれません。唯思はれるのは妻と兄の妻とは姉妹《きやうだい》で、兄は私の媒介人の一人です。兄は平素気が荒く姉をいぢめ通してゐます。此事を話したら一層姉をいぢめる事でせう。又妻の父は先年歿し続いて商売に失敗して今は母と病身の妹とゐるばかりで、一番たよりにしてゐる弟は昨年兵隊に出てしまつて、苦労な日々《にちにち》を送り通してゐます。此事を聞いたら何《ど》んなに嘆くでせう。この母や姉の事を思ふと（私は両親ともありません）頭が無茶苦茶になつて夜も眠れません。私の顔の立つやう胸のすくやうな道を御教示を願ひます。（一煩悶生）

▲御心中深くお察し申ます。今に限つた事ではありませんが、**地位を持つてゐる者が其の地位を利用して弱者を踏みにぢるのは実に憎むべき事です。**貴方の場合にしても、奥さんは会社の使用人ではあるが重役の使用人ではありません。そこの心持がはつきりしてゐないので、一方では何等かの権利のある者のやうな風をする、一方もそれを怪まないといふやうな所から、かうした平和な家庭を破壊するやうな大事も平気に行はれるのです。奥さんにも罪がないとはいへませんが、大部分は重役にあります。貴方の怒りが如何に強くても不当だとは云へません。それであつたら、**人道の為めさうした重役を懲らしてやる方法をお考へになるべきでせう。**併し仮令悪るかつたにもせよ、愛する妻は棄てられないといふ思召《おぼしめし》であつたら奥さんが悪行を悔いたといふ事でお許しになり、これを将来の向上の所縁としてお諦めになるべきです。方法は此の二つの一つですから、何方《どちら》へなりともお極めになり、**徒《いたづ》らに不快な感情に弄ばれないやうになさるやうにお勧めします。**（記者）

六　大正期の離婚

離婚に関する身の上相談は多い。大正六年三月五日「離婚をすべきか」という、夫からの暴力に苦しむ妹を持つ、兄からの相談に、空穂は「本欄の係りの記者（空穂）の受ける相談も、第一に多いのは離婚の相談です。」と書いている。続いて空穂は離婚原因をこう分析する。

▲さて離婚の原因は一見複雑したもの〻やうに見えますが、記者の此れまでに聞き得た所では極めて簡単なものです。それは結婚前に相手を選択する場合に、**人物を主とせずに、境遇を主として選択する。**然るに結婚後には、さうした標準で選択した相手には堪へられないで、何《ど》うでも離婚しずにはゐられなくなるといふ事で一致してゐます。更に云ひますと、**娘を結婚させる場合には、娘には何等の権利もなく、一に両親の意見に定められる。**両親は一つには自分の名聞心《みやうもんしん》を満足させる為に、一つには娘に物質の不足をさせまいと思ふ所から、第一に富んだ家へ嫁《とつ》がさうとする。然るに結婚後の娘は、夫に尊敬の払へないといふ事を何にも増して悲しい事にする。両親も最後には娘の涙に動かされて離婚を思ひ立つといふ順序です。結婚については、両親も娘も〻つと徹底した考を持たねばなりません。そして地方は都会よりも遥かに不徹底の度が高いやうです。

次の「若き十年間の苦節」は、空穂の「離婚原因分析」の、まさに典型ともいうべき事例である。質問、回答ともに味があり、忘れがたい。「仰しやる通り引き帰《（ママ）》すべきだと思ひます」というくだりなど、空穂の声が聞こえてくるような気がする。

若き十年間の苦節（大正六年三月六日）

△私は本年二十七歳になる女です。去る四十二年七月、本年三十七歳になる一面識もない医師の妻になりました。これは愛の結婚でもなく、財産との結婚でもありません。その人が遠縁に当るといふので安心し、**家柄にだけ重きを置き、本人の性格などは調べてもみず、不安がる私を親不孝行者とおさへつけて結婚させたのでした。**結婚してみると夫は余り心掛のよい人ではありませんでした。何事に対しても主義といふものが立たず、人情に薄く、世間に対しても不義理ばかり重ねて顔出しも出来ない始末です。殊に悪い癖は嘘をいふことで、昨日いつた事も今日はもうまるで変つてしまつて、何方《どちら》を本当としてよいか分らず、私は氷の上にゐるやうです。人様とお話をしてゐる時などはら〳〵として聞いてゐることが一日に何度あるか分りません。こんな風ですから、患者や普通の交際をしてゐる方は、初めは淡泊な人だと思つてゐるらしいが、追々にいや気がさして遠ざける。又同輩や目下の者からは馬鹿にされてゐます。それを自分では気が附かずにゐるので、私は情なくも残念にも思ひます。長き年月の間には、時と場合により、私に誠意のある以上は、夫に私の意見をいはない訳には行きません。すると相談のつもりの事もいらぬ干渉をすると取られて、夫に怒られてしまひます。さうした反対の結果の来《きた》るのを七八年も見てゐ

ます中《うち》に、私の誠意は夫から離れて行き、私は只夫の畜《か》はれ者のやうになつて暮して行くより外はないと思つてしまひました。夫に対しての失望は結婚後一月目から始まりました。併し**結婚の際再び実家の閾《しきゐ》は跨ぐまいと決心しました**のに対し、この失望は私の不束《ふつつか》と我儘《わがまま》から来るものだと解し、戦ひをする気で過しましたが、さて七八年を過ぎた今日になりますと、私の踏み込んだ路は間違つてゐた。間違つた路の上で、自分を殺してまでも苦労をするのは無意義な事ではないかと、絶望の余りに迷ふやうになつて参りました。私は今は、自身では思ひ懸けなかつた離婚といふ事が、周囲の者から持ち出されてゐるのを見てゐます。夫と私とは近年両親の家から別れて私の実家に近い所に開業してをります。此れまでは包んでゐた夫の人と為《な》りが、自然両親や兄弟の耳に入るやうになりました。その時父は、お前此方へ来ぬ内に早く身を引けばよかつたにと云つて呉れました。嗚呼その一言を私は何《ど》んなに待ちましたでせう。早く早く、もつと早く聞きたかつたのです。併し其離婚も不可能です。それは家庭が実家に近いので、そんな事があれば直ちに世間に知れ、自分から身を引いたので離別されたやうにいふだらうと思ひます。それだと**私の不名誉**だと思ひます。**又家の体面上世間体も悪うございます**。それを思ひこれを思ふと、最初の決心通り**家の犠牲**になるより外はないと思ひますが、しかし夫婦の愛なく、子供もなく、前途に何の望みもなく、不安に不愉快に一生を送るのかと思ふと、情なく、心細く、たよりなく、淋しく、いろ〳〵の事が胸にこみあげて、何うしてよいやら分らなくなり、夜分なども眠れません。何うするのが然るべきか、お答をお願ひします。（悩める女）

▲御事情の委曲を知る事が出来ました。こゝに我が道ありと信じ、若い身の十年間を、一途に進んで見たが、猶且つ一点の光明も見出せないといふ道は、恐くは**誤つた道**でせう。**仰しやる通り引き帰すべきだと思ひます。**貴方の帰路を絶つてゐるものは、さうすれば不名誉だといふ事ですが、それは貴方にも不似合なお考だと思ひます。云はれるやうな結婚状態を続けてゐるのが、貴方に体面を保たせ、名誉を保たせてゐる所以でせうか。それが何にも替へ難いその身を殺しても保たうとする程の値のあるものでせうか。又それは、如何なる虚偽をしても保つて行く程の値のあるものでせうか。本当の意味の体面名誉は尊ぶに値したものです。それは貴方の現在の境遇からは得る望みがなく、他の所に於て初めて望めるものではないでせうか。**真実を求める心が強く、それによらなければ生きて行かれない性質を持つた人は、何所までも真実に向つて行くより外は幸福は得られないだらうと思ひます。**（記者）

七　人生の嘆き

読売新聞の「身の上相談」を担当して半年、空穂の生活に思いもかけないことが起こる。大正六年四月四日夜、十年連れ添った愛妻藤野が、お産（子癇）の為に急死するのである。長男章一郎（八歳）、長女ふみ（三歳）の二人の子を残して。空穂三十九歳の春の事である。藤野と暮らした雑司ヶ谷の丘の家はたたみ、二人の子は信州の藤野の実家に預け、一人になった空穂は旅館から新聞社へ通い、次の回答を書く。藤野の死を経験した空穂の筆は、相談者の悩みへの共感を増していく。「泣かぬ日は無し」の二十七歳の女性への回答である。

この「泣かぬ日は無し」は、空穂身の上相談中の白眉ではないかとわたくしは考えている。おそらくは小学校卒と思われる相談者の、必死の訴えを空穂は真っ直ぐに受け止め、二十七歳の相生町の女に成り切って、十歳からの長い労苦を見事に書き込んでいる。その筆致は相談者に寄り添いあたたかい。そして、何よりも回答が素晴しい。太字の部分など声に出して読んでいると、力をいただく思いがする。軽はずみに相談相手を求めてはならない、と諭す空穂は、心の飢えを感じている女性の陥りやすい蹉跌を、きちんと押さえており心憎い。

泣かぬ日は無し（大正六年五月十六日）

△私は今年二十七歳になる女です。女兄弟ばかりで、三人ある中《うち》の一人です。父に十歳の時に死なれまして、十一歳の時後の父が出来ました。この父は母より年若で、七年間一緒にゐる中に、亡父《なきちゝ》の残して行かれた財産は悉く使ひはたしてしまつて、田舎にも居られないやうになり、私の十六歳の時、一家揃つて東京へ出てまゐりました。其時は旅費が足りない位でしたから、東京へ着いても食べて行かれず、父は電車の運転手になる事にしました。それまでの喰ひつなぎと、父の保証金を得る為に、母と妹は工場へ、私は堅い家《うち》へ奉公してゐましたが、私はたうとう泥水商売へ入ることになりました。十七歳から十九歳までの間、親や兄弟の犠牲になつて致した苦労は、

言葉には出来ません。父は私がさうなると結句いゝ事にして内に遊んでをり、毎日のやうに私の所へ金の無心に来ますので、私は借金が嵩《かさ》むばかり、如何ともすることが出来ずに毎日泣いてばかりゐました。その時に知合ひになつたのが今の夫で、私をあはれんで救ひ出して呉れました。夫も其時は何も無い人でしたが、二人で一所懸命に働きましたので、次第に暮しも楽になり、一年後には、父と別れた母と妹とを私の方へ引取り、それぐ〵奉公に出すまでになりました。夫は昔は道楽者で仕方のない人だつたさうですが、堅い人になつて働き続けた甲斐があつて、唯今は支店も六つばかりも出せる身となり、兄弟もそれぐ〵成人しましたので、妹にも夫を持たせて支店長としましたので、やれ嬉しやと思つてゐますと、夫は三年ばかり前から或る女と関係を致し、家を外にしてをります。その女は一と通りの者ではありませんが、私は母や妹が世話になつてゐるので、夫には何事も云はず、母や妹にも心配させまいと思つて黙つてゐます。しかし次ぎの妹は支店にゐますのでそれを察し、心配してゐて呉れましたが、この一番たよりになる妹が肺病の初期とのことで、今度転地をしなければならない事になりました。世の中は何うしてかう悲しいものでせう。私は人一倍気の勝つた者で、人に負けることが大嫌ひな所から、よく我慢をすると親戚の者には褒められてゐる程ですが、それでも人に隠れて泣かない日は一日もありません。夫は私に子供を貰つて育てろと申ます。私は嫁になつて七年になりますが子供が無いので、さうすれば楽みが出来ると思つてゞせう。私も子供は好きですし、食べるには困りませんから、貰つて育てたいと思ひますが、毎日私が泣きながら育てゝもよいものでせうか。又、此れと申て年上で相談する人もありませんから、貰ひうけた上でその子に何んな嘆きを見せまいものでもないと思つて貰はぬ先から心配してをります。何うしたらよいものでせう。本当に私の兄になつて、行く行くの指図をして呉れる人を欲しいと思つてゐます。お察し下さい。（相生町の女）

▲貴方のやうな心の素直な、人の為に尽す心の深い、労苦を厭はない人が、寂しい日々《にちにち》を送らなければならないといふのは、お気の毒に堪へません。併し**誰の身にも不如意はまぬかれません。何等かの意味で嘆きを持つてゐます。この嘆きを何ういふやうにして行くかといふ事が大事な事です。即ち嘆きの為に心を砕かれてしまふか、嘆きの為に心を引き締めて新しい路を拓いて行くかが、その人の幸不幸の岐れ目です。**貴方は今真実の情愛を求めて得られずに心に飢を感じてゐるやうです。子供を貰つて育てゝ行くなどはよい事でせう。さうした相手が出来たら泣かずにもゐられませうし、泣かない我慢もしよいでせう。注意したいのは、さういふ時には慌てゝ相談相手を求める者ではありません。強ひてこしらへる相談相手は、却つて相手にならない事が多いものです。（記者）

「**誰の身にも不如意はまぬかれません。何等かの意味で嘆きを持つてゐます。この嘆きを何ういふやうにして行くかといふ事が大事な事です。即ち嘆きの為に心を引き締めて新しい路を拓いて行くかが、その人の幸不幸の岐れ目です。**」

妻を失った三十九歳の窪田空穂が、「砕けた心」の自分自身に向けても書いたこの必死の名回答、わたくしのこれからの人生の「幸不幸の岐れ目」において、「新しい路を拓いて行く」支えとなってくれることであろう。

二一一事例のうちのわずか八事例、空穂回答にさらに近づきたいお方は、拙著『窪田空穂の身の上相談』（角川書店）をご覧いただきたい。窪田空穂回答の全事例が掲載されている。

第二部　窪田空穂にみる明治の家族と初恋

婿養子空穂——窪田空穂新書簡

新書簡との出会い

窪田新一

祖父窪田空穂は明治三十一年十二月末、長野県東筑摩郡片丘村（現塩尻市片丘南内田）村上《むらかみ》家へ養子縁組、三女清世《きよせ》と内祝言を挙げたが翌三十二年九月一日、実父の死により実家（現松本市和田）に戻り、そのまま縁組を解消して終わっている。二十二歳（以下満年齢）の時であった。空穂は小説「養子」や「私の履歴書」でこの短い期間の暮らし振りや思い、また当時の生活、風俗習慣などを細かく描いている。

この度、清世の孫・村上裕《ひろし》氏から同家に保存されていた「空穂が清世に宛てた自筆の手紙二通」（大正十四年十二月十三日付け、大正十五年一月十四日付け）の寄贈があったので、その経緯などについて簡単に記してみたい。

平成十六年、本家の窪田武夫（松本市和田）は片丘の知人が村上家と懇意にしているとの縁で、東京在住の村上裕氏を紹介され、電話をした由の話をしてくれた。実は私が空穂の婿養子時代の妻の名前が「清世」である事を初めて知ったのもその時である。その少し前、私と妻は塩尻の短歌記念館を訪れ、偶然にも館長に養家のあった片丘を案内してもらう機会を得た。高ボッチ高原と鉢伏山に続くなだらかな西斜面で一帯は水田が広がり、正面は松本平の南端が、右に松本、左には塩尻から木曾谷に続く山間が見下ろせる所で、小説の背景が見え、若き祖父の姿を興味深く思い始めてもきた。

暫くして後の平成二十年秋、裕氏から「手紙をしかるべきところで保存してほしい」とのお話があった。空穂記念館を訪ねられた村上ご夫妻と初めてお目に掛かることになり、当日は小松館長、窪田武夫と私共夫婦が同席し、裕氏からは持参された手紙の他、清世の写真、養家の写真などを見せていただき、村上家のお話もいろいろ伺えた。

この二通の手紙は清世の二番目の夫花村英（ひかる）から娘晃（こう）氏に「大切なものだから保存しておくように」と託され、晃氏から甥の裕氏を経由して今回の運びになった由。晃氏は清世の末娘、米国に在住され八十三歳（平成二十年時）にてご健在であり、寄贈された経緯など改めて手紙で頂戴している。

また、清世の女孫でやはり米国在住の、裕氏の姉の不二（ふじ）氏からは「父俊順《としよし》（清世の長男）と空穂の関わり」など手紙で教えていただいた。余談ではあるが、俊順氏と私の父章一郎とは早大文学部の同級生で、しかも生年月日も同じであったという不思議な縁も伺った。

村上家のご温情とご親切に感謝いたし御礼申し上げると共に、私共も祖父の青春時代を知り、いま村上家と再び交流を得たことを嬉しく思っている次第である。

一　村上家のこと

空穂の孫に当たる窪田新一さん（空穂長男章一郎の長男）がお書きのように窪田空穂に婿養子時代が存在したことは紛れもない事実である。空穂二十一歳から二十二歳にかけて、時は明治三十一年から三十二年のことである。養子先は左図の「村上家との関係」が示すように空穂の父窪田庄次郎（寛則）のすぐ下の弟式次郎の婿養子先である松本・瀬黒の石川家の親戚にあたる塩尻・内田の村上家であった。村上家当主「孫兵衛」とその三人目の妻「ゆう（下平家）」との一子「清世」が空穂のお相手、結婚十五年目に授かった跡取り娘そのひとであり、美人の誉れ高かったという。

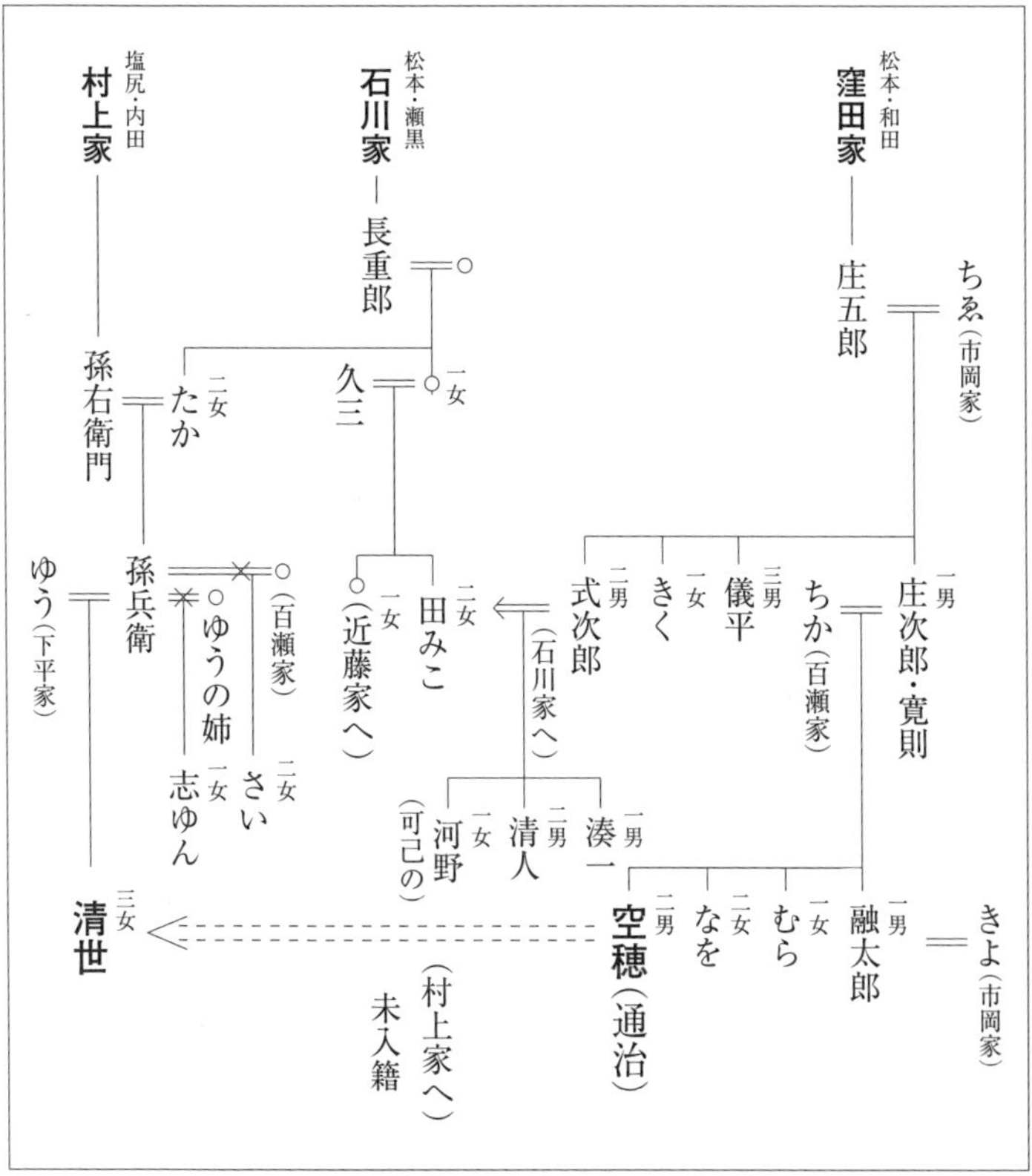
松本・和田
窪田家
庄五郎
ちゑ（市岡家）
松本・瀬黒
石川家
長重郎
一女
久三
塩尻・内田
村上家
孫右衛門
二女
たか
一男
庄次郎・寛則
ちか（百瀬家）
三男
儀平
一女
きく
二男
式次郎
二女
田みこ
（石川家へ）
一女
（近藤家へ）
孫兵衛
（百瀬家）
ゆうの姉
二女
さい
一女
志ゆん
ゆう（下平家）
一男
湊一
二男
清人
一女
河野
（可己の）
一男
融太郎
きよ（市岡家）
一女
むら
二女
なを
二男
空穂（通治）
（村上家へ）
未入籍
三女
清世

村上家との関係

養家の隣家で村上家の同族のおひとり、村上与八郎氏が婿養子時代の空穂に関する亡父（村上修氏）の貴重な聞き書きを残している。

私宅の西隣に二十数本の欅の大木を垣根代わりにして居りました同姓の地主階級の家の一人娘に養子に参られたのが、当時二十才位であった窪田通治さんなる青年であったのであります。（略）養子を迎えた娘がその頃、片丘村は無論のこと近在の村々にも二人とは居ないではないかとまで世間に名の知れた大変な美貌の娘であったとのことです。資産は村内で指折り、その上天女のようなあの娘にはどの様な養子が来るのやらと村内のうわさ話の種にもなり、且羨望の目を以て期待していたところ、和田村の名門の出身であり又この地方では珍しい松本中学校を卒業されている等々、加えて仲々の美青年であったとの事で、本当に似合いの若夫婦であったとの事でした。しかしこの結婚生活もわずか一年足らずで離婚という破局を迎えねばならなくなりました。その真の原因は何であったのか父もよくは知らない様でした。

（村上与八郎「吾が家の歌碑」、「信濃教育」昭和五十五年第一一二八号）

空穂は自身の最長の小説、その名も「養子」の中で、破局に至るこの間の事情の一端を書き残し、晩年（八十八歳）に執筆した「私の履歴書」の中でも、「養家を出る」に一章を割いている。民俗学でいう「足入れ婚」の女性（妻・嫁）側ではなく男性（夫・婿）側での例であることに注目したい。しかも当事者の男女は花婿二十一歳、花嫁は十六歳である。この間の生活、心理等については後でじっくり検討したいと考えている。「自主性がまるきり持てなかった」空穂自身が「養家にいるのに堪えなかった」ことも事実であろうが、村上家の養父母がかわいい一人娘を取られたようにも感じ、さらに誇り高い屈折したこころを持つ婿養子の夫との夫婦関係の構築に悩む若い娘の身を案じ、「自分（養父孫兵衛）は死ぬまで家は譲らないが、それでも聟がいいとしているなら心任せにする」と婿養子の活路を閉ざすような条件を示し、空穂に離縁を迫ったのもまた一面の真実であったといえよう。「私の履歴書」のなかで空穂はそのことに触れ、「私は翌日、仲

21〜22歳の頃の空穂
（窪田空穂記念館蔵）

介者なる叔父の家へ行き、進んで離縁に応じることを告げた。」と記している。入籍も未だであった空穂と清世、一年にも満たない夢の中のような新婚生活であった。

前置きが長くなってしまった。八十四年の時を経て甦った窪田空穂の婿養子時代の妻（入籍はしていない）宛の新書簡一通を紹介したい。用箋は二百字詰めの松屋特製の原稿用紙で五枚に亘っている。清世の父孫兵衛の逝去を空穂に聞かせてくれたのは、婿養子の仲人の労を取った叔父石川式次郎の長男、空穂にとっては父方の従兄弟の石川湊一と推察される。離縁のとき二十二歳であった空穂は四十八歳、片や十七歳であった清世は四十三歳、実に離別のときより二十六年の歳月が流れている。

○書簡1

封筒表

松本市　南深志

小池町

村　上　清　瀬（ママ）　様

封筒裏

十二月十三日

東京市小石川区

窪　田　通　治

雑司ヶ谷町八八

拝啓　突然ですが　おたよりを申上げます。此頃、瀬黒　石川の家に関係のあるものが私のところを尋ねてまゐり、御地の噂を何かとして聞せました。お宅のお噂なども出ました。私はお宅の事についてはいつにも何も聞いた事がないので、珍らしいと思つて聞いてをりますと、御尊父様が御逝去になつたといふ事を知りまして、胸を打たれるに似た感が致しました。私は御尊父様にはきらはれたものですが、しかし怨みがましい心などは一度も抱いた事はありません。いつお目に懸る機会があらうとは思ひませんでしたが、自然そんな折もあつたら心持よくお話をして見たいなどと思つた事はをり〳〵あります。一度はかりそめならぬ親といふ位地に立たれた方だから、それほどの事はしたいものだと思つたのです。その方が既に故人になられてゐると聞くと感なきを得ません。今　あなたに手紙など上げる事の不自然な事はよく知つてゐますが、しかしこの心持はどなたにも外には申上げるべき方もありません。御尊父様御霊、いかにお聞取りになろうとも其辺はかまひません。私のこの心持を御霊前に告げていたゞきたいと思つて此手紙を書く次第です。宜しくお願ひ致します。あなたも御幸福な御生活のやうだとその人が伝へましたので、蔭ながら喜んでをります。御不満のない日々をお過ごしになるやうにと祈ります。

私自身の事は遠慮をして申上げません。心は老いてはゐませんが、鬢には白髪が生えはじめました。随つて人間といふもの、相場の大凡　何れくらゐなものかといふ事はわかつて来ました。今　だしぬけにこんな手紙を上げるのを、悪く取るといかやうにも取り得らるゝ事だらうとは思ひますが、変な心は少しも持つてはゐない事だけを申添へて置きます。お宅の番地はその人は存じてをりません。此手紙が滞りなくつくか何うかは聊か不安に感じられます。　以上

十二月十三日　　　窪田通治

村上清瀬《(ママ)》様

御もと

なかなか味のある心憎い空穂書簡である。大正十四年十二月当時、空穂は自宅を生涯の住まいとなった雑司ヶ谷に新築して四年、母校早稲田大学文学部の講師として五年目、明くる年四月には教授昇格が内定しており、社会的安定を得つつあるという時期にあたる。片や手紙を受け取った清世はこの同じ年にまず父（大正十四年一月十六日没）を、次いで母（大正十四年五月四日没）をも失っている。心細い切ないその時期に、忘れようにも忘れ難い初めての夫、空穂からの思いがけないこの手紙が届くのである。そして空穂の清世への手紙はこの義父へのお悔み状に止まらなかった。空穂は清世に思いもかけないような二信を送るのである。

左頁の二葉の写真は養家村上家の家屋敷の外貌と清世とその父母、おそらくは空穂の婿養子時代とそう隔たってはいない頃の撮影と思われる。この写真も村上家提供の新資料である。前掲の

写真右：右より、清世、孫兵衛、ゆう
写真下：村上家（昭和七年頃）
（村上裕氏蔵）

空穂の写真は清世との婿養子縁組のための見合い写真と思われる。

二　清世への未練に似た心持

空穂は自身の婿養子経験を、自伝ふうの私小説として書き残している。川副国基は『窪田空穂全集』第五巻の解題の中で「おそらく、空穂にとって、この養子事件のことだけは、なんらかのかたちでいちどは記しておきたいことであったにちがいない。しかも、それは短歌のかたちの表現では不可能に属することであったろう。」と述べている。仮初では済ませられない体験であったといえよう。短編小説「無言」はそのひとつである。初出は明治四十年一月、「新古文林」である。

社会人となった空穂と思しき「私」が、社から一週間の休暇を貰い帰省し、怪我で入院している本家の甥（窪田修二）を見舞った折り、その病院で清世（本文中ではお澄）に再会した、その一こまを記したもので、一読、忘れがたい短編である。「私」は病院の庭を散歩し、甥の病室に引き返しながら、見るともなく二階を見上げる。以後は空穂の筆に任せることにする。

と二階の此方に対つた廊下に一人の女が立つて居て、此方を瞰《み》下して居たらしかつたが、私が見上げると同時に突《つ》と身を翻して背の方を見せた。そして逃げるやうにして室の中へ入つて行つてしまつた。其の後姿がチラリと、見上げた私の眼に映つて消えた。
ただ刹那であつた、ただ一目其の後姿を見たばかり横顔をも見る事は出来なかつた。が私の神経は、其の全体を仔細に見たやうに強く鋭く感じた。誰が初めて妻とした女を見忘れる者があらう？　其れはお澄であつた。確かに私が四年前、一度妻とした事のある養家の娘のお澄であつた。

私はハツとした、胸は張り裂けるやうに躍つた（中略）
私の心に傷つけ傷つけしたお澄の周囲、其れを棄て去る事の出来なかつたお澄、其等の関係を断ち切つて自由の身にならう、自由の身に生れかへらうと、其の不快な空気の中から脱れるやうにして私は出てきた。（中略）
初めて真的《まとも》に見た其顔と其眼！　私は此の一瞥《べつ》にお澄の全体を捉へようとするやうに睥《にら》んだ。お澄の眼ははつとした驚きと懐かしさとを柔かに混ぜて、じつと私の眼に対つて居た。どちらも声も立てない。一刹那は長く続いた。私は胸が張り裂けるやう、じつとして居るに堪へないのを全身の力を以て支へて居るがやうであつた。

（窪田空穂「無言」、『全集』第四巻）

空穂二十九歳の筆である。文中の「私」は「お澄」の丸帯の柄に眼を留め、「私の見覚えのある丸帯を締めて（いる）」と思う。

空穂四十八歳の筆に移ろう。こちらは小説ではなく、現実の清世に宛てた長い書簡である。相馬屋製の二百字詰め原稿用紙十八枚に及び、行間から人間空穂が彷彿として顕ちあがってくる。この手紙、よくぞ残っていてくれた、との想いが強い。一信、養父 村上孫兵衛逝去に対する清世への悔やみ状が、ある種襟を正した、一定の距離を置いた内容であったのに反して、以下の二信は清世への距離がぐっと縮まる。一信では「私自身の事は遠慮して申上げません。」と言っていたのが、妻子のことまで詳しく書いている。途中、空穂の筆はあたかも小説のような熱を帯び、恋文とも取れるような様相を呈してくる。一信の日付は大正十四年十二月十三日、二信の日付は大正十五年一月十四日。大学の授業からしばし離れられる暮れから正月にかけての一ヶ月を、空穂は二十代初めの婿養子時代に帰り還り過したのであろう。そして、清世へのこの手紙を書かずにはいられなくなったと思われる。

○書簡2

封筒表　　　　　　　　封筒裏

長野県　東筑摩郡　　　一月十四日

東京市小石川区
雑司ヶ谷八八
窪　田　通　治

片丘村　内田
村　上　きよせ　様

啓　思ひつくまゝにもう一本貴方にあてゝ手紙を書きます。気まぐれに書くもので、御返事など予想してのものではありません、お気やすくご覧の程を願ひます。

何よりも先に、御家庭の御幸福を祝します。お連合は、私も幼顔を知つてゐる方との事で、一種のなつかしさを感じます。末永くよい御家庭であるやうにと祈られます。貴方にあてゝ今更手紙など書かうと思ふのは、別の訳があるのではありません、私には貴方といふ方は実に気の知れない方で、何うしてあゝいふやうな事をなすたらうと、久しく疑問になつてゐました。その疑問が解けずにゐる中に、何時ともなく忘れたやうになつてしまつたのが、此頃久しぶりで貴方の御様子を聞くと、又その疑問が疑問としてあらはれて来ました。此手紙はその疑問を云つて見たい為のものです。

私たちが何故別れなければならないやうになつたかは、誰よりも貴方が一番よく知つてゐます。一と口にいふと、貴方のお母上が、愛してゐた貴方といふものを、聟に取られてしまひさうなのを不快に感じられた、それだけの事です。そのあとの事は、それに附随したおまけくらゐなもので、別れなければならない程の理由にはなつてゐませんでした。私には、其時も、今考へて見ても、さうだと思はれます。

お母上のお心持は無理のないものだと云へます。察しられもします。しかし此れは、側の者が我慢させなくてはならないものだつたでせう。何故といふに、此れは私だから起る事ではなく、誰が養子になつたからとて、恐らく起つて来る事柄だつたからです。第一におさへるべき方はお父上でした。あの善良なるお父上には、その力がありませんでした。さうなると此れをおさへるのは、貴方だけです。根が利口な貴方です。養子に対する養子娘の義理としても、貴方はおさへて下さるだらうと私は思つてゐました。おさへると云つて別に方法はない、私が勧めたやうに、暫く私と一しよに家を出て、別に暮して下さる事でした。私は現に、教員の口までも拵へて貴方にその事を相談しました。私は無力のものでしたが、私には実家もありました。貴方をひどく困らせるやうな事はあるまいと思ひました。本当に私は、一応は貴方は、養子としての私の顔を立ててくれるだらうと思ひました。然るに貴方は応じなかつた。私は気に入られなかつた犬か猫の子のやうに何の理由もなく貴方の家を追ひ出された形になりました。あの時、何故あなたは私の勧めに随はなかつたのか、私は何うしても分りませんでした。それといふも、私は貴方が好きだつたし、貴方も私を嫌つてはゐないと信じてゐたので、最後の場合には、貴方は義理としても私の言ふ事を聞いて呉れるだらうと思つてゐたからです。疑問といふのは此れで、此れは久しく私の心に懸つてゐた事でした。

今一つの疑問があります。それは此の疑問にも劣らないものです。

貴方と別れる時に、貴方は、復た何うにかするから、其時はもう一度一しよになる気でゐるやうにと私に云はれました。私はあてにする程ではなかつたが、本気になつて聞いてゐました。それは、貴方に別れるのが私に不幸であると同様に、貴方にも不幸であらうと思つてゐたからでした。そして貴方がさうなさる以上、男として、又一旦夫となつた関係上、拒むべきではないと思つたからです。

私は貴方に二度手紙を上げました。貴方との口約束があり、殊に貴方には腹に子供もあつたので、私は格別悪い事とは思はなかつたのです。そして、何れにもせよ貴方が返事くらゐは呉れるだらうと思つてゐました。貴方は返事もくれませんでした。のみならず、その手紙の一本は、お父上が原の近藤さんに御持参になつてお示しになつたといふことを瀬黒の湊一から聞きました。湊一は私の如何に愚か者であるかを証明する為に、私の家の者にいひつける形で話したのです。

此時ほど貴方の気の知れなかつた事は私にはありませんでした。私がいやならばいやで、手紙で一と口いへばいゝぢやないか、表向きは既に別れたあとだ、おとなしく文句なしに別れたあとだ、何んな返事をよこさうとも、それを根に責任など負はせることのないくらゐは知つてゐてくれてい、筈だ、何んな気でそんな事をしたのだらうと思ひました。私は貴方といふ人に全く見当が附かなくなつてしまひました。

其時から私は貴方の事は思ふまいときめました。実際貴方についての何の噂も聞きませんでした。聞かうともしず、話す者もなかつたのです。

私の此れまでの中、貴方の家にゐた時ほどみじめな時はありませんでした。私といふ者が貴方には何う見えたか知りませんが、私は節を屈して養子に行つたのでした。母が死んだあと、父はひどく心弱くなつてゐた、その父に勧められて、私は養子に行く気になりました。考へたあとの事ですから、無論生涯をそこで過さうと思つて行つたのです。行つて見ると、両親には理由なく嫌はれる、此れだけはと信じてゐた妻も、信じられないやうに見える、一方実父は大病でゐる、私は今思つて見ても、其時の自分をかわいさうに思ひます。

実父が死んで私は義理立てをする必要のある者がゐなくなる、同時に貴方の家との関係もさつぱりした時には、私はほつとしました。此れからは自分の力だけで暮さうと思ひつゝ、しかし一方では貴方といふ人を気にはしてゐました。

東京へ出てからの私は、実家から多少の世話になつただけで、誰からも世話にはなりませんでした。自分の好きな方面へ入つてゆくと、世間から大事にされまして、たやすく或程度の地位を得ました。今では文人としての傍ら教員をしてゐますが、私立ではあつても大学教授ですから、その方面では恥づかしい地位ではありません。

家庭生活としては、私は前後二人の妻を持ち、子供を三人持つてゐます。前妻は私には過ぎもの、やうな女でした。子供が二人ありましたが、此の子供も、自分の其頃の事を思ふと私よりも生れ勝つてゐます。その妻は、貴方を連れ出したさに教員の口をきめた、その意味では教員をする必要はなくなつたが、学校ではあてにしてゐるから来ないと困るといふので、暫く教員をした、その時の生徒です。後妻は先妻の妹です。因縁といふものは面白いものだと思ひます。後妻にも子供が一人あります。

今になつて思ふ事ですが、貴方があの時、もう少し尋常にして下さつたら、あの時はあれでも、私の手紙に返事をくれるだけの心持があつたら、私は貴方と一しよに暮して来た事でせう、そして幸福だつたと思つてゐる事でせう、私は貴方との関係を除くと、此れがあきらめが附かないといふやうな事はなくて過して来ました。貴方との事を思ふと、今でも少し変な気がします。しかし一切は過ぎました。私の眼に浮ぶ貴方は二十歳前の若い貴方ですが、今はふけてゐられるでせう。私もふけて来ました。こんな事は今更いふべきではありません、何うでもいゝ事です。さうは思ひながらも、こんな事を云つて上げようと思ふのが私の性分で、人のいゝせゐでせう。更にいふと、あれ程までにされても、まだ貴方に未練に似た心持を持つてゐるのかも知れません。それだからと云つて、何の御迷惑を懸けようといふのではありません。

東京へ来られる時もあるでせう。御夫婦で入らつしやるやうな事があつたら、私の家へも寄つてくれませんか、明るい、いい心持で、大事にして上げます。昔話もして見たいとも思ひます。其頃の方は、お父上をはじめ、石川の伯父 伯母も故人となりました。私なぞも何時死んでも不思議のない年齢となつてゐます。あくの抜けた心持で茶飲みばなし位をしたところが、もう誰に対しても遠慮などするにも及びますまい。

勝手な事を申上げました。此れでやめます。云つたら気がはれました。
重ねて御家庭の御幸福を祈つてやめます。

一月十四日　　　　　　　　　窪田

村上きよせ様

御許

「あれ程までにされても、まだ貴方に未練に似た心持を持つてゐるのかも知れません。」と空穂は記す。未練を「既にその保持が不可能になってしまった対象に対して、なおも残存している愛着」と定義すると（山野保著『「未練」の心理―男女の別れと日本的心情』創元社）、空穂がただ一つ「あきらめが付かない事」と思っていた「貴方（清世）との関係」について、「気がはれる」までこの手紙を書き綴ったことは、積年の未練を昇華するためのまたとない作業であったと思われる。未練の昇華が十分であれば、離婚した配偶者の幸せを素直に願いながら、自分の幸せを求めて再出発が出来るのである。

四十八歳の空穂が「何時死んでも不思議のない年齢」と書いていることに、今日的感覚からは奇異の感を抱くことと思われる。当時の男性の平均余命は四十四歳であった（女性は四十五歳）。

三「寒月善童女」のこと

空穂が二十六年ぶりに婿養子先のかつての妻清世に二通の手紙を送ったのは、大正十四年の暮れから大正十五年の新年にかけてのことである。当時のふたりの家族構成を示したのが、左の図である。離別後ふたりはともに再婚し子を持ち、その相手とは死別、離別の違いはあるが別れることとなり、その後再々婚し子を得ている（後にその相手と離婚することも同じである）。

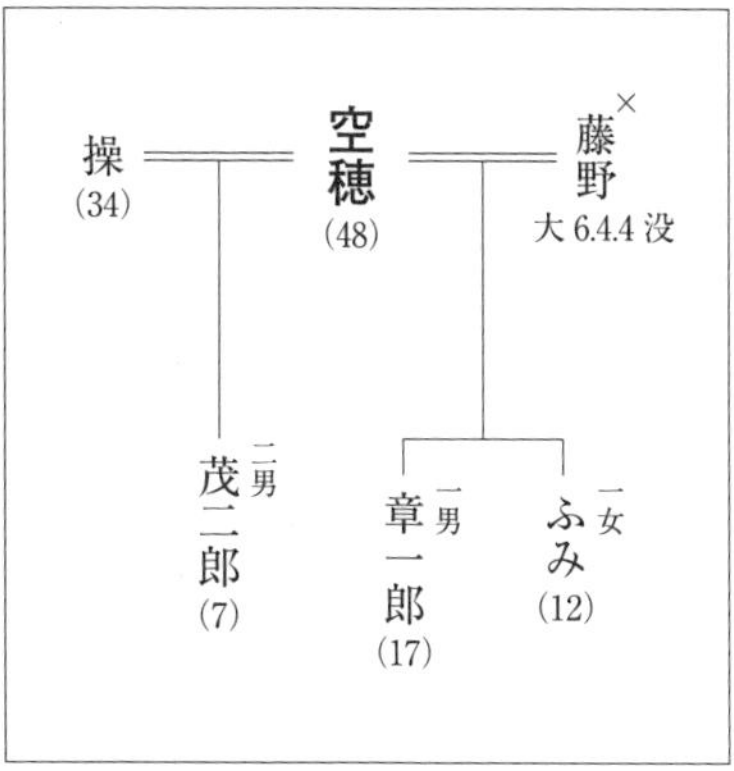

空穂の家族（大正15年１月現在。カッコ内は年齢）

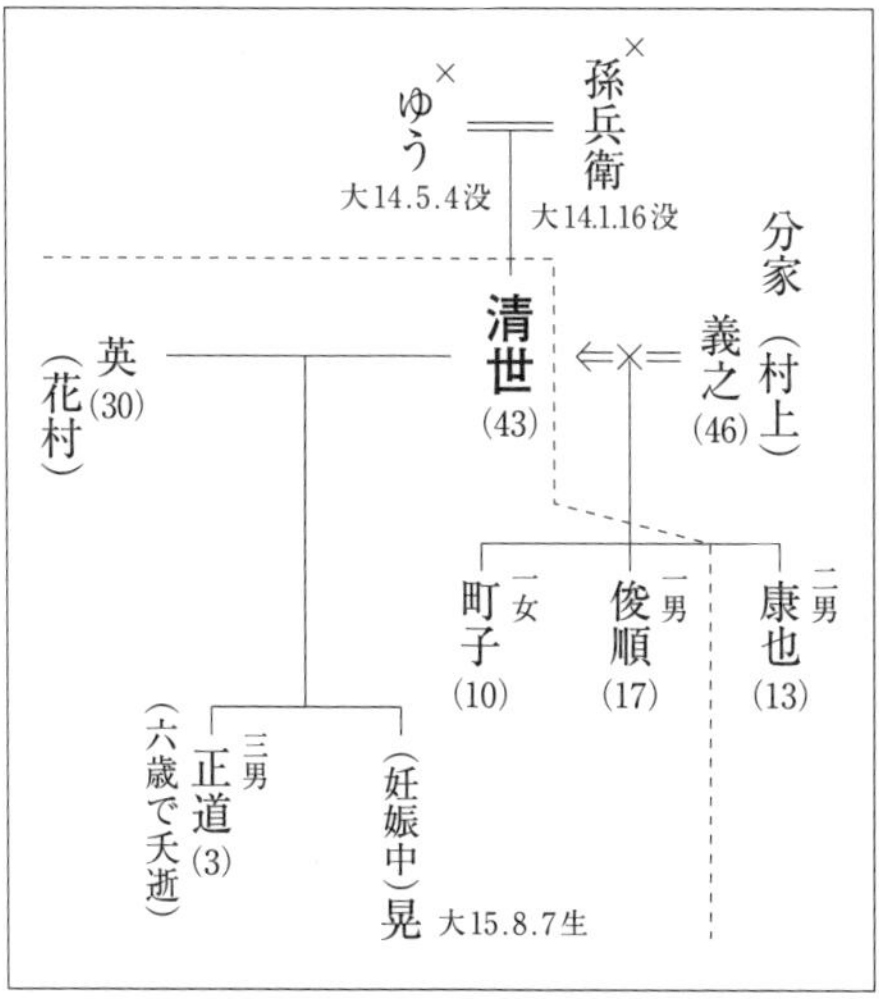

清世の家族（同上）

『窪田空穂の身の上相談』執筆時に、わたくしは松本和田、空穂本家の窪田武夫さんから初めて清世のことを聞き、空穂の人生との相似に感慨を深くしたことを思い出す。「私は貴方が好きだつたし、貴方も私を嫌つてはゐないと信じてゐた」「貴方に別れるのが私に不幸であると同様に、貴方にも不幸であらうと思つてゐた」という空穂の清世宛の手紙の文章が浮かんでくる。相似た魂であったのかもしれない。この手紙を書いた年は、魂の恩人、牧師植村正久が亡くなり、洗礼を受けた若き頃を想った年であり、長男章一郎の病が癒え、中学生に戻れた嬉しい年でもあり、空穂のこころに余裕が持てたのかもしれない。

ふたりが離縁せざるを得なくなった直接的な出来事は、「炬燵事件」ともいうべき出来事であり、空穂は小説「養子」の中のみならず、「私の履歴書」の中でも記している。以下のとおりである。

ある日のことである。私は妻と二人で一つ炬燵にあたっていた。妻は炬燵の中で、私の手に手を触れ、何かを渡そうとするようである。応じると、妻は掌《てのひら》に何かを持っていて、それを私の掌に渡したのである。紙だと感じられたので、何だろうと見ると五円紙幣であった。私の小遣銭を秘密に、黙って渡したのである。私は一種の恥を感じた。本能的に、その紙幣を妻の掌に返すと、妻は突《つ》と炬燵を出て、小走りに両親の寝室になっている、板戸の立っている室に駈け入って、後《あと》を締め切って開《あ》かなくした。

養母は別の処にいて何も知らなかったが、妻の様子から、何か尋常《ただ》ならぬことがあったらしいと直感して、事情を私に訊く。私は答える言葉もなかった。

「あすこには剃刀《かみすり》などもあるから」

と、養母は娘の自害もしかねない顔いろを捉えているらしかった。

このことは養母から養父に伝えられたらしい。何と伝えたかはわからないが、心情の単純な、養母次第になる養父のことであるから、容易ならぬことに思ったであろう。私はどうすることもできなかった。多年、妻は、両親の掌中の珠であった。両親の一部となっていた。それが結婚以来、両親から離れて、その夫の物のごとくなっている、これが養母の不快の理由で、娘を嫉妬していたのである。

数日すると、養家の大切な親戚の主人二人が客として来た。養父は座敷で、昂奮した高声で話をしている。私を離縁したい心をもっての下話である。私は隣室で聞いていた。「自分は死ぬまで家は譲らないが、それでも聟がいいとしているなら心任せにする」という結語であった。

私は翌日、仲介者なる叔父の家へ行き、進んで離縁に応じることを告げた。

（窪田空穂「私の履歴書」、『窪田空穂資料　窪田空穂全集別冊』）

清世に送った第二信の中で、空穂は「私の此れまでの中、貴方の家にゐた時ほどみじめな時はありませんでした。」とも「私は気に入らなかつた犬か猫の子のやうに追ひ出された形となりました。」とも書く。「猫の子のやうに」という言い回しに、直ちに「猫の尻尾」を思わずにはいられない。短編の「末子」（『全集』第四巻）の中で、祖母はまだ学校にも上がっていない空穂がモデルと思しき澄弥に向かって、本家（甥）の世話にならないようにと諭し、こう呟く。

「わりや猫の尻尾だでな、何うせ此家にヤ居られねえ体だぞ……。今つから性つけて、彼《あ》れの厄介にならねえやうにしろよ」

澄弥は、罵られたのだと思い、こう反発する。

「おらア、……猫の尻尾とか何とか、そんな物ぢやねえわい、人間だい！　何だ、そんな、お祖母様のやうな――」

空穂が、新妻清世が渡した精一杯の心づくしである五円紙幣を、「一種の恥」として「本能的」に突っ返した背後には、「何うせ此家にヤ居られねえ体」、「猫の尻尾」としての積年の意地と悲哀が隠されていたのかもしれない。大岡信はその著『窪田空穂論』の中で、当時の農家の二男坊空穂の置かれていた状況を、「それにしても、養子縁組のような他律的・変則的な環境変化のうちに、仮に一時なりとも、農村脱出の幻想を見出した、あるいはそのきっかけを夢見た、というところに、当時の青年窪田通治のおかれていた、どうしようもなく閉ざされた生活環境があった。」と捉えている。だが、わたくしはこの場面の清世が可哀想でならない。十六歳の娘の一所懸命の想いがこもっている。明治三十一年当時の五円はかなりの額である。白米十キロが一円十二銭のころである。養家では新聞すら取っていない、と嘆いていた空穂である。「これで新聞でも取ろうか」、とでも言って上げたらどんなにか清世が喜んだであろうに。

清世の可哀想さを感じた場面が小説「養子」の中にもある。大雪の中を清世（文中では房江）や養母が止めるのも聞かず、依怙地になって私（空穂、文中では仙）は雪の海の上をよろめきながら歩き出す。清世が後を追う。二人は雪の上で逢う。ここからは空穂の筆に代わりたい。

房江は突と私の袖をつかまへた。それは逃げる者を捉へるやうであつた。さうしたきり女は私の顔を見上げて、何も言はずにゐた。肩は息苦しさうに波を打つてゐた。

「何か用なのか？」

「兄様《にいさま》、今日は延ばして下さい」

「何だそんな事か、おれは何んな用かと思つた。だつてもう、かうして支度して出懸けて来たぢやないか」

私を見上げてゐた房江の眼からは急に涙がこぼれ出して来た。すると房江は急に、倒れかかるやうに私の胸へもたれかかつて、顔を胸に押し当ててすすり泣きを始めて来た。

（『全集』第五巻）

正式な養子披露のこと、箪笥《はこ》と称する聟入り支度のこと、これらの形式をめぐって、両家、仲人の見栄や格式が入り乱れ若い二人を揺さぶっていく。そうしたなかで清世は空穂の子を身ごもったのだ。

今回の空穂書簡の新資料で、空穂は清世の妊娠を「殊に貴方には腹に子供もあつたので」と明記している。清世に宿った新しい生命のその後についても、新事実が明らかになった。

この新しい生命はこの世に生まれることなく、八ヶ月で早産死してしまったという。明治三十三年二月五日とその位牌に記されており、法名「寒月善童女」（左頁写真）。空穂との間に授かった子は女の子であったのか。寒月とは冷たく冴えた冬の月のことである。わずか十七歳の清世が初めて授かった子どもが早産死した夜は、冷たい月が出ていたのであろうか。清世はこれで「兄様」との結婚も終わってしまった、と産褥で泣いたことであろう。位牌は村上家の代々の人々とともに「めくり位牌（繰出位牌・回出位牌）」に納められ、供養され続けている。

空穂からの思いがけない手紙を受け取った時、清世は末の子（二女）を妊娠中であった。ご結婚後現在もアメリカ・ケンブリッジにて八十三歳でご健在の晃《こう》さんである（平成二十年当時）。新書簡二通が残されるにあたっては、晃さんの父、花村英《ひかる》氏の窪田空穂に対する見識の高さが幸いしている。清世が空穂からの手紙を夫に見せた折に、花村氏が保管に値すると判断し、自ら保管してくれたのである。花村氏は空穂と同じ松本中学出身、東京の電機学校を卒業した識者であった。清世と縁続きであり、空穂婿養子のことも承知していた。妻の前夫（婿養子義之氏）との長男俊順《としよし》氏の早稲田大学入学を勧めたのも花村氏であったという。晃さんのお手紙から許可を得て引用したい。

　花村の父は先生をご尊敬申上げて居りました。私帰郷の折「自分は歳であるからこれを然る

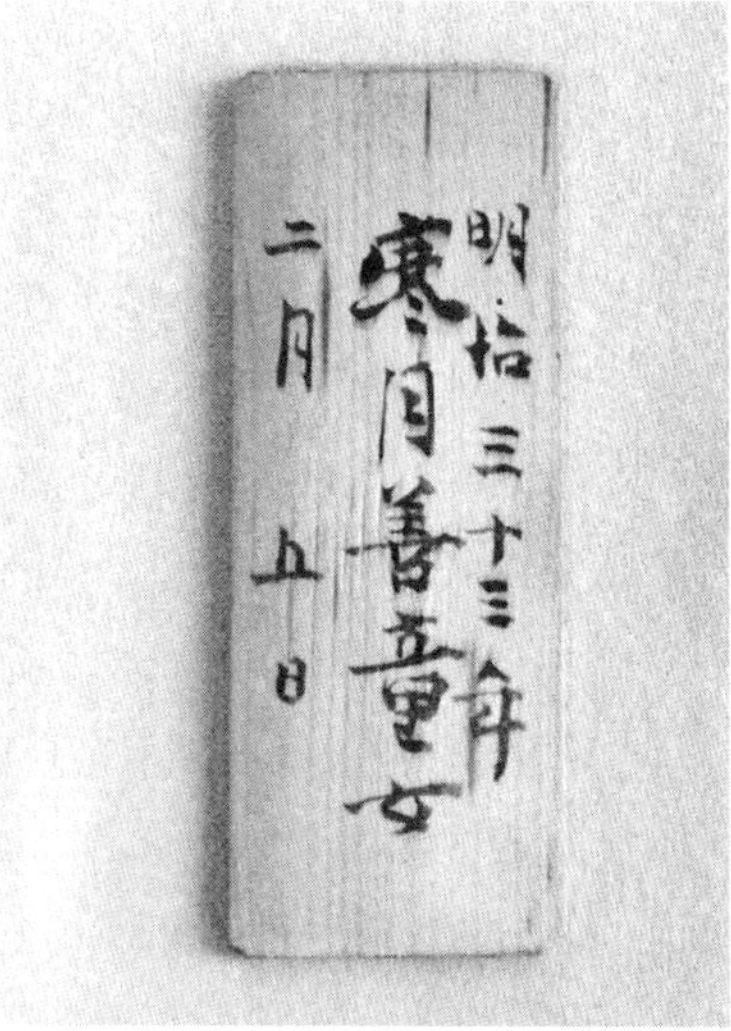

「寒月善童女」のめくり位牌（幅40ミリ、高さ147ミリ）（村上裕氏蔵）

べきところにお渡し出来るまで保存する様に」と長年宝として大切にして居りました先生から母へのお手紙を渡されました。私も歳である今父の意志と共に村上に託した次第でございます。（略）

花村との結婚以前の出来事を母からは何も話してもらえませんでしたが、父からわづか聞かされたところでは、母は深く先生をお慕いして居り御一緒に家を出る覚悟であったけれど自分以外に村上の家を継ぐ者は無いとの責任感を振り切れず悲しい結果に終ったとのことでした。

空穂のこころの隅には、如何様に自らを正当化したにしても、なお残る清世に対する「すまなさ」の情があったとわたくしには思われる。『窪田空穂全集』に小説「養子」を入れると決まったとき、晩年にさしかかっていた空穂は、「あれは大きらいなものだった」と語っている（『全集』月報7）。空穂からの二通の手紙を、清世はどんな思いで読んだのであろうか。空穂と清世は離別後、相見ゆることがあったのであろうか。思いは尽きない。左頁の写真は後年の清世である。

四　空穂にとっての婿養子体験

空穂が婿養子時代の妻清世に触れた文章がある。昭和三十四（一九五九）年、空穂が八十二歳の夏、軽井沢高原避暑中に、九日間で一気に書き上げた「わが家の出自を語る」の中の一文である。婿養子への経緯も記した後、空穂の父が亡くなる前の以下の体験を記す。小津映画の一場面のように美しく、長く忘れがたい。

私には小さな印象がある。（略）私の妻である女が枕頭に坐って、その名を告げて挨拶をすると、父は目を開いて見、目に涙を浮かべたことであった。

（『全集』第十二巻）

後年の清世（村上裕氏蔵）

資料考証を担当された窪田綾乃さんは、年来「窪田空穂日記」の解読を進めておられる。明治四十三（一九一〇）年一月八日の空穂日記には、「長編を書いて懸賞に応じよう。それは私と清世との間だ、写生にはしまい」という謂が書かれている。懸賞とは太田水穂に勧められた朝日新聞の懸賞小説のことである。明治四十年代の空穂は自然主義の影響を受け、小説に力を入れていた。この日空穂は島村抱月訳のイプセンの『人形の家』を読み了え、「ノラが忘れられなく好きになつた」と日記に記す。

長編小説に何を書くか、となり、空穂が行き着くのは、若き日の養子体験であった。空穂日記を引用したい。

空穂日記（抄）　明治四十三年一月八日

私は太田の所での懸賞の話と、此の人形の家の暗示とを一しよにして胸に一つの計画を持つた。（略）それは私と清瀬《（ママ）》との間だ。清瀬はシンプルの女が、結婚後苦労して眼が覚めるに連れて苦労に労れてしまつた女だ。子供に対する心持など明らかに其れだ。私は、空想に破れたのだ。空想を破られ破られして、終に其のつまらなさに堪へられなくなつたのだ。二人は発展し行く予期以外の心持に手を曳かれて、終に別々の途に入つて行つてしまつたのだ。

「人形の家」のノラと清世とを並置している感を持つ。空穂は「自己を高み《（ママ）》たい、高い自己を知りたい、知つて然るべき所に置きたい」とするノラの心持が、「兎に角よかつた」と記している。その時の長編構想のメモが残っていた。メモのため判読しがたい箇所もあるが、構想は三十六章にも及び、空穂が展開しようとした長編小説の輪郭が浮かびあがってくる。「収二」は空穂をモデルとした主人公名。題名は「養子」か。

一　和田の家の老母の病気　子供を呼び集める
二　収二が帰つて来る　周囲から見た彼
三　1母の看護　その後の彼の自己批評
四　2死後の忙しさ　其間に於ける父親　3大阪行きの計画
五　4父親の説諭
六　5大阪の断念と求め難き新方面　6周囲に対する否定
七　養子の申込み　八　見合ひ
九　準備　十　結婚の日
一一　瀬黒　一二　内田
一三　式場　一四　式後
一五　翌日　一六　里帰り
一七　内田の要求と瀬黒　一八　双方の衝突

一九　雪の日の訪問
二〇　披露
二一　石工
二二　桜井
二三　妊娠
二四　姑の病気
二五　客行き
二六　母姑の離間
二七　養蚕
二八　実父の病重　松本行き
二九・三〇　病死
三一　一変
三二　瀬黒の冷淡
三三　離縁
三四　文通
三五　噂
三六　子供の話

明治三十九（一九〇六）年の空穂日記にも清世は登場している。婿養子の仲介をした叔父石川式次郎の二男石川清人の空穂宛の手紙に、清世からの伝言が書かれていた日の日記である。空穂二十九歳、牛込区南山伏町に親友吉江孤雁と同居し、電報新聞社社会部記者を解雇され、国木田独歩の独歩社に入社したてのころのことである。一方清世は二十四歳、横山義之を婿養子に迎え四年目、子どもはまだいなかった。

空穂日記　明治三十九年八月四日（原資料は横書き）

二三日前、石川清人が詠草に手紙を添へて来、其末に先日松本で清世に会ふと自分に伝言してくれとの事で、それは今更未練は云はない、一心に自分の成功を神かけて祈つてゐるとの事であつた。自分は返事の中に、伝言に対しては何の云ふべき事もない、此を含んでゐてくれと云つてやつた。事実然うであつた、所が幾度となく其れが思ひ起せる。

と、それと共に想起すは、数日前、宮川梅が給金の催促に来、惚け話をし、自分には十七八の時初恋の男があつて、其儘に別れた。爾来、幾度となく片附いたが、何時も夫が恋しくなく、思ふは其男の事ばかりであつた。今も折々夢を見る、そして其度毎に感冒をひくと云ふ事を云つて行つた。

此二つが相前後して胸に浮んで来る。つまらない事だと思ふ。

空穂の成功を「一心に神かけて祈つてゐる」と伝えて欲しい、と伝言した清世のいじらしさに対して、「何の云ふべき事もない」と意地を張る空穂。別離後七年、なお清世への拭い難いこだわりがある証左であろう。そして、自分の成功を神かけて祈っている、という清世を幾度も思っている。二十九歳の空穂は、願わくは清世の夢に現れる初恋の思われひとであり続けたいのだ。こうした空穂の人間性に触れたくて、わたくしは空穂研究から離れられないのかもしれない。宮川梅は、吉江と暮らす借家の通いの賄い婦か。

空穂の清世宛新書簡二通とともに、その時の心境を詠んだ短歌草稿も窪田家にて発見された。

「国民文学」に掲載するための草稿である。歌集では『鏡葉』以降の作品を収める『青杤葉』にあたり、草稿には長歌「五十路」などとともに書かれている。松本和田の窪田空穂記念館所蔵の当時の「国民文学」に当たったが、未掲載であり、私事の歌として草稿にのみ留めたと考えられる。この歌がまた人間的でこころ惹かれる。まずは大正十五年一月十五日と日付があり、二信目の長い手紙を書いた翌日の作品を掲げる。

手紙を書ける後に

この恨持てる恥ぢては忘れよと我の強うれど忘れはゆかぬ

こんな恨みを持ち続けていることを恥じて　恨みなど忘れてしまえ　と自分に強いてみるが忘れることはできない

うべしとは人を許せどその恨我が骨の髄に食ひ入りけらし

仕方がない　とあの人を許してみても　その恨みは私の骨の髄までも入り込んでいるらしく消せない

（うべし→肯し・諾し 仕方がないの意）

時たちて忘れむとする間際にし忘れもはてよと恨いひにけり

時が流れ、忘れようとするその間際にも、忘れてしまえと恨みをいってしまった

打出でゝいはむいはじとたゆたへる長き恨よ遂にいひにけり
外に出して言おうか言うまいかとためらっていた　長い間の恨みを　とうとう言ってしまった

十とせをば三たび重ぬる三十とせの永きを堪へし恨なるかも
三十年もの長い間をじっと堪えてきた　この恨みなのだなぁ

二信目の清世宛の手紙は、書くか書くまいかと迷った末の、空穂三十年間の思いが籠もった手紙であったことが知られる。手紙のキーワードは「恨」であることも、これらの歌から分かる。持つのを恥じ、忘れようにも忘れられない、骨の髄まで食い入るような、長く永く堪えてきた「恨」であったと空穂はいう。薄情な無関心とは対極にある、「情愛」に根ざす「恨」であろう。清世への恨みの手紙を出さずにはおられなかった自らの気持ちを空穂はこう詠う。

我が心それに向ひついかんとも今はし難きものとなりたり
わたしの心は　あなたに対する長年の恨みに向かい　今やどうにもならなくなり　長い手紙で打ち明けたことよ

一週間後の一月二十二日に空穂は更に三首詠む。

手紙の後に、又、

今にして思ひ返せば人おろかに願ふべきをも知らずありしなり

今になってあの頃を思い返してみると　あの人は考えも足らず　妻としての当然な願いすら分からなかったのだなぁ　（「人」は清世か）

老いそめてその由るところやうやくに分きけむ人や下泣きをらむ

年を取って　彼女は原因がなんであったかをようやく理解し　心の中でひそかに泣いていることであろう　（この「人」も清世か　「下」は心の中で）

我が恨霽《は》るとすべくも人にいはず空にむかひて叫ぶべならし

わたしの積年の恨みが晴れたとしても　あの人には言わない　ひとり空に向かって「想いは伝えた」と叫ぶべきであろう　（べならし→べくあるらし、べきであろう）

長い手紙を「勝手な事を申上げました。此れでやめます。云つたら気がはれました」と結んだ空穂は、積年の「恨」が晴（霽）れたように感じ、時の経過とともに清世の気持ちにも想いが及ぶようになってきている。あの頃の清世は、「この人と暮らし続けたい、離れたくない」という夫婦の当然な願いすら定かに持てなかったのだなぁ、と相手の気持ちを思いやる余裕も生じている。そしてここでも空穂は清世に対して、自分と別れねばならなかった定めを悲しみ、心の中で泣いてほしい、とひそかに願っているように思われるがいかがであろうか。清世からの返事はあったのか。

実質一年にも満たない婿養子体験は、空穂にとってかくばかり重たいものであった。やわらかい二十二のこころゆえであったか。親友吉江孤雁は若き日の空穂のことを、「細かにかすかに神経を震はせてゐる」人と表現している（吉江孤雁「序」、『空穂歌集』）。また、空穂の終生の親友前田晁は若き空穂のこれらの彷徨を、次のように位置付けている。

さて母を送って、父をも送った。心ひかれるものはなくなった。空穂は早稲田から大阪、山村の養家と、人生の悩みをつづけて、いくたの知識と経験とを身につけた。かれの人間形成の上に、それがどんなに大きな効果をもたらしたことであったろう。

（前田晁「解説」、窪田空穂『わが文学生活Ｉ』）

清世の長男村上俊順さんが松本中学より早稲田大学、それも空穂が教授を勤める国文科に進んだ事は、やはり感慨深く、縁の糸を思わずにはいられない。以前も引用した同族の村上与八郎氏の父よりの聞き書きには、空穂の方から俊順さんに「君の母の許に養子に行った事もあったが」などと話しかけられ、以来近しく師弟の交りを結んだと書かれている。（村上与八郎「吾が家の歌碑」、「信濃教育」昭和五十五年第一一二八号）

村上清世は明治十五（一八八二）年五月十一日生まれ、亡くなったのは昭和三十七（一九六二）年二月十五日、晩年は阿佐ヶ谷の俊順さんが営む古書店の家で読書を楽しんで暮していたという。享年満七十九歳であった。戒名は「峯蓮院文顕清世大姉」。空穂に先立つこと五年、空穂八十四歳のときであった。俊順さんが母清世の死の前後一年を含めた三年分の詠草を持って、雑司ヶ谷の空穂宅を訪ねたのは、昭和三十八年十二月一日のことであった。空穂日記にも村上俊順訪問が記されている。現存する詠草には、空穂が付けた丸印や添削が随所に見られるという。その日のことを俊順さんはこう書き残している。（村上裕氏提供）

（空穂先生に）歌を見ていただく。意外にも「ぐっとよくなった、歌詠みの歌というように近くなった。言葉の田舎くささがとれてゆくとよい、それは自然にとれて行く」との御評。

以下、村上草彦（俊順）「詠草」より抜粋させていただく。まずは空穂との関りを。

身を享けしこの幸《さきはひ》か先生の八十四歳の末の弟子われ
二た月を心こめては詠し歌思ひかなひ先生にみて頂きぬ
こよなくもめでたく笑みてわが老師われを見ませりうれしき正月
（年賀　昭和三十七年一月三日）

次は母清世の晩年を。

愛憎を今は越えたる老母《はは》が笑み清くもさびし別れや近き
いのちすでに尽きしといふや面変《おもかは》れる老母《はは》が浮かぶる笑まひしづけき
面変りし母が浮かぶる淡き笑みあやしや昔の美しさ保《も》つ
二月十四日午前「苦しいか」との問いに「うれしい」「ありがたい」「しあわせ」との言葉を聞き
得る最後の言葉として十五日午前一時三分逝く
「しあわせ」と言《こと》遺しては逝きし母今をしづかにわが家に住む
空穂は俊順さんの持参したこれらの歌から清世の最後の在りようを知ったのか。「しあわせ」を一期の言葉としたという清世。やはり空穂が永く「恨」という感情を通してでも繋がっていたかった女性であったことの所以が思われる。

「まだ貴方に未練に似た心持を持つてゐるのかも知れません。」

養　子——窪田空穂未発表草稿

窪田家所有の未発表草稿のうちから、「婿養子空穂」に関わり深い二編を取り上げたい。空穂が長編小説を構想したものの果たせなかったが故に残った草稿、と思われる。「父の病（仮題）」と「母の病（仮題）」である。ともに長編小説「養子」の構想メモとともに発見されたものである。大正初期の作品であろう。

窪田綾乃さんが空穂日記より、これらの執筆時期を特定するための資料を探してくださった。執筆の背景や執筆する空穂自身の様子が伝わってくる。以下に関連部分のみ掲げる。（カッコ内の説明は筆者）

空穂日記

○大正二年十一月二十五日

「何うでも書かう、何うでも書かう」さう思ふ程書けない。強いて書いてゐる。自信は来ては逃げ逃げては来る。今は情熱ではない、執着だ。途中から父の死の前から書き始めた。不思議に他人の分は書ける。此所から調子を得よう。

○大正四年一月一日

宿題の小説を書き出した。……主意は、自己を立てようとした青年の、いゝ境遇を求めたが、いゝと思つたのは悪くて、畢竟自身にたよるより外はなくなつたといふので、私の養子に行つた前から、離縁するまでの間である。心理を捉へるのを主にして、状態には重きを置かなくてもと思つてゐる。

○大正四年三月二十四日

午前中かかつて、昨日の続きを十枚書き足し、それで一回とした。題はやはり養子とした。

（「国民文学」大正四年四月号掲載）

○大正四年十一月二十六日

風で気持が悪るかつた。感傷的な気分になつてしまつた。節三　豊島など遊びに来る。気の進まないのを我慢して養子を書きつゞけた。それでゐて作その物は妙に可愛い。

○大正五年一月二十一日

養子を書かうとして書くのを億劫にしてゐる。要求と要求の衝突、この現実の相を明らかに書き得ないのを憎む為である。

○大正五年一月二十三日

養子の八を書き終つた。これ位ゐいやで、これ位我慢した一回はなかつた。しかし、筆を

離してはならないと思つて書いた。（帰らないで、と清世（本文中は房江）が雪の中を追う場面）

○大正五年十月六日

夜、養子を一回書いた。父の死ぬ所で、最初から楽しみにしてゐた所だ。そこから始めようと思ひ立つた為である。

○大正五年十月七日

昨夜の続きの養子の稲倉峠を書き続けた。空想で書く為に筆が走り過ぎてしまつた。夜に入つて書きかへた。

「父の病（仮題）」は、大正五年十月の執筆と思われる。読売新聞紙上での空穂の身の上相談がまさに始まろうとする、その時である。

養　子―父の病―（仮題）

窪田　空穂

蒸しあつい蚕棚の間を脱れて、私は庭にむかつた縁へ出て、煙草をすつてゐた。暫くすると後《うし》ろに忙がしい足音がした。房江だらうと振り返ると、養母であつた。

養母の眼は、何か異常な物でも見るやうにかゞやいてゐた。そして手にしてゐた手紙を差出しながら、

「和田から。便が持たにね。――何ずらねえ。」

私の胸は俄に躍つて来た。実家から便が来るなぞといふ事は一度もなかつた事である。何か悪い知らせにちがひない……。私は少しふるへる指で封を破つた。そして文言《もんごん》を走り読みした。

それは兄の手蹟《て》で、簡単に、東京へ療治に行つてゐる父の容態が悪いと報に接した。相談を要するから直ぐに来るやうにとの事であつた。

それを読むと一緒に私の眼の前には、或る動乱した靄が現れた。眩しい、暗い、刺すやうな、丁度子供の時に覗いて見た百色眼鏡のやうなものであつた。その中から実父の顔があらはれて来た。その顔は丈夫な時のしやんとしたものではあるが、それを包んで動乱した靄が拡がつてゐる。

直ぐに来い、といふ言葉は、測り難い怖しさをもつて私の胸を刺した。

私は起ち上つてゐた。上り端の方へ行かうとして、そこに眼の前に立つてゐる養母の顔を見た。

「東京へ行つてる実父《おやぢ》が悪うござんすつて。直ぐに来いつてますで。」

さういひながら私は上り端へ急いだ。狭い上り端に向うむきになつて腰を掛けてゐた男は、私の足音で振り返つた。それは同姓の真一といふ若者であつた。

「おゝ！」と私は真一のまるい顔と、まるいくり〳〵した眼を見ると、つと本能的の懐かしさを感じて声を懸けた。

「御苦労だつた。何か外《ほか》に口上はなかつたか？」

「直ぐにお出《い》でなさるやうにつてましてね、馬を曳いて来ました。」

「馬を……」と私は、意外と当惑とをまじへた心持で呟いた。

真一は私の心持を察したやうに眼で笑つて見せながら、「おとなしい馬だで大丈夫でござんす。それに私《わし》が曳いて行《い》きますでね。」

「直ぐ行く！　支度してゐてくれ。」

さういつて私は慌しく引つ返した。足は自然に自分の居間になつてゐる六畳の方《はう》へ向つてゐた。

「さうだ、旅支度をしなくちやならない。何うせ東京まで行くにきまつてるで。」

私は漸く自分の心持を捉へる事が出来た。東京といふものが、遠い遠い所のやうな、すぐ其所《そこ》の近い所のやうにも思はれた。

「著物は何所《どこ》にあるだらう?」と心附くと私は立ちどまつた。私は蚕棚の側《わき》を通つて、今居間へ入《はい》らうとする所であつた。私は初めて家の中がしんとしてゐるのに心附いた。房江も、養父も養母も、今まで一緒にゐた者が何所《どこ》へ行つてしまつたのか、姿も見えなければ、声もしない。家の中《なか》は全くしんとして、空家《あきや》のやうであつた。

「兄様《にいさま》!」

不意に房江の鋭い声が蚕棚の間から聞えて来た。それと一緒に、真つ青な顔をした、涙にうるんだ眼を一杯に見張つて、ぢつとこちらを見詰めつゝ、近寄つて来る房江の姿を　薄暗い蚕棚の間に認めた。養父と養母も其所《そこ》にゐた。養父のおど〳〵した、困つたといつたやうな眼つきと、養母の怒つたやうな鋭い眼とは、今まで三人が何か普通《ただ》ならない話をしてゐたといふ事を思はせた。

「兄様《にいさま》、あなた東京へ入らつしやいますか?」

「あゝ、多分さうなるだらう。」

さう言つて、何だつて改まつてそんな事を訊《き》くのだらうと私は房江の顔を見た。房江は黙つて、ぢつと私を見返してゐた。それは短い時間ではあつたが、長さを感じさせる沈黙の時間であつた。

房江は思ひ入つた語調でいつた。

「兄様《にいさま》が入らつしやるなら私《わたし》も行きます。連れて行つてお呉んなさんし!」

私は意外な感がして房江の顔を見詰めた。この女が、わたしの実父に逢ひに東京まで行かうつてのか。私の実父だといふだけで、まだ逢つた事もない人に態々逢ひに行かうつてのか。それにこの体をして……。

「そりやお前の心持は嬉しいが、普通《たゞ》の体《からだ》ぢやないからねえ……。」

房江は烈しく首を振つて、私のいふ事を斥けた。が普通《たゞ》の体ではないといはれると一緒に、何うしたのか急に涙をこぼして、そして涙声でいつた。

「私は何うしたつて行きます。あなたのお母様《つかさま》のないのさへ寂しいのに、お父様《とつさま》にもお目に懸れなくなるなんて、そんな情けない事がござんすもんか。体《からだ》なんか何うなつたつてもようござんす。」

「房江！　――房江！」

と養母は後ろから強い調子で呼んだ。房江は聞えないやうに知らん顔をしてゐた。

「弱つたねえ！」と私は溜息をついた。「それぢやかうして呉れないか。私は一と足先きへ東京へ行つて、すぐ電報で様子を知らせてよこす。間《ま》に合ふやうなら誰かに送つてもらつて来てくれる。もし間《ま》に合はないやうだつたら、折角行つたからつて甲斐のない事だから。ね！」

房江は黙つて涙を拭いてゐた。

「それに私は今気が急《せ》いて仕方がない。出来るなら今夜夜立ちに立つて、明日《あす》の朝の上田《うへだ》の一番に間《ま》に合せたいからね。一緒につていつてゐると、それが出来なくなつてしまふから。」

房江は突《つ》と私の側《そば》を離れた。そしてつかつかと彼方《あちら》へ走つて行くと思ふと、袂で顔を蔽つたまゝ、其所《そこ》に立つて困つた顔をして黙つてゐた養父の胸の所へ倒れかゝるやうにして凭りかゝつて、声を立てゝ泣き出した。

弱つたと思つた心持はいつか怒りに変つて来た。私の胸には実父の姿が一杯になつて来て、その外の何物をも映らなくなつてゐた。

「お母様《つか》、著物をお願ひします。」

養母は私の箪笥のおいてある寝間の方《はう》へ入《はい》つて行つた。私はその後《あと》に随つた。著物を著かへてしまふと、一度見えなくなつた養母はまた出て来た。そして

「此れを。」

といつて、何か持つてゐる手を差出した。その何であるかを思ふ隙もなく私は受取つた。見ると紙幣《さつ》で、五円紙幣《さつ》一枚であつた。

旅費を呉れたのだと心附くと一緒に、貰つたものか貰はないものか何方《どちら》が至当だらうといふ事が忙しく頭を掠めた。考へなくてはならない事だといふ気がするばかりで、直《す》ぐには判断がつかなかつた。がその心持は金の高の方《はう》へ移つて行つてしまつた。こゝから東京まで行つて来ようというふのに、そしてかうした火急な旅で、何事が起るかも分らない旅だといふのに、たつた五円呉れようつてのか知ら。その何分の一にも足りまいと思はれる五円だけを旅費に呉れようつてのか知ら……。

五円紙幣《さつ》は指の間でふるへてゐた。私は黙つてそれを養母の方《はう》へ差出した。養母は不思議さうに私の手を眺めた。

「これは宜しうござんす。」

「だつて、何にいるか知れねぢやねえかね。」

「え丶、……でも今度は和田の使でござんすで。」

養母は私の手を押し返した。そして突と私へ背を向けて出て行つた。

私は養母に挨拶をしただけで直ぐに門《かど》へ出た。養父にも房江にもと思つて見廻したが見えなかつた。多分門《かど》までは見送つてくれるだらうときめて出かけたのであつた。

真一は馬の鬣を撫ぜながら私の出て来るのを待つてゐた。私は乗鞍へつかまり、足踏《あぶみ》へ足をかけて乗らうとした。殆ど乗つたことのない馬は、乗らうとすると俄に大きな、奇怪な動物に変つて、そして体《からだ》を持ち上げる瞬間に、さうされるのを厭ふやうに首を此方《こちら》へ捩ぢ向けて、後足《あとあし》を高く揚げた。飛び退《の》かうとして私は、足踏《あぶみ》へかけた足が、はづれないので倒れようとした。

私は笑はうとしたが、その心持は突と起つて来たもどかしい心持で食ひ止《と》められた。

「どう!」と真一は馬の鬣を叩いた。

漸く馬上の者になつて私は養家を離れようとした。その時に、気にしてゐた養父と房江とは忙しく戸口を潜つて出て来た。二人《ふたり》とも晴着を著てゐた。房江は水色の端手な単物を著て、手には洋傘を持つてゐた。養父は黒の紋附の羽織を著てゐた。

一緒に行かうつてのだと知ると、私はまた当惑の情に重く圧へつけられた。今はもうなだめる事も、怒る事も出来ないと知つた。

何うにでもしろ!と私は思つた。

「おい、真一！」

真一は私を見上げた。馬を出せといふ心持を眼で知らせると、真一は頷いて、家の者に声を懸けて曳き出した。家の者は返事をしなかつた。私は俄に高低する体《からだ》に不安を感じて、注意の総てを鞍に奪はれてゐた。

家の門口《かどぐち》を出離れて曲らうとする時に、私は初めて振り返つて後ろを見る事が出来た。門口《かど》から歩み出して来てゐる房江は、柿の木の下《した》の所に立ち留つてしまつて、私の後姿を見送つてゐた。養父と養母とは房江の後先《あとさき》に立つて、小声で頻りに何かいつてゐるらしく、此方《こちら》は見てもゐなかつた。馬が塀に沿つて曲ると、それは直ぐに隠れてしまつて、私の眼には、打ち続いた青田の上へ流れてゐる夕日の光の真つ赤に焔のやうなのが映つて来た。蟬の声が四方から私の体を押し包むやうに聞えて来た。

その瞬間に養家は私の胸から離れて行つた。それは持たされてゐた重い物を離したやうな気安さであつた。それと一緒に、引き締つた、寂しい、泣きたいやうな気分が胸一杯になつて来た。

ぽくり〳〵と動いて行く馬の上に揺られながら、私は遠くの空を眺めた。青く光つてゐる空に続いて、濃緑《のうりよく》の山は幾重《いくへ》にも重なりつつ立ち塞いでゐた。

実家へ着いた時には、日はもう西の方の連山に没してしまつたが、そちらの空の一と所だけ真つ赤に夕焼がして、そして全体の空は、やはらかな明るさが漂つて、次第に青くうすれて行かうとしてゐた。

広間《おえい》の方《はう》は蚕室になつてゐるらしいので、私は座敷へあがつて行つた。そこには兄が、何時《いつ》になくぢつと据わつて、庭の方《はう》を眺めながら煙草をすつてゐた。

「兄様。」と呼びかけて、私は挨拶の心持でそこへ小膝を突いた。兄はふり返つてみて、

「お丶来たか！」といつになく感傷的な語調で迎へた。

「弱つたぞ父親《おやぢ》にや。昨夜《ゆふべ》電報が来る、今朝《けさ》すぐ亮一を出してやりややつたがな。――待て待て。話はみんな一緒がい丶。」

兄はさういひながら起ちあがつて廊下を踏み鳴らして彼方《あちら》へ行つた。それと殆ど一緒に嫂と出戻りの姉とが入《はい》つて来た。

私たちは顔を見合せた。嫂も姉も心配に圧さへつけられた尖つた顔をしてゐた。悸えた眼で私を見守るだけで、すぐには物もいへないらしい。

「弱つたいねえ！」憐みの心がかうした言葉になつて、強く私の口から出つた。

「何うしたものずら仙さ？」

「何うかうつといつた所で仕ようがない、まあ息《いき》のある中《うち》に連れ戻して来るんだねえ。」

「え丶！」と嫂は深い溜息を吐いた。

「何うかい丶やうにしてお呉れ、仙さ。」姉は身悶えを怺えるやうに、両手で両方の膝を撫ぜ廻しながらいつた。

「そこだがなあ仙、」と立ち帰つて来てゐた兄は横から鋭い調子でいつた。「その後が亮一に出来るか何うかつてものだ。」

「そりや無理だ、とても出来ない。大病人を持ち廻すつて事は、大事件だつて話だ。ここにかうしてゐて考へるやうな事ぢやないらしい、尤も亮一一人《ひとり》ぢや出来ないとなりや、富岡で誰か附けてよこして呉れるだらうが、それを当てにしてゐる場合でもなささうだがね。」

「うむ！」と兄は強く頷いた。「それぢやお前《めへ》行くか？」

「私《わし》なり兄様《あにさま》なりが行かなくちやなるまいね。それに、上田までは汽車として、あれから此方《こつち》を何うして連れて来るか、その手筈も附けなくちやならない。」

「さうさ。――それぢやお前《めへ》行け。お前《めへ》と亮一と二人《ふたり》がかりなら何うにかなるずら。後《あと》の手筈はおれが附けるで。」

「それぢやさういふ事にきめるかね。所で、今夜立つか明日《あす》の朝立つかだが、さうときまつたら、一時間も早い程い丶訳だ。」

「今夜立て。」と兄はいつた。「待てよ、一人《ひとり》ぢや夜《よる》峠越しは出来ねえなあ。何うだ真一に送らせちや？」

「さうするかね。」

兄はぷつと起つて門《かど》の方《はう》へ出て行つた。真一の家へ頼みに行つたのだらう。

「御苦労様だいねえ仙さ」

「本当に今頃、こんな騒ぎをしてとは思はなかつたにねえ。富岡で附いてゐる――、それに老母《としより》も行つてる事だで、さう不自由なめはおさせ申さなかつつらと思ふがねえ……。」

「えゝ、その辺は安心なものだ。それはさうと、支度を急いで仕て呉れないと。夜道つて案外捗《はか》が行かないもんだでね、上田の一番に間に合はせるにや、可なり急がなくちやならない。」

嫂は慌てゝ、勝手の方へ起つて行つた。とその後《あと》を見送つて出戻りの姉は私にすり寄つて、

「仙さ、いゝ事にしてくれたにね。お父様《とつさま》が、様子が変だつて電報を見ると、私《わし》はもう、かつとしてしまつてね、自分でも行きたい位に思ふのに、嫂様《あねさま》つていや亮一だけやつて、仙さつて事は直《す》ぐにはいはねぢやねえかね。私《わし》がそりよいひ出すと、『亮一ちや孫だで、お父様《とつさま》仰しやる事がおありなすたら、彼《あれ》に仰《おつ》しやるでござんすらわね』つてね。私《わし》やもう口惜しくて口惜しくて、蔭で泣いてゐたにね。」

軽く聞き流すやうな風をして、私は姉の顔から眼を逸らしてゐた。がその言葉は、胸口に染み込んで来た。

私と真一とは脚絆で脚を固めて、そして真一に握飯《むすび》を持たせて家を出た。戸外は夜《よる》になつてゐた。乾ききつた往還がぽつと私たちの前へ浮んで続いてゐた。家の者の別れの言葉と道中を戒める言葉とがさみしく後ろに聞えた。

「思ひがけない事で苦労をかけるいなあ。」並んで歩いてゐる年下の真一に私はいたはりの言葉をかけた。

「なあに。おぢつ様の為だものをね。」

「おゝ。――」と私も溜息をついた。恐らくはあの父に対する最後の勤労だらう……。

「上田《うへだ》まではここからだと十三四里はあるぞ。一里一時間の割だで、急がなくてもならないが、脚《あし》も大事にしなくちやならない。峠はえらいぞ。」

真一は黙つてゐた。

家から二里ある松本の町までは歩き馴れてゐる路なので、余分な所でも歩いてゐるやうな気がした。が町を出はづれると、数へる程しか歩いた事のない路となつた。

夜の闇はその路を濃い不安に塗りつぶしてゐた。私たちは、ほの白く見える足もとにばかり注意を取られて歩み続けてゐた。荷馬車の轍《わだち》に荒らされた路は、ともすると石ころばかりになつて、草鞋の爪先《つまさき》を痛めた。

眼をあげると、青ざめた夜天《やてん》をいただいて闇黒《あんこく》が何所《どこ》までも拡がつてゐた。その闇黒をかぎつて、一層濃い闇黒を前面に横たへてゐるのは、越えて行かなければならない稲倉峠《ひなぐらたふげ》であつた。夜目《よめ》に見えるその峠は、記憶にある峠よりも不思議に近く見えた。闇黒の底に沈んだ、黒いかたまりが見えて、そこから赤い光がにじみ出してゐた。街道は次第にそれに近づいて行つた。ある家の前には若者が二三人くらゐ、涼みをしてゐるやうに立つてゐて、急いで歩いて行く私たちをぢつと眺めてゐるらしかつた。ある家からは賑やかな笑ひ声が聞えて、若い女の声が殊に高く聞えた。無事に暮してゐる家が多いものだ。私は心附かなかつた事を新たに発見したやうに見やつた。

や、暫く歩くと、路は俄に上《のぼ》りになり出した。それと同時に私たちは、前面にも、右にも、左にも、濃い闇黒の積み重ねを仰いだ。私たちは何ういふ所を歩いてゐるのか見当も附かなくなつて来た。

「いよ〳〵稲倉《ひなぐら》だぞ。」と私は真一に声をかけた。「この峠は上《のぼ》りは短いが、ばかに急な骨の折れる峠の筈だ。」

難場だと思ふと反抗心が起つて来て、私は先へ立つて上《のぼ》つた。今までしろじろと見えてゐた路は、上《のぼ》りにかかると一緒に朧ろになつてしまつた。或る所はや、明らかに見えたが、或る所は全く暗くなつてしまつた。或る所は崖の出鼻に遮れてしまつて、その先には路がないやうに思はれた。

こんな所で路を踏み迷つちや大変だ。私は絶えずさういふ心遣ひをした。ひょつとしたらもう草刈路へ迷ひ込んでしまつてゐるのではないかと思つた。すると言ひ難い怖れに襲はれて、背に寒さを覚えた。行かれる所まで行くより外は仕方がないと諦めて、ぐんぐん上つて行くと、それが本通りのやうに見え出しても来た。

私は頭がぼうつとなつて来た。眼の前の闇黒のなかに、何かかう砂金でも舞つてゐるやうにちら〳〵するものを認めた。私は眼をこすり〳〵した。あゝ、あの真つ暗な中ばかり歩いてゐたので、眼が変になつたのだと察した。膝頭がかくりがくりして、足が麻痺しだしてゐるやうな気がした。胸は熱いのに、背中は寒く水でも浴せられたやうになつた。ひどい汗だ！と思つた時には、私は息がはづんで苦しくてたまらないのに心附いた。

「真一、一と休みするか？随分急いで上《のぼ》つたな。」

「えゝ」と真一の苦しさうな返事が闇の中《うち》に聞えた。

私たちは立ち留つて、洋傘を立てた上へ両手を重ねて、それに倚りかゝるやうにしてゐた。ふり返ると、上つて来た所は、余程峻しい所らしく、今立つてゐる山腹が急な勾配ですべり落ちてゐるのが感じられた。頭の上の所には、大きな岩らしく黒く突立つてゐるものがあつた。晴れてゐたつた空は何時《いつ》か曇つて来て、ぼうつと薄白い雲が一面にかゝつてゐる。

心持が落ちついて来ると、眼の前にちら〳〵してゐたものは消えて行つて、そしてどき〳〵と打つ胸の動気が感じられるだけであつた。私はその鎮まるのを待つて、かすともなく耳をかしてゐた。すると私の耳は、周囲の静寂に捉へられて行つた。

何て静かさだ！　私は驚いてあたりを見廻した。そこには、闇黒が拡がつてゐるばかりで、眼にうつる何物もなかつた。闇黒と静寂とは相抱いて氷結してゐるがやうであつた。すると、今までそれ程にも感じなかつた疲労が、急に、襲ふがやうに体ぢうに湧きあがつて来た。その疲労と静寂とは、不思議な状態で溶け合つて、一種の恍惚の境へ私を引き入れようとした……。

ふつと私は正気になつた。冷たい空気と背中の汗とは身ぶるひをさせた。

「真一、出懸けるかな。」

さういつて私は静かに歩き出した。僅か足を移したと思ふと、私の前面は俄に展けて来た。闇黒の続いた彼方《あちら》に、幾つかの峰がその輪廓を浮べてゐるのを認めた。

「おい、真一！」と私は喜びの声をあげた。

「今休んだ所は、ありや稲倉の頂上だつたよ。もう下り一方だ。今度はお前先《めへ》へ行け。」

闇の中《なか》を駈けるやうに動いて行く小さな

（未完）


【解題】

窪田空穂が三十九歳のときに執筆した小説「養子」の未発表草稿が、百年余の時を経て親しく甦った。空穂が発行・編集していた「国民文学」に連載中の小説「養子」の続編として執筆されたものと推測され、空穂がモデルと思われる婿養子の名も「仙」、清世がモデルと思われる養家の娘の名も「房江」と同じである。「私の履歴書」の中で「父の病気と死」と題して触れたところの一部が眼に浮かぶように描かれている。当時の空穂日記（大正四年一月一日）で「心理を捉へるのを主に」したい、と述べたとおりで、会話が実に生き生きとしていて面白く、それぞれの人物が顕ち上がってくる。

房江の会話やその描写から、なかなか意志（我？）の強い、感情豊かな人間像が近づいてくる。二十二歳の空穂は、この十七歳の妻のじっと見詰める「涙にうるんだ眼」や身籠っているというのに「体なんて何うなつたつてようござんす」と東京まで見舞いに行きたいというわがままに、振り回されているような感も受ける。「弱つたねえ！」と溜息をつき、「ね！」と宥めたであろう空穂が微笑ましい。

水色の派手な単衣の着物に洋傘を持つ清世と黒紋付の羽織姿の養父とが眼の前に現れたとしたら、空穂もさぞ当惑したことであろう。

空穂の若い頃を知る学友の岩本素白が「空穂と平安朝文学—満々たる野趣—」において、「若かりし昔の空穂」について触れている。

若かりし昔の空穂は白皙にして眉目清秀、声も低く細く女のようであった。当時の新聞、『二六新報』の記者が若い雑誌編集者たちを月旦した文の中に、空穂を評して、障子を隔て、物を言うのを聞くと女と間違うようだと書いたのを記憶して居る。然し人としての空穂は、一見きわめて優しくして、而も驚くべき逞しい力を持って居るのである。

（「短歌」昭和三十年十二月号、『岩本素白全集』第三巻）

後半の空穂生家での人物描写もこころ惹かれる。兄、嫂、離縁になって実家にいる次姉なをの様子やその力関係などが、末子の目を通して冷静に描かれている。本文中嫂の会話で「富岡」の家とあるのは、嫂きよの弟、市岡伝太の家のことであろう。嫂と姉との関係は、世に言われる嫁・

小姑関係であるのだが、葛藤は表面化してはいないものの、家を必死に守る嫂の想いと実の弟にふと漏らす姉の本音とが、時を越えてともに胸に迫ってくる。その時、空穂の取った立場は、次の二行に表現されているのだが、空穂の人となりをよく示しているように思われる。人間関係における、「情を有しながらも保つ絶妙なバランス感覚」の存在である。

　軽く聞き流すやうな風をして、私は姉の顔から眼を逸らしてゐた。がその言葉は、胸口に染み込んで来た。

　空穂の性情を表す箇所をもう一つ挙げたい。最大の難所、稲倉峠の上りの場面である。「難場だと思ふと反抗心が起つて来て、私は先へ立つて上《のぼ》つた。」と空穂は記す。この正方向の反抗心によって、空穂は数多の困難を乗り越えて生きていったように思う。

　空穂の父が和田の家で亡くなったのは明治三十二年九月一日のことであった。念願叶って、清世も「お父様《とつさま》」にお目に懸ることが出来た。

九月一日この日をもちて父逝きぬむかしの信濃は暑かりしかな　『去年の雪』

（明治三十二年）九月一日を限りに父は亡くなった　暑い日だった　あの頃の信州は暑かったなあ

次は「母の病」を取り上げたい。「父の病」（大正五年執筆と推定）より少し早い大正四年段階に執筆し、意を尽くせなかったがために未発表となった作品と思われる。弱りゆく母を囲む当時の家族をそして自身をみつめた作品である。

空穂日記
○大正四年二月十八日
今日こそ母没後の家を書かうと思つて着手してゐると、余り想像で書く為、同じ事が重複して来て、それに調子が低過ぎて、失望してしまつた。

この未発表小説の魅力のひとつは、空穂の謎の部分といわれている「大阪の相場師時代の生活」が生き生きと描かれている部分が、わずかではあるが存在する点である。また、母危篤の電報を大阪で受け取った空穂が、丸二日の余をかけて信州まで駆け付けるその在りようと心持も如実に描かれている。大阪から東海道線で東京へ、東京から信越線で上田へ。上田からは稲倉峠を越えて徒歩で和田の家へと向かったのである。

二年前の夏に、語学それも外国文学がやりたくて、東京専門学校文学科入学を志望し、無断で上京して以来の帰宅である。窪田家に大切に保存されている未完、未発表の小説の中に、この家出の状況を記した作品が残されている。空穂が持って出たお金は四十円、東京に着き、初めて父親と兄に宛てた候文の手紙を、以下のように書き残している。

「自身の事には自身責任を持つべきものに候。弁疏するは卑怯の事に候。私は只今何事を申し上げんとも存じをらず。唯自由を与へ給ふ事を願上げ候。」

その結果、学業は一年で挫折し、活路を商業に求め大阪堂島の相場の世界で「持つて行き場のないぢれたさ」を感じていた頃であった。

二年ぶりに帰宅した息子を呼び留めて言う、父親の以下の言葉にも注目されたい。父親は家督を譲った長子の兄を立てていることも分かる。

「わりや黙つちや此の家へは帰《けえ》れねえ体の訳だぞ。――断り無しに逃げ出した男だでな。」

「だが、兄にはあやまれよ。」

空穂は二十歳。「婿養子」以前のことである。

養　子—母の病—（仮題）

窪田　空穂

一

稲倉峠の峻《けは》しい坂路を下り切つて、初めて松本平の全景の眼の前に展けたのを眺めた時には、七月初めの長い日も落ちてしまつて、余光が薄赤く中央山脈の一角に漂つて居る時であつた。弘次の眼には其の全景が、閃くように一時に眼に映つた。高原で無くては見られないやうに薄青く澄んだ顫へつつも山から山に渡つて居る空、ちら〳〵と煌る白壁と黒い瓦屋根の続いて居る町を中心に、四方からゆるい傾斜をして向つてゐる、丘一つ無い真つ青な平、夏の盛りであるにも拘らず、稲田も桑畑も、何となく緑が薄く、痩せた寂しい色を漂はして居る中に、彼方此方《あちこち》にこんもりとした黒い木立が散らばつて居て、其の中から見える家、遠く町の彼方に、白々と平を貫いて走つて居る帯のやうな河原、其れを越した彼方西の方は、もうぼうと靄が靡いて居て、たゞうす暗い森に森が重なつて居るばかり、中央山脈は、其の輪廓を寂しい空に聳に浮べては居るが、此方に向かつた面は一様に真つ黒く、其所から荒らい、何物をも柔らかにはさせて置かないやうな気を吐いて居る。

「あゝ! とう〱郷里へ来た!」弘次はさう思つた。と 張り詰めた、胸一杯になつて居た彼の願ひは、ぽつと離れて、消えたやうになつて、むら〱と寂しい思ひが襲つて来た。彼は初めて、自身の今立つて居る所が見えて来た。

一昨日の午後大坂を立つてから、東海道を東京へ、東京から上田へ、それから徒歩で此所まで――一分一分と、はつきり意識して、迎へては後へ棄てゝ行つた、あの重く圧しられるやうな時間! その時間を潜《もぐ》つて、抜けて駆けても行きたいやうにあせつた心の郷里!其所に刻々と死の迫つて居る母の顔!そしてあの金の無理……。

がら〱と後ろの方から人力車の音が聞えて来た。其れを聞くと弘次は、身動きも出来ないやうな労れの急に体を包んで発して来るのを感じた。振り返つて見ると、其れは空車で、そして車夫と弘次とは眼を見合せた。

「帰りですが、安く伺うです?」と車は弘次の前に留つた。

「あ、△△まで、幾らだ?」心附いて弘次は、懐の財布の中を考へた。

「もう夜になりますし、彼方《あつち》は路も悪いし……一円下さい。」

弘次は頷いた。「其の代り、大急きだぜ。」

高くして居た端折りを下して、車に乗ると、車夫は白く乾いた、石ころの多い下り路を、がら〱と走り出した。

青葉を渡つて来る夕風は、ひやひやと、汗にしつとりと濡れて居る体に触つた。眼に映つて来る景色と寂しい心持とは一しよになつて、車の揺れ揺れするのに伴《つ》れて消えて行く。弘次は眼をあいて居るのに堪へないやうに、車の母衣を下ろして、ぢつと眼をつぶつた。

車は西へ西へと走る。弘次は引き入れられるやうにうと〳〵とする。はつとして眼をあくと、体の冷たさが気味悪く感じられて、頭はつき〳〵と痛む。白い石ころ路がぼつと眼の前に続いて、夕暮の色は濃くなつて居る。と、何時《いつ》かまたうとうととなつて行く……。

がたりと高く鳴つた車の音に驚かされて、弘次は悸えたやうに眼を開いた。と頭は妙にはつきりとして来て居た。彼は慌てゝ車の外を見廻した。真つ黒な闇が、重く垂れて居るばかり、何も見え無い。何時《いつ》つけたか、車夫の提灯の灯が一つぼんやりと浮んで、揺れて居る。そして前からも後からも、があ〳〵、があ〳〵といふ蛙の声が、車を中心に遠く何所までも続いて居るやうに聞える。次第に彼の眼には稲田がぼんやりと見え、冷しい風の動いて居るのが感じられた。

「何所を歩いてるだらう?」と弘次は闇の中を透かして見た。と、前の方へ当つて、闇の中に一際黒いものが見える。「村だ!」と思つてよく見ると、其れが何所か彼の村に似て居るのを認めた。ちらりと灯が一つ見える。「あ、村だ!」と弘次は首を伸して見廻した。

ごと〳〵といふ車の音は、静かな村の中へ這入つて行つた。青垣に囲まれて居る両側の家からは、明りのさす煤け障子が、赤く見える。丁度夕飯時と見えて、笑ひ声などが洩れて来る。暗い地面から、蚕糞の蒸れて腐るにほひと、肥え溜のにほひとが漂つて来る。さら〳〵と用水堰の音が、遠い所からのやうに聞える。——親しい、厭《いと》はしいものが、もく〳〵と立ち続いて居るやうに弘次は感じた。

「右へ！　其所曲るんだ！」と弘次は慌てたやうに車夫に言つた。路は二つに岐れて、右の方は真つ暗な木影へと狭く続いて居る。

路は広く明るくなつた。真つ暗な木立が、一かたまり一かたまり離れて立つて居る。其の一つの前へ来ると、

「此所でいゝ」と弘次は命じた。車夫は心得て、木戸口に挽き込まうとすると、「此所で下ろせ！」と彼は蹴込みを踏んで命じた。

弘次は車賃を払ふと、車夫の持つて居る小さな包を取つて、提灯を持つて供をしようとするのを手を振つて止めて、すた〳〵と暗い中へ這入つて行つた。


母屋の方は真つ闇で、ひつそりとして居る。戸間口の潜の障子が、ぼんやりと白く、怖しい物の眼のやうに弘次に見えた。ぱたぱた、ぱたぱた——と水車の水をはじく音が、家の後ろの方から聞えて来る。ふと見ると、坪庭へ通ふ方の門がまだ開いて居て、離れ座敷から洩れる灯影が、柔らかく泉水の上に流れて居る。——「おふくろは此方《こつち》に寝て居るんだ。」と弘次は直覚した。彼は門を這入つて行くと、障子には明るく灯影がさして、誰か若い男の影法師が映つて居る。

弘次は縁先から上つて、黙つて障子を開けた。と八畳の坐敷の中は、ぱつと眩しいまで明るく

彼の眼に映つた。其所には、茶湯湛を真ん中に父親と、弘次の直ぐの姉婿の兵造とが差し向ひに坐つて居た。

「お丶、帰つたかい！」と兵造は、待ち兼ねて居たやうに笑顔を向けながら坐を上つた。弘次は眼を男親に走らせた。厳格に形も崩さずに据わつて居る男親の顔にも、微かに嬉しさうな色が動いた。二人《ふたり》の顔の語る表情で、弘次はほつとした。落ち着いて挨拶をしようとしたが、何と言つたものか直ぐには胸に浮ばない。彼は黙つて手を突いた。そして、

「おつ母様は？——」と言つて、何所《どこ》に居るかを眼で聞いた。兵造は眼で、次ぎの六畳の方を示した。弘次は立つて其方《そちら》へ行かうとすると、

「弘、待て——」と男親は呼び留めた。其の顔からは、今見えた柔らかな表情が消えて、何時《いつ》もの厳格な色にかへつて居る。弘次は立ちかけた膝を突いて、怪しむやうに其の顔いろを仰いだ。

「わりや黙つちや此の家へは帰《けえ》れねえ体の訳だぞ。——断り無しに逃げ出した男だでな。」

「は」と頷いたが、弘次は不思議な言葉を聞くやうな気がした。……それより外には法も無いので、黙つて家を出て、そして足掻き通したまる二年間。——男親の言葉を聞くと、其れが彼の胸にむらむらと湧いて来た。「……そんな事くらゐ何だらう……」といふ反抗が弘次の胸を掠めた。

彼は眼を伏せたぎり、黙つて居た。

兵造ははたと当惑した色を眼に浮べて、舅の顔を見て、

「ま、其れも御尤もですが、……此の場合ですから。——其れに弘さも、不了見な事をしたとい

ふ訳でも無いから……」

「兵さがさう言ふなら――」男親は頷いた。「だが、兄にはあやまれよ。」

弘次は其れをしほに立つて、六畳の方へ這入つた。と襖の蔭に取つた床の上に、病み衰へた母親が、嫁のお真に後ろから抱いて貰つて、弘次の来るのを待つて居た。弘次は薄暗い中に母親の姿を見ると、胸に寒い喘ぎを感じながら、其の前に据わつた。

薄闇を透かして、二人《ふたり》は捜し得たものを見詰めるやうに、ぢつと顔を見合ふばかり、暫くは何も言はなかつた。

「弘、おりやわれにや、へえ逢え無えかと思つただよ――」

其の声は低くかすれて、やうやう聞き取る位ゐ――母親がさも苦しさうに、唾を呑み、眉を顰めて言ふ顔を見なければ、それが母親の唇から洩れたものだとは思はれ無いまでゞある。母親の声だと思ひながらも、其の中からは何の親しさも感じられ無い、全く他人の声のやうである……。

「おそろしく声が嗄れちまつたね！」弘次の声は顫へを帯びて居る。

「此れでもよく成らした所《とこ》だわね」と、お真は痛ましい色を眼に浮べて、代つて言つた。「四日ばか前《めえ》にや、何う成らつしやるかと思つて――」お真の声は急に顫へて来て、涙を含んで来た。

「此れからはおれも寄り合つて見るでね。」弘次は無意識に出て来る国訛りで、慰めるやうに母親に言つた。母親は頷いた。そして八畳の方を指さして、「お茶を――」

弘次は頷いて立つて、八畳の方へ行つた。兵造は坐を設けて、茶を侑めて、

「早かつたぢや無いか？　お話の様子ぢや、今夜はとても着けまいと思つたに。――汽車つて奴は便利のやうで不便なものでね。」

弘次は、茶を飲みながら頷いた。あはれであつた自身の旅が、弘次の胸へ映つた。彼は寂しく笑つて眼を、室の中に移した。―此所《こゝ》に居た時、それは五年も七年も前のやうな気のする時の記憶は、柔らかに、一時に彼の胸にかへつて来る。何も変つては居ない。泉水に落ちる瀧の音、その調子までがその儘である……。弘次はふつと、自分が此れまで何を為て来たのか分ら無いやうな気がした……。

「どれ、彼方《あつち》へ――」と呟くやうに言つて弘次は立つた。

母屋へは、廊下伝ひで行かれた。其の廊下は母屋の南側を繞らして居て、深く取つた板廂の外は、広い坪庭になつて居る。幾つかの築山、瓢形の泉水、中島、後ろは常盤木が暗く蔽つて居て、離れ坐敷から洩れる灯影は、水や青葉の一部をほのかに見せて居る。其の坪庭の端の方に、すつと高く黒く聳えて居る樹立、それは二抱へもあらうと思はれる羅漢松《くさまき》で、此の辺には珍らしい樹である。――本家の庭の跡だといふ桑畑の中の檜が伐られてしまつてからは、この羅漢松《くさまき》は一番高い木になつて、遠くから望まれて居る。

「お」と、廊下を歩いて来た弘次は羅漢松《くさまき》に眼が行くと声を立てた。その樹は不思議にも彼の胸にとまつては居なかつた。厳めしい、圧しられるやうな樹の様を、彼は初めて感じた。そよそよと闇の中に風が動いて居て、弘次の顔に涼しく触れる。湿り気を帯びた風は、土の匂ひと木の葉の腐る匂ひとをまじへて、彼の鼻を刺した。

坐敷にも、それに並んだ広間の方にも、灯影が無くて、たゞ勝手の方だけがぼんやり明るい。彼は暗い中を通つて其方に行くと、勝手では此れから夕飯だと見えて、囲炉裏を此方《こちら》にして、てらてらと光るまでに拭き込んだ板の間には、家中の者の箱膳が並べられてある。ランプの灯は明るく其の上に流れて、炉には大鍋を掛けて、下男が彼方向き《あちらむき》なつて、火を焚いて居る。

「まあ！弘様！」流し元に立つて居た下女は弘次の顔を見ると、突走るやうな調子で言つて、眼を瞬つた。「ま、何時《いつ》お帰《けえ》んなさんした?ちつとも気が附かなかつたわや……。」

下女が据わつて挨拶をして居ると、其の声を聞き付けたやうに、二人《ふたり》の子供が飛び出して来た。十二になる二番目の甥と、九つになる姪と。そしてはにかんだ眼をして此方を見ながら、黙つて時儀をした。下男は見知らない男であつた。

「兄様は？」と弘次は下女に聞いた。

「旦那様は帳場に。」

弘次は帳場——何時《いつ》とも無くさう言ふ名の附いてしまつた、兄の用足しの部屋へ這入つて行つた。主人《あるじ》の光太郎は、雪袴を穿き、暑さうに両方の袖を肩まで捲くり上げて、今まで誰かと話をして居たらしく上り端に胡坐を組んで煙管を持つて居た。這入つて来た弘次の顔を見ると、「お——」と言つたが、同時に何か思ひ出したらしく暗い庭口の方へ向いて背伸びをして、大声に、

「やい　やい！久公！」と呼んだ。

「い。」と臆病らしい返事をして、のそりのそりと一人《ひとり》の若者が、葡萄棚の下を通つて、暗い中から灯影の届く所へ現れて来た。

「やい、間違《まちげ》ちやいけねえぞ。七貫二百で、向うむぎ。下《した》つ葉《ぱ》まで入《え》れてたぞ！」

「あい」と若者は頷いた。そして寂しく笑つて、「大丈夫、間違《まぢ》げづかね。」

「馬鹿ニサ！大丈夫が当にてならづか！」

若者は弘次に眼を移して、「お帰えんなさんし。……御病人でござんすつとね。いけましねいね。」

弘次は笑顔を作つて頷いた。

「はあるか振りでござんすいねえ。……行かつした切りでござんしたねえ。」

弘次は頷いた。

光太郎はいらいらとした眼をして居たが、だしぬけに、

「さあへエいゝ！其んな余《よ》つこな事！」

久吉はびつくりしたやうに、暇乞をして暗の中に消えた。

兄弟は向ひ合つた。弘次は心持ち改まつて、

「先刻《さつき》帰りまして――。」と挨拶をした。

「おゝ、――おふくろ病気でなあ！」光太郎はぢつと弟の顔を見詰めて、突き附けるやうな調子で言つた。

弘次は眉を顰めて頷いた。

「其れでもつて今年《ことし》や、蚕《けえこ》も見合《みあ、》せてな、――家《うち》やまるで華族様だ。」光太郎はさう言つて、眼の中に苦笑を浮べて、分るづら……と言ふやうに弘次の顔を見た。「其れでも桑は売らなくちや成らねえが、生《なま》ものだ、其れでもつて朝つから飛び通しで、おふくろの所《とこ》い顔を出す間《ま》も無え。

――此れも孝行の中つてものさ。」

下女が飯の知らせに来た。

「始めさつし！来た者から。後《あと》も前《さき》もあるもんか！」

光太郎は罵るやうに言つたが、立つて勝手へ行つた。


仏壇の燈明はぽつちりと燈つて、金箔の剝げた弥陀に、煤けた位牌を柔らかに照らして、ぼんやりとした明りを六畳の間へ漂はせて居る。炬燵がまだ塞がれずに冬のやうに拵へてあつて、老女は背を丸くしてあたつて居る。白くぼあぼあとした髪は、明りを受けて、ちらちらして居る。そつと其の部屋に這入つて行つた弘次は、炬燵の向う側に据わつた。炬燵はさはると、ほのかに暖みがあるばかりであつた。彼は明りを顔に受けるやうにして、ぢつと老女の顔に見入つた。

「おばあ様！――」

老女は眼をしばだたいて、其の前に現れた者を見定めようとするやうにした。

「弘だにね――。」

「おゝ、われかや。おりや又何所《どこ》の兄づらと思《も》つて」

老女は呟くやうな低い調子でさう言つた。が乾いた眼には、何の表情も見えない。そしてさう言つたきり、浮び出たものが復た水の中へ沈んでしまつたやうに黙つてしまつた。額から眼尻の辺の深い皺が、笑顔を作つて居るのかと見れば見えるだけで。

炬燵の上にはもう、古足袋の綴ぢくるのも見え無い。――勤労が習慣になつて、何か為て居なければたんのうしなかつたのに、と弘次は思つた。

「おばあ様はもう、おふくろの大病してるのも、私の何所から帰つて来たかも分らないらしい……」

弘次はさう思つて、木像のやうな祖母の顔をまた眺めた。

二

弘次は眼が覚めた。まだ早いらしく、同じ蝸に寝た父親も、次ぎの間《ま》に、蝸を別にして一人《ひとり》で寝てゐる母親も、すやすやといびきを立てゝ居る。彼はそつと抜け出して、雨戸をあけて庭に出た。

空は雨あがりに見るやうな青さを伸べて、東の方のぽつと紅らんだのが、高い松と、とろの広葉を透いて見える。羅漢松や、築山の後ろを劃つて居る杉の樹立には暗さが残つて居てほのかに、纏はり着くやうにして居る靄が白く見える。ぢつと、眠つたやうにして居る泉水と池の水、澄んで底の見える水の上には、周囲にある松や、躑躅や楓の影が、真つ直に、丈が低く映つて居る。とん〳〵と瀧の水は単調に、遠い所から聞えるやうに鳴つて、あたりのひつそりとしたのに深さを添へて居る。とろの太い幹にからみ着いて居る藤、柔らかく重なつて居る葉は露に濡れて、悩ましさうに垂れて居る。其の下にある薔薇の花が、紅ゐな花を幾つか着けて居るのが彼の眼に着いた。

遠く裏の田圃を越えて、太鼓の音が聞えて来る。「あ、神主が朝のお務めをして居る――」と心附くと、彼は何時にも思つた事の無い神主の太つた体が眼に浮んで来た。

「何て静かな所だらう、斯うして居ると、まるで、誰も頭の押へ手の無い殿様のやうだ――」さう思ふと弘次の眼は自分の胸に向つて来た。と其所には、もや〳〵と、夜の靄のやうなものの白く乱れて立つて居るのが感じられる。彼は慌てゝ、恥づかしい所でも人に見られたやうに首を振つた。

土蔵の前を通り、納屋を繞つて、水車の懸つて居る用水堰へ行つて、流れ川の水で顔を洗つて帰つて来ると、もう朝の日は山を離れて、庭の樹立はぱつと楽しさうに耀いて居る。男親は起き上つて、雨戸だけあけて、顔を洗ひに行く所であつた。

煩く見える蝈をはづしてやらうと、次きの間へ這入ると、母親は眼を覚まして居た。

「おつ母様、何うだい？」

「朝は気持がいゝなあ」と母親は庭へやつて居た眼を彼に向けた。「寝られたかやあ？」

「えゝ」と弘次は頷いて、不思儀さうに母親の顔を見て、「へえ、声が立つね？」と眉を顰める。

「お、、朝は立つぞよ。晩になるといけねがなあ――」

「顔いろもいい。――其れなら大丈夫だ。」

弘次の声には力が籠もつて居た。彼は明るい耀いた眼をして母親の顔を見詰めた。窶れては居るが其の顔には、ちら〳〵と、彼の胸に親しい何物が漂つて居る。捉へようとすると捉へられない、そして其れだけ懐かしい――

「本当に其んなんなら大丈夫だ。昨夜《ゆふべ》の顔とはまるで違ふ。」弘次は今一度繰り返した。

父親が帰つて来るまでには、弘次は部屋の掃除をしまつて居た。お真は母屋から茶道具を運んで来た。父親は何時ものやうに、――冬の最中、氷の張つて居る時も違へ無い――流れ川の水で顔を洗ひ、水で濡らした髪を梳いて、仏壇の前へ立つて先祖への礼拝をした後のせい〳〵した顔をして居る。

「何うだえ、かゝさ？――いゝやうだせ顔つつきが。」

母親は寂しい笑みを浮べた。

父親は床の間の前へ据わつて礼拝をした。弘次は訝かしさうな眼を向けて見ると、其所には三宝の上へ載せた、鶏の卵くらゐな扁平な石がある。「何だらう？気が附かなかつたが……」と思つて居ると、父親は其の石を手に取つて、立つて行つて母親の喉のあたりを撫せ廻す。と母親は体を起して、痩せた首を長く伸して居る。

弘次はふつと笑はうとしたが、父親の横顔——厳格に構へてゐる、横顔が眼に映ると、「へえ、あのおとつ様が——」といふ怪しみの情が胸に湧いて来て、其れに吸ひ取られてしまつた。

父親は石を元へ戻すと、弘次に向つて、

「此りや八幡の八幡様のお石だが——此の為に喉は直つたやうなもんだわな。」

父親の眼には、其れと信じて居るらしい微笑が見えた。弘次は黙つて頷いて見せて、直ぐに茶をいれる支度にかゝつた。

弘次は看病役になつた。母親には今までに無い嬉しい色が見えた。が茶を飲み、体温を取らせると、もう疲れたやうに、すやすやと眠つてしまふ。弘次は其の側にごろりと横になつて居た。静かに庭の樹立に移つて行く日ざしは、部屋を青く、明るくして、其れと共に静寂を加へて来る。彼方の部屋に、黙つて、をり〳〵煙管で灰吹を叩く音をさせて居た父親も、ふつと立つて、庭下駄を穿いて、裏庭の方へ出て行つてしまつた。

彼の胸には、ぽつと大坂の町の午後の一時《とき》が浮んで来た。後場《ごば》が済むと一しよに、用意してあつた気配状を持つて、車に乗つて得意廻りに出懸ける。狭い通りを挟んだ、低い瓦屋根は、やゝ斜めになつた日光をきら〳〵と反射させて、白く渦巻いて顔にあたる。頭は何時かぼつとして、体は汗でびつしよりになつて居る。二時間ばかりもして店に帰つて来ると、家の中は真つ暗、しいんと頭は鳴るやうで、暫くは何の感じも無い。井戸側へ行つて行水を遣つて、襦袢一つになつて風を待つて居ると、其の日の相場の高低と覘ひとが一しよに思ひ出されて来る。「此所に僅かの金があつたら、吃度勝てるんだが――」とぢれたさ、持つて行き場所の無いぢれたさが胸を刺して来る……

弘次の眼は何時《いつ》か母親の寝顔に向けられて居た。波立つた心は次第に鎮まつて来て、彼はぢつと其の顔を眺めた。母親の顔は、覚めて居る時には見られない穏かさを現はして居る。何時も眉の間に深く寄せてゐる皺、取れる時の無いやうにして居る皺も取れて、丸い額には静かな優しさを見せて居る。軽く蒲団の外に投げ出して居る手、其れは細く痩せて、たるんだ皮膚に脈だけが青く浮んで居る。が指の節々だけは太く高くなつて居て、恰好の悪くなつた爪には黒いものが染み込んで取れずに居る。「働いた手だ」と弘次は今更のやうに其れを眺めた。そして何気なく、青く現はれて居る脈に指を置いて脈搏を感じて見ようとした。「おや！」と弘次は指の先へ力を入れた。脈は打つて居る。極めて微かに、極めて弱く。

「助かるか知ら……」と弘次は思つた。そしてぢつと其の顔を見詰めて居ると、「助かるだらう」と何といふ訳も無く思はれて来る。「助かる。――方法さへ善かつたら」と思ひ続けられた。

ごうん――と不意に鐘の声が、静かな中に聞えて来た。と続いて、ごうん、ごうんと二つ聞える。其の声も、撞き方も弘次の胸に親しく感じられた。「あ、昼の鐘――」と彼は、音のある方へと眼を遣りながら微笑した。庭の樹立を透いて、寺の山門の高い瓦屋根の一部が見える。捨て鐘が三つと思つて、彼は続いて聞こえるべき鐘の音を待つた。と、此方の鐘の鳴る前に、遠く裏の方から、慌てたやうに鳴らす捨て鐘の音がする。と、前の方からも。——違つた音色の、高い低い鐘の音は、同時に鳴り出して鳴り続けて居る。

昼飯が済むと間も無く、門に車の音が聞えた。

「あ、先生」と父親は起つて、庭口の門から這入つて来る医師を迎へた。弘次も其れと見ると居ずまひを直した。

医師はもう六十位、色白の髪の毛の黒い、でつぷりと太つた人である。太い、仏画で無ければ見られないやうな眉と、眼尻に深い皺のある眼とをして居る。其の眼には、強い光が隠れて居たが、医師は何時も伏目になつて居るのが癖である。まるく太つた体を、腰を落して据わつて、ぽつり〳〵と話しながら、興を覚えると処女《をとめ》のやうな柔らかくまるい手で、軽く膝を叩く姿は、此の界隈の者の眼に染みて居る。彼は初めは漢法であつたが、何時か洋法に移つた。「あのお医者様のお薬は、廻りが遅くござんしてねえ——」と女の患者は蔭口を言つたが、病気になるとやはり其の門を潜つた。彼は此の辺でのたゞ一人の医師である。

「あ、此れは〳〵——」と医師は弘次が挨拶をすると、驚いた風を見せた。が其れぎり黙つてしまつて、患者の側へ寄つて、其の白い手を伸した。

「あ、大分お顔いろがいゝ」と診察が済むと医師は言つて立つた。

医師の見送りにとお真も出て来た。弘次は嫂について母屋の方へ行つた。

「嫂様《あねさま》、あの医者何だつて言つてるね、病気は？」

母親は長い間胃を病んで居た。それは十五六年前、母親の生家の当主である甥が、製糸業を始めて大失敗をして、続いて旅先で病死する、残して行つた莫大の借金の為に、地所も、家屋敷も、庭の立ち木も、家具も、一切債主の手に渡つてしまつて、遺族は身を置く所も無くなつた、──其の頃からである。「お姑《つか》様の病気は、冨さの家《とこ》のお蔭せ」と嫁のお真は、何かに付けては口に出した。──冨といふのは母親の生家を立て、行くべき子で、弘次の家に引き取られて、下男と一しよに働きながら、徴兵検査も三四年前に済んで居る。

持病の胃ぢゃ無い、何だらう？と弘次は怪んだ。……肺とも思つたが、母の生家に肺で死んだ者があるといふ話も聞いては居ない。「はつきりは言はねがねえ、肺らしいつてせ。」お真は悸えたやうな眼をして弘次を見た。

「肺？──へえ」と弘次は溜息を吐いた。「をかしいね、はつきり判らないなんて。随分長い間ぢゃ無いかね。」

「其れが、……口惜しいぢや無《ね》えかね！」とお真は眼に怒りを閃かせて、「わしもさう思つて先生に言ふとね、『顕微鏡がありますで、其れで見ると分る訳ですが、私には使へませんでな』つてね、さう言つてるぢや無えかね。……医者が商売の癖にねえ。」「仕方が無いね其んな医者！」

弘次は落ち着いた容態をして居た医者の顔を思ひ浮べて、罵るやうに言つた。「其れなら何も彼《あ》の医者に限つた事は無い。松本にだつて幾らもあるし、──此んな時の事だ、東京まで行つたからつてい丶ぢや無いかね。」

「え丶、わしも其れを申すだわね。さうするとお姑《つか》様は、一も二も無く手を振つちまはして、『やあだぜ！お前《めえ》のおとつ様を見てからがさうだが、東京い療治に行つて、直つて帰つた者は一人《ひとり》も無えぢや無えかえ。旅の空い行つて其んな思ひをする位えなら、――おれはへえ、広瀬のお医者様で直らなけりや、死んでも、い丶でのう』つて仰つてしまふもんだで……」

「弱つちまふねえ。――其れでも誰か、近辺のい丶医者から、立ち会つて位ゐ見て貰は無いと、ね。」

「弘さ、心配して、さうして呉れましよね。」

広瀬医師からの添書を貰つて、弘次が立ち合ひの医師を頼みにと出懸けて行つたのは、其れから二三日を過ぎて丶あつた。一人《ひとり》は松本、一人は豊科――四里ばかりも離れた、隣郡の小さな町に住んでゐる医師である。弘次は其方へと行つた。

医師と約束をすると、弘次は其の町に居る一人《ひとり》の旧友を尋ねて行つた。それは野崎と言つて、弘次と中学で同級であつた。年は三つ四つも上で、性質にも一致した所は無かつた。鈍い実際家――と弘次は思つて居た。が弘次は妙に其の友達に引き着けられて居た。資産家の長男ばかりが不思議にも多く集まつた級に居て、野崎は其の何れをも持つて居ない。そして弘次が東京へ逃げて行つた時には、野崎はもう前《さき》に行つて居て、務め口を捜しながら、彼の郷里――善光寺平の山奥から出る麻を、房州の漁師に売込みたいと言つて奔走などして居た。食ひ詰めてしまつた彼は、偶然にも豊科へ来て、或る小さな銀行の支店を預る事になつた。

「よう」と野崎は、机越しに弘次の顔を見上げて、驚きの声を挙げた。そして坐蒲団を直しながら、「何時来たんだ?」

「三四日前に。おふくろが病気でね。」

「ほう、其りや――」と野崎は眉を顰めたが、又笑顔になつて、「何うだ、面白え事あるかい彼方《あつち》は?」

「面白く無くちや成らない訳だがね――」と弘次は微笑すると、野崎は其の顔をにや〳〵と見詰めて、何か言ひたさうにしたが、

「ま、おれの下宿へ行かづわい、此所ぢや仕方が無え。」

「いゝのかい?」と言つて弘次は室を見廻した。其れはしもた屋の一間を仕切つた八畳で、金庫と、帳簿があるばかり、店員も野崎きりである。

「用がありや呼び来る。――はゝゝ、此の辺は其所い行くと楽なものさ。」

野崎はさう言つて、伝票に記した数字を帳簿へ写し始めた。一つを写して、吸墨紙をあてゝ、読み合せて、其の次ぎへ移る。――きちんと片附いた机の上を、彼の手は機械のやうな正確を以て動き続けて居た。

野崎は奥の方へ声を懸けて門へ出た。弘次も後に附いた。下宿は直ぐ側で、たまに此の街道を通る旅人を泊める宿屋であつた。通された間には、机と碁盤とあるばかり、浴衣が釘に掛つて居

た。

　二人は風通しのいゝ所へくつろいだ。ビールと鮭の缶詰とが運ばれた。弘次は何も話さうと思ふ事柄の無いのを思つた。野崎もビールを侑めて、自分でも飲みながら、にや〳〵と楽しさうにして居る。

「連中、何んなだい？――逢ふかい？」

「うん。さうさ」と野崎はちよつと考えて、にこ〳〵して、「段々えらくなつて来るな。」

　弘次は其れぎり黙つてしまつた。暫くして、「此所で君の附き合ふ人達、何ういふ人達だい？」

　野崎はふつと何か思ひ出したやうにをかしさうに笑つて、

「一昨日《おとゝひ》、或る有力家が銀行へ来て、印形見せて、自慢を言ふつてものだ。成る程立派な物で、金と銀とで出来てる。『何うだね、幾らと見えるね？値踏みをして見ましよ。――とう〳〵七十両つて所《とこ》取られちまつた。何にしろ、首とかけ換《が》えのものだでね』つて言ふだわさ。おれも妙にむつとしてしまつて『へえ、さうするとお前様《めさま》の首の値《ね》は、七十両で御坐んすかね？此りや又馬鹿に安い！』つて言つてやると、『冗談言つちやいけねえ』つて怒つちまつてな。はゝゝゝ。――まあ、さういふ連中さ。」

　野崎の、遣つつけてやつたといふやうな顔を見ると、弘次も一しよに笑つた。

　一時間ばかりすると弘次は別れて其所を出た。

弘次の豊科へ行つた翌々日、三人の医者を乗せた三台の車は玄関の前へ並んで、桑むぎに行く村の者の眼を欹たせた。順々に診察をしてしまふと、松本から来た医者は、酒の席を立つて、縁先にある下駄を突掛けて、堀の縁を繞つて築山へ行つて立つて見たりなぞした。その日は、樹立を透いて見える雲の白く耀いて、蟬の声が高く聞えた。医師は帰つて来ると、呑気らしく笑つて、「此んな所に暮らして居て病気するなんて、仕方が無いね」と呟いた。

見立ては同しで、医者は皆な帰つて行つた。跡片附をしまつても、誰も病気に就ては言はなかつた。「駄目だ！」と思はせられた。其れも通り越して、此の頃では日々《にちにち》に顔いろが好くなつて行くのを見ると、家の者の心には、「ひよつとしたら……」といふ望みが起つて来た。が其れを言葉にするのを恐れるやうにした。

朝の掃除が済むと弘次は、離坐敷の廊下にだけ雑巾がけをした。明るい廊下には埃が目立つて、足の裏の汚れるのが厭はしかつた。堀の水で雑巾をしぼつて、ぐい〳〵とこ擦るに随つて綺麗になつて行く、其れを見ると弘次は淡い喜びを感じた。男親は、弘次のまめ〳〵しく体を動かすのを、煙草をすひながら快い笑ひを浮べた眼で見て居る。

「よく働くなあ毎日。――家《うち》に居る中は其んな事は為なんだに。」母親は床の中から此方向きになつて見て居たが、其れが済むといたはるやうに言つた。そしてふつと、「おれも今日《けふ》は起きて丶見ずよ。」

「其んな気がするかい?」と弘次は側へ行つて、「それぢや起して上げる。」

母親は絹の下着の、黄いろく、萎えた、何時織つたか分らないやうなのを着て、庭に向つたが畳へ出て来て据わつた。痩せた弱々しい姿が、朝の明るい光線にくつきり浮んだ。

「かゝさ、茶でも飲んで見るかえ?」

「えゝ、——其れぢや薄くして、少し。」と母親は弘次を見た。

母親は弘次から茶椀を受取つて、そつと口へ持つて行つた。

「この頃は咳きも遠のいたやうだの?」

「えゝ、ちつとも出ましねわね。わしもも一度直つて、弘に附いて大坂へ行けるかも知れましねわねえ。」

父親は声を立てゝ笑つた。「あゝ、さう思つて元気よ出さつし。」

「えゝ、此れでわしが死ぬと、子供達も張り合《え》えが悪《わり》いし、……お祖母《ばあ》様にも済みましねえし、……お前《め》様にだつて不自由させますしねえ——」

母親は眉を顰めて、ぢつと鮮かに耀いてゐる庭を眺めた。

其の日から母親はをり〳〵起きて見るやうになつた。お真も光太郎も眼を丸くして見た。「うるせえでー」と言はれて来られなくなつて居た二番目の孫も、にや〳〵と極りの悪い顔をしては、廊下伝ひに離坐敷を覗《のぞ》いた。

「まあ!起きてお出《ゐ》なさんすかね?」と、庭口から様子を見に来た隣の女房は、さも意外なやうに身を反らして言つた。「一日二日上らねえ中《うち》に、顔いろまでよく成うして。」

「今ん頃は死んぢまつてると思ひましたにねえ。」母親は寂しく笑つて其の顔を見た。

「弘さの介抱がえつ程よかつたと見《め》えますわねえ。――弘さ、お母様《つかさま》が此んねなら、お茶でも入れるで、遊びお出《ゐ》なさんしや。蚕で一杯《ぺえ》だが。」


弘次はふらりと隣へ遊びに行つた。其の家は同姓の中《うち》でも一番に懇意にして居る家で、水車場の側の青垣根に、丁度、人の屈んで出入りの出来るだけの穴を拵へて、其所から往来して居る。主人《あるじ》は光太郎と同し年で、放埒な若い日を送つて来て、今では動くのも懶いやうにぢつとして日々を送つて居る。冬から春にかけての長い間を、主人は炬燵にあたつたきり動かない。側には漢楚軍談、三国志、真田三代記と、軍記物の手擦れてばら〳〵になつたのがあつて、繰り返し、繰り返し読んで居る。無口で、話をする時には眩しさうに瞬きをするのが癖だが、酔ふと蒼ざめた顔をして、誰でもかまはずに罵り出す。「ふん、彼等達《あんたあたち》が――」と村の者は一口に言つてしまつて、「お前、あれの祖父《ぢい》つて者はの――」と、幕府時代、階級の心持が、此の小さな農村までも支配して居た頃、彼等の同姓に較べて、如何に周囲の者の劣つて居たかを言ひ出して来た。彼は村の中ばかりでは無く、此の界隈の事と言ふと、何の家の先代は、先々代はと、総てを知り悉して居る。「あゝ、おら同姓も、もつと踏張らなくちやいけねえが、皆な、平気で居るもんだでの……。おれなんぞそのお蔭に、幾ら眼《め》に見えねえ苦労をしてるか知れ無《ね》え。……其りよ察しも為なんで。」

と主人は終ひには愚痴を言ひ出して来る。――一度疵を附けた彼の家の身代は、直る時が無かった。「蚕で埋合せを附ける」と言ふので、彼は家の改築をした。其の入費の大部分は無尽であった。無尽の掛金が溜まつて来て、一度其の家を抵当に入れると、其れからといふもの、無尽が取れて自分の家になるのと、掛金が溜つて抵当に入れるのと繰り返しばかりして居る……。

「兄様は？」と弘次は、坐敷だけを残して、あとは皆な蚕室になつてしまつて居る家の中を見廻した。女房は寂しく笑つて、

「えゝ、其れでも此の頃は、桑むぎの手伝《てつで》えをして呉れましてねえ、今日《けふ》朝つから原い行つてますわね。」

（未完）

【解題】

空穂はその九十年の生涯において、「母」の歌を実にたくさん詠んでいる。未発表のこの小説の行間からも、いくつもの歌が湧き上がってくる。二十歳で母に死に別れた空穂、たった二十年間の思い出。あるいは二十年間であるがゆえに、かくも母を憶うのか。今の親子関係となにがどこで異なるのか。空穂の「母」の歌を、じっくりと分析したくなってきた。

「父の病」と「母の病」、それも限りなく「死」に近い病である。わたくしは、この二編の小説を読みながら、親というものはその「死」をもってしても、子のことを想い、子を援けるものな

のか、との感に打たれた。

空穂の母ちかは、その病（危篤）により、末子空穂を行詰っていた大阪の株商いの暮らしから救い、空穂の父庄次郎（寛則）は、その死をして、婿養子空穂の苦境を救った。この両脱出の上に、歌人・国文学者窪田空穂への道が拓けたといってもよい。

「養子―母の病―」でも、生き生きとした会話が小説の身上となっている。その中には、生涯を通じて空穂のこころの支えとなった母の言葉がある。まずは、大阪から駈け付けた空穂が母と対面したときに、母の口から迸り出た次の言葉である。

「弘、おりやわれにや、へえ逢え無えかと思つただよ――」

小説「母」（「文章世界」明治四十年四月号）でも、この同じ場面が描かれており、「われにやへエ、逢へねえかと思つてたがなア……」と記され、「私の履歴書」では、うるみ声で言った「もう汝《われ》には逢えねえかと、思っていたぞよ」となっている。忘れ難い場面であったのであろう。

空穂短歌の中に繰返し詠まれたのは、次の母の言葉である。小説では子の名前は弘次となっているが、本当は空穂の本名の通治《つうじ》であった。愛称は「通《つう》」である。

「も一度直つて、弘に附いて大坂へ行けるかも知れましねわねえ。」

この妻の言葉を、空穂の父は声を立てて笑いながらこう受ける。

「あゝ、さう思つて元気よ出さつし。」

――実にいい。書き写していて涙が滲んできた。

空穂は、このときの、病気が癒えたら自分のいるところに行きたい、と言った母のひとこと（真情）がよほど嬉しかったのであろう。感動は幾多の歌に結実した。

通《つう》につきて行くといはししわが母よ通ここにありここにいましね　『冬木原』

「（この病気が治ったら）お前に付いてお前のところに行くよ」と言ってくださった母よ　わたしは（元気で）ここにいますよ　（空穂の本名は通治、愛称は通・つう）

軽井沢　八月一日

通《つう》のゐる所に行くとの母の言《こと》年を経《ふ》れども忘られなくに　『清明の節』

「（元気になったら）通の住んでいる所に行って一緒に暮らす」と言ってくれた母の言葉は　何十年たっても忘れられないものだなぁ　嬉しくて　（空穂八十九歳）

生涯における大切な場面での、こころからなる言葉の大切さを想うことである。

二十代の青年期、「それとなき嘆きに疲れている身＝倦みし生命」の空穂にとって、亡き母は生存意欲の原点でもあった。

われや母のまな子なりしと思ふにぞ倦みし生命《いのち》も甦り来る　『まひる野』

わたしは亡き母にとって大切な可愛い子であった　と強く思うと　人生に飽きて疲れた生命も生き生きと甦ってくるよ

（まなこ→愛子・真子）

人の世を信ずる心くづれんとすれば見え来ぬ母の面影

『木草と共に』

人間の世の中を信じる心が　揺れて壊れそうになると（わたしを信じ続けてくれた）亡き母の面影が浮かんでくることよ

どうしたら空穂の母に近づけるのか。空穂の歌を通して伝わってくるのは、「子ら皆のただ健かにくらさば」と願い、ひたすら子らに「片おもひ」をする母の姿である。母も尊いが、母の真情を汲み取れる子はさらに尊いように思われる。

冬至

湯げかをる柚子湯《ゆづゆ》にしづみ萎《しな》びたる体撫《からだ》づれば母のおもほゆ

『丘陵地』

湯気も柚子の香りがする冬至の柚子湯に入り　年を取って　萎びた身体を撫でていると（わたしを生んでくださった）優しい母のことが思い出されてくるよ

帰省の記——窪田空穂日記より

窪田空穂「帰省の記」について

窪田新一
窪田綾乃

このたび、窪田空穂の日記の一部を初めて発表・公開する機会を得ましたので、本文の背景や登場人物など若干の説明をさせて頂こうと思います。

空穂は、明治三十九年（二十八歳）から亡くなる四年前の昭和三十八年まで日記を書き、五十余冊の日記帳が遺品として存在しています。何れもその年のある期間に限られて記されており、明治時代のものは原稿用紙やノートに書かれています。

明治四十年頃には小説や文章を数多く発表して、明治四十四年には小説集『炉辺』を刊行していますが、自然主義文学が主流の時代で題材を確保することからも日記は重要な資料であったと思われます。

明治三十七年東京専門学校を卒業、電報新聞社に入社し、牛込柳町教会で牧師植村正久の説教を聞き、洗礼を受けています。三十八年には第一詩歌集『まひる野』を刊行、翌三十九年には「文庫」「文章世界」の短歌欄選者になり、独歩社に入社しています。また、この年の夏、吉江孤雁と牛込で共同生活をし、夜毎に神・宇宙・文学・恋愛等々について議論していた事や、漠然とした将来について悩みの多かったこと等が記され、初期の日記には興味深いものがあります。空穂は大正六年に「当時の日記を見ると、そこには文芸に対し基督教に対して感じた感想のみが湧いてゐて、殆ど他の事は何も書いてはない……」と言っています。

「帰省の記」は、明治四十年三月十九日、亀井藤野との見合いで郷里の松本市和田に帰った時の事を小型ノートに書いたものです。

藤野は隣村島立の造酒屋・亀田屋の長女で、空穂が明治三十二年、島立小学校の代用教員であった時の教え子でした。此の年和田村小学校に赴任していた太田水穂と交際が始まっていますが、後に藤野は松本高女で水穂の教えを受けました。空穂と藤野は明治三十八年八月頃から文通を始め、困難を乗越え愛を確かめながら、時には水穂の助力を得て当日の見合いを迎え、六月に和田の実家で結婚式を挙げました。藤野は、結婚生活十年、三十歳で早逝しました。空穂は五ヶ月後の大正六年八月に日記や手紙を基に『亡妻の記』（平成十七年角川書店刊行）を書き上げ、「結婚まで」の章で詳しく書いています。
二十二、三日の主な登場人物などを簡単に説明いたします。「瀬黒」は地名で現松本市寿。空穂の父親の弟・窪田式次郎（叔父）の養子先で、石川家のこと。「河野」、「湊一」、「清人」は従姉弟。「内田」は地名で、現塩尻市内田。空穂の養子先で村上家のこと。石川家とは親戚。「清瀬」は村上清世で空穂の結婚相手。「原」は、式次郎の妻の嫁ぎ先で近藤家。代官でした。
日記に従妹・河野《かわの》への追憶が語られています。空穂が十七、八歳中学時代の事で、河野は一歳年上でした。明治二十七年十二月河野は十九歳で亡くなりました。「まひる野」に収録の浪漫的な歌や詩の多くはこの環境から生まれたと思われます。

なおこのノートの表には「帰省の記」とあり、中には「帰省中の記」とありますが、ここでは「帰省の記」といたしました。

帰省の記

三月十九日（飯田町出発から松本 太田水穂の下宿まで）

四十年三月十九日発　四月一日帰京

十九日

○

十九日七時何分かの汽車で飯田町を発する都合にした。着物にしようと思つたが、それではあれ此れと整はない物が多いので、例の糸の見える背広にした。それでもめをと釦は壊れてゐてつかへず、子《ネ》キタイは見当らないので、此れは吉江君の品、靴は水野の品であつた。

車に乗ると吉江君は例の寂しさうな、強ひて無頓着を装つたやうな風をして見送る。お婆さんは相変らず人のよい、気の落ち着かない風をして、お大事に、御早くと繰返し言ふ。

通りへ出た時、若しやと注意した。見えなかつた。寿町の通りの朝の景色は、私には珍しく感じられた。造廠辺へ行くと見える職工、割引電車に乗らうとする小役人、野菜の買ひ出しに行く荷車、——何れも下町へ向つて行く。私は此様な景色を見て、小説中の叙景に似てゐると思つた。

不図或る焼芋屋の竈の上に、鶏が寒さうに蹲つてゐた。山の手の中には地方の古駅の俤が残つてゐる。車夫は停車場で二十銭を請求した。私は車夫の勤労の値を考へて見たいやうに感じた。

待合室には二人の女学生がゐた。二十一二、輪廓の際やかな表情の乏しい、蒼い顔をしたのと、十七八、眼の細い、血色のよいのとが、戸に倚つて何かひそ〳〵話をしてゐる姿を見ると、自ら耳が欹てられる。二人は甲府の者で、試験休みで帰省するのらしい。髪が何うの、友愛が何うの、今朝何時に起きたのと言つてゐた。此の連中と同車したならば、何か面白い事があらうと、帰省の時の乗合に何時も閉口する経験から思ひ浮べた。が発車の鈴が鳴り、愈々乗車する時に成ると、私は二人の跡を跟ける事が出来なかつた。

私と同乗した中に、番頭を連れた一人の商人がゐた。見送りの婦人が三人ばかり車夫も同じ位ゐた。手荷物も鞄類を十個近くも投げ込んだ。番頭は六十ばかり、外套にソフトを冠つて一寸見には主人とさして異つてはゐないが、絶えず眼を動かして、――用もないのに習慣的に動かしてゐる。そして一寸した事にも仰々しい素振をして、主人を呼ぶ時には一々旦那〳〵と言つてゐた。三四十年も務め上げた老番頭で其の此の様に成るまでには幾多の惨苦もあつたらうと、冷笑なるよりは寧ろ同情の念を起させた。

今一人、私と背中合せに成つてゐる乗合には多少の注意を払はさせられた。二十四五、色の白い、眼の活発に働く、見る眼も楽しい青年で、二子の窄袖の上に立派な外套を着、ソフトを阿弥陀に冠つてゐる。投げ出したといふ中に何所か気取つた所があつて、そして何か新しく楽しい物に向つて餓えを感じてゐるのがありありと感じられる。青年は自分の新聞を読み尽すと、今度は前にゐる商人のを借りて見、それが済むと慶応の応援歌を口笛で唄つてゐる。隣りにゐる女客から、甲府までの道のりを聞かれたのを幸ひに、此の線路の批評を始めて、馴れ馴れしい様子をすると、女は何と思つたか機りを造つて青年の前から逃げてしまつた。

○

八王子まで、ステーシヨンの名は聞いた事のあるものばかりであつた。畑、畑の中の林、低く立つた草家の中を穿つて、汽車は一路遠く何所までも走つてゐる。そして汽車は三月の日に照らされて線路側の枯草の上に、もくもくと怪しい物の這ひのたうつやうな煙の影を描きつゝ走つて行く。

多摩川の岸(?)へ出て、遠く青黒い山と山との間に白く照る富士の姿を望んだ時には、心は静かに躍つた。そして俄かに空気の心持ちのよいのを感じた。

○

甲府を過ぎる頃から快晴であつた天気は俄かに灰色の雲に蔽はれて来て、風も烈しく吹き起つて来た。甲府の町に沿つて流れる川の辺りに来た時には、風は砂を捲き上げ吹き送つて、一陣二陣と、周囲を薄暗くする。汽車の屋根にざあつと鳴る音、電線のぴゆうぴゆう鳴る音、窓にぱりぱりと当る砂の音、――その間を風に逆つて進んで行く汽車の姿は、壮大な力といふよりも寧ろ悲壮な感を起させる。寒気も俄かに加はつて来て、線路側の小川には、汀の草が氷柱をしてゐる。煙草には味がない。弁当を食べると、ガタ〳〵と慄へて、腹の中まで冷えて行くのを覚えた。私は何も言はず、車内の人のぽつ〳〵交はす話にも注意しず、車外の景色にも殆んど興が覚えられなかつた。――恐らく興を覚えるには私は外界へ対抗する為に多くの力を奪はれ過ぎてゐたのであらう。

○

笹子小仏の隧道は実に長い、隧道の持つてゐる一種の圧力は遺憾なきまでに感じられる。私は多くの隧道を通つて見たが今度くらゐ不思議な感に囚はれた事はなかつた。汽車が轟つと非常を警めるやうな一種の響を立てると共に、四方の光は消える、ランプは俄かに眼に附いて来る、がその光は唯ぼんやりと赤く一尺四方ばかりを照らしてゐるだけ、車の床までも届かない。乗客の姿は薄黒く二人か三人かも判らない位に成る、そしてその動くのが何か怖ろしさにのたうつてゐるやうに見える。車輪の響はます〳〵轟々と高まる、反響は陰にこもつて来る、光線はいよ〳〵暗く成つて行く。私は眼を開いてゐるのが怖ろしく感じて、ぢつと閉ぢてしまつた。――何時であつたか電車に乗つてゐて、心の楽しい時には眼を閉ぢて強ひて陰気を味はうとし、陰気に成れば、今度は眼を開いてそれに馴れようとする心の不思議さを味はつた事がある。――今日のは其様な余裕のあるのではなく、眼を開いてゐるに堪へなくて閉ぢたのだ。閉ぢて尚ほ冥府の闇をさまよふ人の心を想像するのであつた。――誠に頭上左右幾百千丈の土が続いてゐて、我が知らざる幾多の秘密を以つて満たされてゐるのである。私の触れてゐるのはその秘密の気である。

不図眼を開いた、と三四間を距てた所で、ぱつとマッチを擦つた者がある、飯田町から一緒に乗つた商人である。火は薄闇の中に小さく燃える。商人はその光で窓の外の隧道の様子を窺はうとするらしい。火と火によつて外を窺ふ商人の顔とが其所へ浮び出るかと見ると、直ぐに闇に成る。又擦る。三回ばかり同じ事を繰返してやつた。私の次の側にゐた横浜の職人の妻らしい子を連れた年増も、若い男に声を懸けられて逃げた若い女も、何れも胸を抱いて俯向いて、凝としてゐる姿がちらりと見えた。

私は眼を閉ぢた。車輪は新たにその非常なる響を高めるのであつた。

○

汽車は富士見駅に来た――吉江君が此の線路中の最もよいステエシヨンの一つとして幾度となく紹介した所である。地盤は既に大分に高く、草にも木にも高原的な荒寒な姿がある。八ヶ岳は右手に当つて揚悠とした姿を高く抬げて、裾を長く曳いてゐる、山は全体に雪に包まれてゐる。富士は左の方一帯の山にその裾を隠して、僅かに顔だけを現はしてゐるが、それも灰色の雲とその絶えず動くのとに蔽はれて、心を引くまでには見えない。――景色は聞いた程でもないので、私は徒にシガーをふかすばかり、今少し心の軽くなる事の方を願つてゐた。

降りる者はなくて、二組ばかり新たに乗る客があつた。一組の客は十六七の田舎娘としては何所か賢そうな所のある子と七つ八つの端手な羽織を着た娘とで、此れは隣りの室へ入つた。一組の方は六人ばかり、何れも私の室へ入つて来た。信越線の乗客の下等なのは見慣れてゐる私でも、此の一組にはやゝ迷惑を感じた。五十位の女二人に、二十三四と十七八の女と、外に子供が二人、みなりは何れも手織のぼく〳〵した木綿物に、紺の風呂敷の抱へられないやうなのを持つてゐた。そして車内に入ると共にその荷の上に倚りかゝり、肱枕をして寝るもの、長々と腰掛の上に寝る者もあつた。年寄の女は一人は冷い、蒼い、聊かの表情もない顔をしてゐ、一人は紅く円々として、細い眼に労苦の色を見せてゐる。若い女は一人は総体にぼやけた、眼だけ妙に水つぽい、唇の弛んだ女で、一人はやゝ無邪気な所を止めてゐた。年寄の女は傍に人があるとも思はない様子で、現にその荷物が隣席の者の邪魔に成るのも心附かないらしい。若い女の年上なのは、肱枕をしながらまじ〳〵と私の顔を見るので、少なからず癪に触つた。何だらうと思つたが、何とも見当が附かない、――大凡の人の職業位は見分けが附くつもりでゐたが、此の一組の者に対しては私は全く些かの見当も附けえないのであつた。それで多少好奇の念も起つて、注意して彼等の会話を聞いてゐたが、殆んどその何の意味であるかも分らない、――言葉が非常に違ふのである。唯一つ首肯かれたのは、年上の女が若い方の唐縮の前垂を引張つて見、羨ましげな眼つきをして何かいふと、若い方は嬉しさうにして自分もそれを引張つて見たその時だけであつた。

私の次の室にゐた六十近い、白い髭のむじや〳〵生えた、前歯の抜けた、世擦れてはゐるが人品の卑しくない老人は、此の一組に眼を注いでゐたが、何時か話の緒を附けたと見え、

「皆、何所へ行くつもりだ」とぢろ〳〵見ながら聞いた。年寄の中の太つた方の女は、若い女に袖を引かれて彼方へ向き返り、

「諏訪まで行つと思ひまして」と割合に訛のない言葉で答へた、——此の一組の中の口利きと見える。

「何しに行く?」

「えゝ、……何でもしますつもりで。」

「一体何所の者だ?」

秋田県何々と、女は警官でも調べられるやうに、番地まで言つて、

「戸籍の写も持つてます」

と言ひ添へた。

年寄はやゝ呆れたやうに黙つてゐると、その側にゐた四十近い分別臭い男が、

「あゝ、それなら有名な兇作地だ、○は……」

と横口を入れる。

「えゝ、もう通つた貧乏村で、去年と一昨年と引続いた兇年で持つて……」

と女は本気な、それでも流石に憐みは請ふまいといふ口調子で言ふ。

若い女の頬には何所か羞恥の色が浮んだ。

「糸挽けるかい？」

と年寄は尋ねる。

「えゝ、二人ばか、……私どもの国では坐繰りで御坐んすで。」

「うむ」

と年寄は子細らしく見回す。

少時して、

「何うだ、己の方へ来ないか。」

と冷淡な中に大分気のある様子ですゝめる。

「えゝもう何方へでも上ります、使つて下さる所で御坐んすと。」

「一体何所まで行くつもりだ。」

「上諏訪までゝ御坐んす。」

「己ん所は岡谷だが、其所までの切符は己の方で買つてやるが、一緒に行かないか。」

女は斯う言はれて始めて躊躇しだした。

「実は去年行つて御厄介に成つた御家がありまして、今年も其所へと思つてゐましたが……」

「何をしたい去年は？」

「御ぜん焚きをしました。」

「己の方ぢや繭撰りに使つてやるが……」

「それだと尚ほ結構で御坐んすが。」

「何うだ。一緒に来ないか、切符は買つてやるぜ」

と年寄は一組の財布の中を見通したやうに、頻りに切符を繰返す。

斯う言はれて女は一組の者と額をあつめてひそ〳〵と相談を始めた。声は聞えないが、様子で見ると此所で約束するのも何だか心許ないし、それに棄てゝしまふのも惜しいといふ様に見える。

女はやがて困つたやうな顔をして、

「実は去年御厄介に成りましたお家へ、とにかく伺つて見るつもりでゐましたで、その上で御宅へ伺ひたいと思ひますが、……御宅は何方で？」

岡谷の何々だと、男はいま〳〵しいやうに言ふ。

「へえ、岡谷の……と申すので御坐んすか？」

「む、然う聞きやわかる」

と男は何所かほこらしく言ふ。

「それでは明日の夕方に伺ふ事に致しますから。」

男は何か言はうとしたが、女が挨拶をして坐つてしまつたので、それでやめてしまつた。

汽車は次のステエションへ着いた。例の菓子、煙草を売る商人は、汽車の窓に添つて売つて歩く。男はそれを呼び止めて、某かの菓子を買ひ、黙つて前から一緒にゐる二人の子に分けてやる。女の子も黙つて、何所か嬉しそうな風をしながら食べた。此の様子を見ると私は此の一組の乗る時に、此の男が先に立つて慌て丶来、跡から田舎風の爺の追駆けて来て、大きい方の娘に柵の外から何かの注意をしたのを思ひ出した。そして此の娘たちは製糸の工女として此の女に連れられて行くのだと思つた。

汽車は急行を続けた。間もなく諏訪より一つ此方の某といふステエションに着いた。兇作地の一組は先刻から頻りに相談をしてゐたが、此所へ着くと共に一旦下りて、更に明日諏訪まで行く事に決つたらしい。年寄の一人は、此所で下りて同じ切符で明日行かれるかと傍の人に聞ねる。

「駄目だ、此所は下本駅ぢやないから。」

とその人は親切に教へる。若い女の年上の方は、斯う言はれると、戸口に立つてゐて振り返つてその男の方を見、

「其様な事あるもんか、一昨日若松から乗つて、一度下りた事があるだ！」

と欺かうとするものを罵るやうな口調で言つた。前の男は苦笑するばかり黙つてゐた。

年上の女は今一度駅夫に尋ねた。駅夫は明日は無効に成る事を告げた。

「何うするだ？」

と年上のは皆に向つて相談をする、何れも多少躊躇の気味であつたが、若い女は、

「下りろ〳〵！」

と調子を附けて、大きな荷物を抱へて、取り乱しながら下りた。一同がプラットフォームへ立つて、寒い風に吹かれながら、まご〳〵しながら茫然としてゐる中に、汽車は此の一組に別れて発車した。

○

上諏訪のステエシヨンに着いた。誰か客を見送りに来たと見え、此所の芸妓と思はれる、媚めかしい姿をした女が三人、手を組んだり肩におんぶしたりし合つて、二等室の方を見ながら頻りにふざけてゐる。此れが所柄、無聊に詫びてゐる乗客の眼に附いた。

「何うだい！お稲荷様のさわいでる事！」

と職人風の一人が、大声でやじつた。乗客は皆警句に吹き出した。

「何所へ行つても職人つてものは、弥次るに甘いものだ！」

と私は隣りにゐる学生風の飯田町から同乗して、八ヶ岳の名を聞いたのが縁で物を言ひやつた男に言つた。

「は丶丶」

と青年は快活に笑つた。

「田舎芸妓なんてもの、まるで下町の娘の様ですね！」

と青年は通を言ひ出す。

「然うですね、」

「それよか何うです、あの髪は？」

と青年が眼で教へるのを見ると、二人ばかり同乗してゐるこの辺の役人の細君とも見える人たちの丸髷のたぼが、三寸も四寸も滑稽なまでに長くしてあるのであつた。

「不思議な髪ですね、此所の流行かしら？」

と言つて、私も思はず微笑した。

○

停車場へ着いて彼様は云つたが出迎へに来てはゐないかと思つて見回したがそれらしい姿もない、車に乗つて和泉町へ行つた。

太田は出て来て私を見ると、

「やあスタイルが揃つたぜ」

と冷かしたやうな然うでもないやうな笑みを洩らす。

「暖かにしてくれたまへ」と云ひながら私は火燵へしがみ附いた。甲府から此方寒さが身に沁みぬいて物の面白み所か生きてゐるのが事業のやうに感じられる。然うなると感性の調子は破れて理性はむら〳〵と起つて来て、若し友が誘ふなら所は撰ぶも要さない暖かく一夜を寝させて呉れる家を欲しいとさへ思つてゐた位だ。所が予期した種火は暖かではない、私は不平まじりにその事をぶちまけた。

「何だい、目出たい話に来ながら、其様な不徳な事を」

と調子は柔らかだが冷然として言ふ。

「ぢや着物かしたまへ。」

友は着物を出した。肌ざはりの荒い、体に一つ附かないそして重いものだ。私は炬燵の中で半分着かへて、

「おい、いやに寒い着物だね」と悪る口を言ふと、

「うむ、君の所でかせるのより上等だぜ」と早速皮肉な比較をする。私は苦笑して答へなかつた。飯の代りだといつて、しつぽこそばを二つ取つてくれたのを食べて、そろ〳〵話に入らうとすると、今夜は徳若の祝儀に呼ばれてゐるからとフロックコートを着だした。

「何うでも行かなくちやならないのか?徳若つて例のお弟子だらう?」と云ふと、

「いや親父の方と懇意だもんだから」としかつめらしく云つて洋服にブラッシを懸けてゐる。

迎ひのあつたのを機に友は出て行つた。私は炬燵へごろりと肱枕をして寝てしまつた。


【解題】

この「帰省の記」は、実に貴重な一等級の空穂研究文献と考える。

帰省、それもいわゆる「見合い」のためではなく、今日的意味合いでいえば、結納あるいは婚

約式により近い形での、相手方の家への正式訪問のための帰省記録である。媒酌人の太田水穂の言葉を借りれば「一旦絶えんとしたる糸の再び結ば」れた結果であり、藤野の待ちに待った「嬉しきその日」や、空穂が「御身の我れなるものとなりて語り得る日」実現に向けての、確かな歩みのための帰省であった（「」内引用は『亡妻の記』）。空穂は満二十九歳九ヵ月、二十代最後の年のことである。

十九日は、当時（明治四十年）中央線の始発駅であった飯田町を出発し、松本の太田水穂の下宿先に泊めてもらうところまでの記録である。「記録」という表現が自然に出て来る、空穂の筆の冴えを味わっていただきたい。岩波文庫で窪田空穂の三著作、『窪田空穂随筆集』『わが文学体験』『窪田空穂歌集』を編集し、『窪田空穂論』（岩波書店）の著者でもある大岡信は、窪田空穂の書く散文における「驚異的で緻密な記憶力」を指摘した上で、「その記憶を支えているのは、人間のすること一切に対する素直な好奇心と、見たものに対する正確な批評と判断力」であると捉えている（大岡信「散文による描写のたのしみ」、『わが文学体験』）。空穂が尊敬した柳田國男の民俗学の手法に通じるような、克明な列車内での人物描写に注目されたい。

特別な帰省のために、ネクタイは吉江喬松《たかまつ》（孤雁）から、靴は水野葉舟からの借り物であったことも何とも微笑ましい。二人はともに下宿したこともある空穂の親しい友人である。

三月二十二日（瀬黒石川家、河野の想い出、清世の噂）

○

去年帰省した時瀬黒を訪ねなかつたのは、少なからず反感を起させたらしい。湊一は、「己は何うでもい丶が年寄つた伯父に逢はうと思はないのは薄情だと云つて堺屋の従姉に批難して聞せたとの事である。

（以下五行不明）

清人が訪ねて来ていろ〳〵家の話をすると、我も今が訪れ時だとやうの気がし、今度は必ず訪ねようと思つてゐた。修一は又、親父は瀬黒と商買の取引をする。

自分でも訪ねようと思つてゐる所へ、兄が頻りに行け〳〵と促すので（兄は伯父も大分無常を感じて来たやうで、何所となく寂しそうだ、逢つて見ると親父が思はれると云ふ名に於いて。修一は親父は瀬黒と取引を始めてから急に仲が善く成つたと云つてゐる。）私は二十二日、小雨のこぼれるのにも係らず、今日行かなければ或は機《キ》を失ふかも知れぬと思つて、勇気を出して出懸けた。和出町から車であつた。

田舎の生活　若い者　飄泊者

伯父の家へ着いたのは午少し前で、用意はしてゐたらしいが家族はや丶驚いたらしく迎へた。下坐敷へ導かれると、伯母は例の蟠りのない様子をして対ひ合つて、

「本当に久振りやないかね！」と表情の深い眼に懐かしさを見せて云ふ。

「御無沙汰しました。――伯母様も大分ふけましたね！」と私は伯父が歯が脱けてか血色のよいにも係らず両方の頰の辺りが妙に寂しく成つたのに眼を附けていふ。

「此様なばあさんに成つちまつて、」と例の僻の瞬きをしながら快活に笑つて、「それに聞いて御呉んなさんしつらが、嫁の一件から急に二人の親に成つて、本当に苦労しましたにね、」としんみりして訴へる。

嫁の事はあらましは聞いてゐるが、ほんの上つらだけで内部には何様な事があるかは知らない、併し私は嫁の方に同情してゐるので、今伯母の片訴へを聞いて見た所が仕方がないと思つたので、自然にその話を避けようとした。それで唯無意味に首肯いてゐるばかりであつた。其所へ二人の孫が祖母を慕つて来たので話は自然に逸れてしまつた。

「本当に何年に御目に懸らなかつたでせう、八九年に成りますね」と私は心の中で内田から出て来た時からの年を読んで見た。

「久し振りで逢つても、直《ぢき》に行つてしまふからいやに成るね。」伯母は内田の方は思ひたく無いらしく斯う云つたが、此れが亦不思議にしんみりしてゐて、私を見るに一人の甥とばかりではないやうに感じられる。――私は妙に胸を押へられるやうに覚えた。

其所へ伯父と清人とが出て来た。伯父は清人の世話に成つたのを改まつて挨拶した。

伯父と対つてもさて此れといふ話も思ひ浮ばない、私は庭の出来た事を聞いてゐるので、それを

見ようといふと、

「然うか、初めてかな」と伯父は私の顔を見、得意らしい笑みを見せる。

「彼方へ」と清人は席を移さうといふ。

私たちは上おえいへ移り、障子を一杯に開けて庭を眺めた。

庭は郷里では珍しい東京風の導き方で。遠く山を取り入れて。他所では出来ない趣を持つてゐる。浅水の瀧は御福間川から土管で引いたもので、大分の距離であるが、その間他人の地所を通るのは極めて僅かとの事だ。庭石は一々肩によつて運び出したもの、山附きに似合はぬ金であると。

「彼《あ》れだな、今二百円で此れだけの庭をつて頼まれても、己には引受けられないな」と伯父は、態とらしくなく自慢する。

話は転じて博覧会の事に移つた。私は見聞きしたあらましを話して、最後に、

「伯父様、思ひ切つて見物に入らしては何うです。兄も頻りにその事を言つてゐましたから。」

「むゝ、己は東京の建物は見たくはないが、動物園つてやうな此所ぢや分らない物は見たいと思つてゐるがな……」と此れが大した意見であるかのやうに言ふ。

「庭なんかには、素敵なのがありますぜ——私達の眼で見ては値は分らないそうですがね。」

「行くにすると、原つてものがあつてな。……然うすると馳たらと一緒つて訳にも行きかねるが。」

「原なら御一緒だつて可いぢやありませんか。」

「うむ」と伯父は可いとも悪いとも分らない返辞をして此の話は切れた。

清人と私とは早速クロックを始める。伯父は湊一を迎ひにやるやうに言つて、坐を辿つた。何か胸に懸つてゐる事があるやうで、クロックも身に沁みないので、可い加減にしてやめにした。そしてぼんやりと庭を眺めてゐると、胸の底の方から静かに追憶が湧いて来る……。此の室、此所は私と河野との秘密の歴史の一切を含んだ室だ。十七の年、初めて彼を美しくやさしく思つて、軽やかな戯れをしたのも此の室だ。他愛のない、それが又限りなく面白いので、藤に妨げられながら話し更かしたのも此の室だ。暮の頃、勝手は餅搗きに忙しいので誰も対手にならなかつた夜、隙をぬすんで私の所へ来、何所か女房めいた風をしながら、あたりに気を置いて話をし合つたのも此の室だ。忍んで逢つたその忘れられない夜、柩の中に収められて重ねて見られぬ姿を思つた日、それは此の室に続いた上座敷であつたではないか。——追憶は静かに立ちのぼる煙のやうに細く断れずやはらかに続いて来る。私は何時かその中に捲き込まれてうつとりと成つて来た。伯母の何所か他人らしくない様子、あれも久し振りで私を見たので、思はずその当時の事が胸に起つて、聟でも迎へたやうに思つたのではないかとの感が、始めて明らかに胸に起つて来た。

私は気が附いて、祖母の為に仏壇に香をあげた。

湯がわいたからとて清人が案内をする。私は第一に入つた。あゝ此の湯、自分が曽て河野から甲斐〴〵しく背中を流してもらつた日の心地が何よりも明らかに胸に蘇つて来た。その時彼の持つて来た洗粉をつかふとその香が丁度彼の肌のと同じやうであつたその記憶が不思議にも明らかに蘇つた。香りほど追憶を誘ふものはない、私はその日の香りを新しく鼻に齅ぎ、湯上りの上気した河野の顔と情にうるんだその瞳とを湯桶の中に見た。

広盆は運ばれた。新しい妻は給仕ながら挨拶に出て来た。誰も相当な紹介をする者がないので、止むを得ず双方とも簡単に初対面の挨拶をした。食物は上手に出来てゐた。妻の料理との名であるが、実は伯母の苦心したものらしく思はれた。

食事が済むと、茶に成つた。二人の孫は離れずに伯父夫婦の何れにか取り附いてゐる。私は八つに成る上の子に、

「お母さんを御茶に呼んでお出で！」と命じると、

「お母さんつて誰れ……」と変な風をしてゐて応じない。伯父夫婦は聞えぬ様をしてゐるも清人が更に命じると、子は立つて行つた。

伯父は上田の嫁の里からの到来物だと言つて、洒落れた菓子を持ち出して来た。

○

湊一は村の若い者の集会に行つてゐるとの事であつたが迎へを受けて夜に入つて帰つて来た。

夜食の後、伯父夫婦はさがつてしまつて、跡は湊一と清人だけに成つた。湊一は髭をはやし、髪を分けて、此様な所にゐるとしては不似合なまで取りつくろつてゐる、が何所か垢抜けがしてゐて悪感を起させるまでゝはない。自分では己は皇太子に似てゐるといつてゐるそうだが、そう云へば何所か似た所がないでもない。

蔭では馬鹿だの間抜けだのと云つてゐるが、めんと対つて見ると流石に幾年かの情愛がその眼の中に読まれる。私は従兄らしい心持ちに成つて、妻を離縁した為め多くの悩みを味つたといふ此の従弟に同情しなくてはゐられなくなつた。

「一体、市つさんの事は何うしたつてのだい？」

「何うつて、色々の事情があつたが、それも昨日や今日の事ぢやなくて、ずつと昔からあつたさ。それを己は隠してゐたんだ。所が隠し切れなく成つてそれを家の者の前へさらけ出すと、さあ騒ぎだ。何うしても離縁するつて云ふんだ。

「己は第一に家の事を思つたね、十年近くもゐて急に離縁するつて云や、何うしても姑が家附きで我儘だからつて云ふに極つてゐる。それも云はせたくはない。それにも一つは媒介は原だ。下手をすると一軒しかない親戚と不和に成つてしまふと思つてね。仕方なしに申訳に道草をして、一方ぢや夫婦中が悪いと思はせ、一方ぢや使つた申訳に奔げたと思はせて、その留守に始末をしてもらはうと思つたのさね。

「尤も一時は何うしたらいゝか分らなくて、何うか分別を附けてもらひたくて、ひよつと公園で逢やしないかと思つて、日曜つていや日地谷へなんか行つてゐたがね、とう〳〵逢へなんでしまつた。用足しに出ても始終気を附けてゐたが、駄目なもんだね……。」

「其様なんなら和田へ照会しりやいゝぢやないか。」

「隠れてゐるんだもの、然うも行かないぜ。」

「君や今市さんを何う思つてるい?」

「己は看板買ひの方ぢやないからも少し情合ひがありやい、と思つてゐたがね、それでも先方《むかふ》ぢや情一杯にしてゐて、気前が合はない所から面白く行かないつてのだから、考へて見りや気の毒さね。市も色々の不服もあるだらうが私の情合ひだけは忘れりやしまいと思つてゐる。今は山階宮へ奉公に上つて、一生独身で通すつて云つてゐるがね。己は誰にも云はないが、若しそれが出来りや二人ある子の中一人だけは死際を見るやうに呉れてやるつて約束してある。」

湊一の話は不十分ながら順序立つてゐて、此の男にしては本気な所が表はれてゐる。私は今少し立ち入つて聞いて見ようと思つたが、久し振りの話とて、話題はずん〳〵進んで行くので、立ち止まつて顧みる余裕がない。

「己の体は自分のもんぢやなくて、何だか皆人の物のやうだ、己はもう皆の人身御供だと思つてゐる。」湊一はいつもに似ないしんみりした調子で斯う云ひ出した。その顔を見ると何所か沈んだ痛ましい所がある。

「なぜさ?」と私は何所まで深く感じてゐるかを知らうと何気なく尋ねた。

「だつて己のしようと思ふ事は何にも出来ないんだもの、己だつても東京へでも出て、何う成らうと自分のしたい事をして見たいと思つてゐるんだがね。」と云つて少時して「……まあ己の行く先は何う成るかつて事は決つてゐる積りだが……」と決心してゐるやうな何所か不安な様な調子で云ふ。

「然うかな、……だが誰だつて然うだぜ、唯し分別の余計ついてゐる者は此方から人身御供に成つてやるし、つかない者は愚痴を云ひ〳〵されるんだ。何うだい一つ悟を開いちや。」「然うなりや楽だがね」と湊一は然意を眼に見せて云つた。「だが、然うは云ふもんの己なんかはもう諦めてゐるから、悟つたやうなもんさね。」

此の言葉はあはれであつた。けれど強ひて追求するべきではないから、私は湊一の容易く払ひ去らうとするを幸に、話題を転じて行つた。

○

話は内田に移つた。

「清瀬に逢つた時にね『お前なぜ堕落したんだ』つて聞くと、『兄さんと同じ原因からですわ』つて云つてゐた。清瀬をあんな風にしてしまつたのは兄さんの責任だね」と湊一はにや〳〵しながら自分を高くする為に私を非難したいとやうに言ふ。

「其様な事があるもんか、己は逐ひ出されたんで、清瀬はそれを得心したんぢやないか?」と私は自分勝手な方面から頻りに弁護をした。

「然うかね……」と湊一は私の言葉の中に彼のまだ思ひ及ばなかつた新しいものがあつたやうに脆くも折れてしまつた。

「実は清瀬も妙な事を云つてゐた。あれだつてね、お腹の子は半産したつて云ふが実は然うぢやなくて無理に流しちまつたんだつてね。清瀬の云ふ所によると、中二階の階段から落ちて妙な心地には成つたが、死んだりなんかしたとは思はなかつたそうだ。所が産婆は死んだからつてので、無理に揉み下してしまつたそうだ。何でもおふくろが産婆に云ひふくめて相談づくでやつた事らしいつて。清瀬がそれを話した時にや口惜しがつてしく〳〵泣いてゐた。それからつてもの清瀬は急に堕落し出して、親達が何か云ふと直ぐそれを云ひ出すらしいんだ。何うも無理をしたと思はれる事にや、その後何様なに道草をしても結婚をしても子が出来ないんだものね。」

私は此の事は初耳である。心は驚いた。そしてそれと共に事実であると信じた。清瀬の潔く自分と別れる事の出来たのは、子さへ生まれゝば復た一緒に成れるといふ希望を持つてゐたので、又夫としての私には多くを云はなかつたが、腹の子の父としての私には手紙を寄せるのを憚らなかつた。それが半産をしてから、何事をも云つてよこさない。又それと共に頻りに悪声を耳にし出した。――此の事の裏には秘密があるとは私も看取する事の出来ない訳ではなかつた。果然秘密があつた。否罪悪があつた。悪婆！と心は罵つた。何うにかしてやりたいとも思つた。が次の瞬間には私は自己を中心に、冷い理性の命じる声を聞いてゐるのであつた。

【解題】

松本和田の窪田空穂記念館が製作したビデオ「空穂が語る　短歌の世界」を、記念館備付けのテレビで視聴することは、わたくしの取って置きの愉しみである。空穂の生涯と業績とがコンパクトに整理されており、人間窪田空穂があたたかく近付いてくる。何よりも、短歌について語る空穂の肉声と語る言葉そのものが、たまらなくよい。

「(短歌を) やっているうちにね、短歌という形式がだんだん惚れさせる力を持っている。それに惚れていいってしまう。どうもね、ちょっと歌をやった者は、短歌と初恋の相手は忘れられないものだって、こういうんだ。ちょっとそういったところがあって、惚れさせるところがある。」

「短歌と初恋の相手は忘れられないものだって」――空穂は笑いを含んだ声でこのように語る。初めてこの言葉を耳にしたときから、空穂には短歌と並列するような初恋が存在し、その初恋は一本の椎の木と関わり、処女歌集『まひる野』の相聞に繫がっていくような気がした。

空穂の弟子である村崎凡人は、その著『評伝窪田空穂』の中で、「あこがれ、恋」と題して、空穂のこの初恋について言及し、「この「少女」は誰なのかわからない。」と書いている。村崎は和田まで出向き、「この辺に丘の上に一本の椎の見えるところはありませんか」と尋ねている。「わかりませんね、若いときの通さまは美男だつたで、騒がれたということですよ」というのが、その答であったという。空穂の本名は通治なので通さま、と言われたのであろう。なぜ初恋の相手は、丘の上の一本の椎と関わるのか。村崎は『まひる野』所収の以下の歌を掲げている。

君が岡にまろくも立てるひと本椎その椎見ゆる有明月夜　　『まひる野』

愛しいあなたが住んでいる岡に　丸くこんもり葉を茂らせて立っている一本の椎の木よ　その懐

かしい椎の木が見えているよ　有明の月に照らされて

窪田章一郎は、『窪田空穂の短歌』の中で、「(空穂の)多感な青春期にいくつかの恋愛体験のあったのは具体的にではないが聞き知っている。」と書き記す。

村崎凡人の心にあった「ひと本椎」の歌について、章一郎は父空穂から聞いた記憶として、初恋と関わると思われる少女について、より具体的に書き残している。

「故郷にいた頃のなつかしい想い出が内容となっていると、作者から聞いた記憶がある。「君」は少女で、それがどのような人であるかと尋ねると、若くて世を去った少女だったと答えてくれた記憶がよみがえる。中学生時代にこのような事もあったのであろうが、この歌には直接に現われない背景である。距離をおいて眺める岡に、一本の椎の木が見え、懐かしく恋しい人の住む家のあたりの目標しになる木であることが解る。」(窪田章一郎『窪田空穂の短歌』)

前置きが長くなった。この「帰省の記」によって、空穂の初恋の相手が、空穂の父の弟、石川式次郎の長女河野《かわの》(墓碑名は可己の)であった可能性がきわめて高いことが分かる。父方の従妹にあたる。「帰省の記」が貴重な空穂研究文献であるとする所以である。河野が明治二十七年十二月十九日に数え年十九歳の若さで亡くなっている点も、章一郎の空穂から聞いた懐かしく恋しい人の記憶と合致する。今後、空穂研究を志す人の手によって、空穂の処女歌集『まひる野』の「あこがれ」の歌に代表される恋の歌が再解釈され、新たに甦ることを期待する気持ちが大である。「椎がもと」「一本《ひともと》百合」「昔の少女《おとめ》」「上田のひと夜」「野の家のとありし宵」などの言葉が浮かんでくる。

窪田空穂は恋歌の歌人ではないが、恋歌が無いというわけではない。いや、多くの方に味わっていただきたい恋歌は存在し、ふさわしい紹介の時を待っているようにわたくしには思われる。

「帰省の記」の本文に移りたい。二十二日は空穂に婿養子媒酌の労を取った、空穂の父の弟式次郎の婿養子先の石川家が舞台となっている。式次郎と妻田みこ、その長男湊一家族と弟の清人が主な登場人物である。長女の河野は十二年前に亡くなっている。石川家が裕福な農家であったことが、瀧のある見事な庭の描写と所有する土地の広さからも伺える。

長男湊一の妻（石川家の嫁）市は、幼子が二人いるのに、離縁になってしまう。徳富蘆花の小説『不如帰』に代表される、夫婦仲は良いのに、姑が気に入らないために離縁になる「姑去り」という離婚の形そのものではなく、夫婦関係そのものがギクシャクしていた上での「姑去り」のようである。家族関係の葛藤に対する空穂のスタンスが、よく示されている箇所がある。空穂は離縁になった嫁の味方なのである。

嫁として苦労した母ちかへの想いを重ねているのか、あるいは離縁になって空穂の家に戻ってきた、すぐ上の姉なをの哀しみを想ってか。

「私は嫁の方に同情してゐるので、今伯母の片訴へを聞いて見た所が仕方がないと思つたので、自然にその話を避けようとした。それで唯無意味に首肯いてゐるばかりであつた。」

肝心の部分に入ろう。亡くなった石川家の長女の河野との思い出がそこかしこに綴られている。真実の思いのこもった、味わうに足る文章である。空穂数え年十七歳、松本尋常中学四年生の時のことである。

「追憶は静かに立ちのぼる煙のやうに細く断れずやはらかに続いて来る。私は何時かその中に捲き込まれてうつとりと成つて来た。」

うっとりと……やはり初恋と名付けられる性質のものであろうか。

お風呂での追憶の描写も瑞々しく、一読忘れ難い。石川家は裕福であり、香りの良い洗粉を使っていたのであろう。「洗粉」といえば、空穂ファンならば、『空穂歌集』の「黎明」の冒頭歌二首を思い出さずにはいられない。

浴室やかをりえならぬ洗粉を身に塗りをれば亡き子おもほゆ

あの時の浴室だなぁ　言うに言われない良い香りの洗粉を身体につけて洗っていると　亡くなった恋しい人のことが自然に浮かんでくるよ

この「亡き子」は従妹の石川河野がモデルであったといえよう。

一つ岡ここに生れてここに死にわれ待つ子なる君をしおもふ
一つの岡であるここで生まれ　ここで死んでいった愛しい子　今もあの世で私を待っている君のことを恋しく想うよ

椎の木の岡の少女、それは河野のことであったのか。確定はできないが、空穂よりひとつ年上の十八歳であった河野は、従兄空穂に対する好意は好意として、空穂がまだ中学生でもあることから、河野との結婚を強く望んだ男性とひとたびは結婚した（させられた）ようにも推測される。しかし、程なくして離縁したようである。その後病を得たのか。村崎凡人は『評伝窪田空穂』の中で、「上田のひと夜」の女性と椎の木の岡の少女とを、同一人として描いている。

「二人は犀川を舟で下つて、篠の井から、上田にいつたことがある。」

信州の地理に暗いわたくしは、事の判断ができないが、「上田のひと夜」の歌には心惹かれ、上田紬の着物まで拵えたほどである。窪田章一郎は「「うれへ」は喜びに根ざすもの思いの意と思われる。これも真実感の表白で、秘めておけばいいものを、秘めきれず、思い切って一首としたのであろう。」（『窪田空穂の短歌』）と味のある解説をしている。

その人にうれひむ縁《えにし》負へるべしたゞかりそめや上田《うへだ》のひと夜　『まひる野』

想い合っていたその人とのかなしき縁は　わが身に負わなければならない　しかし儚いなぁ　上田でのたった一夜限りの契りとは

村崎凡人も、椎の木の丘の少女は他に嫁したと推定し、以下の雑誌「文庫」掲載の歌を挙げている。「こしらえごと」かもしれないがとして。さすが、村崎の推測は当たっていた。

行末をかけし乙女は人にとつぎわが志ざしは成らずもある哉

行く末は一緒になろうと誓い合った乙女は　他の人に嫁いでしまい　わたしの心に決めた思いは叶わなかったことよ

十八歳の若き日の空穂は、幼馴染の従妹の河野と結婚したい、という「志ざし」を抱いていたのかもしれない。窪田家に残る空穂の草稿断片（仮題「中学卒業前」）に、次の一文がある。空穂と思しき主人公正吾は、松本街中の橋の上に立っている。河野は清野となっている。若き日の空穂にとって、重たい初恋体験であったことが分かる

「――ぼんやりとして立つてゐると、彼の胸の中には、ちらちらと様々の物があらはれて来る……東京の町を、怨しく勇ましくさまよつてゐる姿、それが第一に見える。それが消えると、一つの顔……

「清野！」

と正吾は其の顔に向つて、涙声になつて、抱きかゝへるやうな心持で呼び懸ける。とその顔は、ぽつと闇の中に吸ひ取られたやうに消えてしまふ。

「あやまれ、――あやまつて呉れ！」と彼は追ひ駈けるやうに腹で言ふ。と続いて一つの心持が、ふつと思ひ懸けず湧いて来る。

「さうだ、お前の為に私は、此れまで決心が付か無くて居たのだ。――私に気迷ひさせて居たのはお前だ。――お前が私の運命を支配して居たのだ――」

言葉にするに随つて、正吾の心持は誇張されて来る。誇張と知りつつ誇張されて来る。最後の言葉を吐くと、彼の眼には涙がにじんで来た。

「内田の話」は、婿養子離縁後の後日談、それも空穂とその妻清世とのまだ生まれていない子どもの話である。空穂は、離縁後七年近く経ったこの時、ふたりの子どもは半産（流産）してしまったと思っている。年下の従兄である湊一の噂話は初耳であり、空穂の「心は驚いた」。しくしく泣きながら身に起こったことを話す若い清瀬（清世）、娘の為と称して理不尽な強い親、明治三十年代の家族の一つの在り様を示している。
二十二日の空穂の結びの文も心惹かれる。

◯

三月二十三日（清人と詩を朗唱、原の近藤家へ）

朝の中《うち》に帰らうと思つてゐたが、昨夜細君に促されて寝たのは三時過ぎであつたので、起きた時はもう午近い頃、朝飯と小昼を食べて　之れから原へ寄つてと出懸けたのは三時過ぎであつた。立ちしなに伯母は私の耳に口を寄せ、「清人に送らせるから、路で異見をしてやつてくれないかね、困つたもので、あれぢや原へもやれないから」と頼むのであつた。此れは昨日も一度聞かされた事で、生ひ先を頼んで愛して育てた子は多感な堕弱な少しも伯母夫婦の希望に添はないものと成つてしまつて、原から養子にと懇望されながらも呉れ惜んでゐたのが、今では先方から否まれそうにも見えるので、老いて子の生涯を思ふ上から、子が信用してゐる私の手をかりて、その心情を新たにさせようと願ふのである。私は首肯いた。

清人は髪の毛を長めに延ばして真二つに分け、頭に白いハイカラな襟巻を巻き、高歯の下駄を危げに穿いて懐手をして案内するのである。含み声のよくは聞き取れない調子で、兄がゆふべのやうな事を云つたのは初めて聞いた事、嫂の情に富んで兄を満足させてゐる事など、ぽつ〳〵と語つた。そして東京にゐた時から一度は聞かうと思つてゐた新体詩の朗読、それを終い聞けなかつたから、今日こそ聞かせてくれと迫るのであつた。私はよい折と伯母の心の大体を伝へてやつた。清人は首肯いて「私も此れからの事に就いちや、何うしてよいか分らなくてね、……原へ行つちや務まらないやうにも思ふし……」と消え入るやうな事を言つて聞せる。

私も何う云つたものか次いでは説いて聞せる事もない。堤の岸を通ると清人は今までの事は忘れたやうに復も朗読を迫る。私は「小諸なる古城のほとり」と藤村の詩の一節を朗読した。見渡すと野には一面の淡雪、春の光は弱くて何所か寒気を含んでゐる。清人は病み上りの窶《やつ》れの見える姿をして一心に聞き惚れてゐる、自分もかりそめの故郷の者、明日はまた遊子だと思ふと満月の風光が不思議にも胸に沁みて来る。河野の墓のある山、それを望んで、「しろがねの衾《ふすま》の岡辺、日に溶けてあは雪流る」と朗読した時には、唯義理に朗読するのではなく、作者の哀思はやがて我が物との感がむら〳〵と起つて来た。

原の家の上框に立つと、伯母とかねとは何か着物の綿造りをしてゐる所であつたが、私を見ると、

「まあお珍しい、よく」と心から喜んで迎へて、取り散らしてあるのを極り悪るがりながら早速座敷へ通して、挨拶も態とらしくなく済ました。そして「あなた博覧会は?」と私の身に迫つての大事のやうに云ひ出す。

「私は博覧会の前日にあちらを立ちました。如何ですす瀬黒でも云つてゐましたが、伯父と御一緒に博覧会見物に入らしては?」

「えゝもう云ひ暮してゐますが」と云つて始めて気の附いたやうに、「さあ何うぞ」と火燵をすゝめる。

かねは火燵へ火を持つて来、一寸挨拶をして立つたが、「いやですね、一寸顔見せるばかなんかは……」と何だか情夫を想ふやうな事を云ひ、眼に懐かしげな色を見せる、それが如何にも軽快で厭味がないので私も微笑してしまつた。

近藤は客と将棋をさしかけてゐた様子であつたが、未だ茶に成らない中に出て来た。博覧会から東京在住の頃の追憶、一人の叔父、永井一孝の噂と移つて来た。

「永井さんなら私も存じてゐます、いゝ学者です。」

「さうですか、彼れは私の従妹の子の養子で、その前高等商業にゐるのを養子にした事がありますが、此れは丁度あなたのやうな美男の方で、それに中々の才物でしてな、終学校を出て大阪の機船会社へ行つてゐる中に大分道草をしたのがもとで離縁に成つてしまひました。そのあとが今の永井です。……大分貯金も出来た様子ですが、……然うですかあなたも御存知ですか。」

「永井には面白い話がありますよ」と伯母もその話に附いて、前の養子が今も恩に成つたといふ所から親戚づきあひをしてゐるが、それが永井の気に入らなくて、細君が福島へ産をしに帰つて、予定より二三日も後れるともう嫉妬を起して困る事、以前の養子がよく気が附いて親戚中の褒め者で、あんな養子があるものなら、自分の子やなんかは要らないとまで云はれてゐた事など、それからそれと話は賑はつた。

此所でも内田の話は出た。伯父は、「いやあなたと云ひ石川といひ何れも手を焼いてしまひましてな。併しあなたには迚も務まらない家でした。先日も村上が寄りましたから『御養子は何をして御出でゞす』つて聞きますと、『ひきやも済みまして、此の頃ではつとつこを拵えてをります』つて云ふ訳で。」

「何て家でせう、私は腹が立つて〳〵、あなたが島立の学校に御出でだつて云ひますから、島立なら私も知つてゐるから云ひつけに行かうかと思つた事もありますす」と伯母は今更のやうに云ふ。

「いや私も覚悟が足りませんでしたから」と私は本当の事を言ふ。

「結構です、斯うお成りに成れば。此れから追て貯金でも成されば……。」

「あなた彼様な家にゐられるもんですか、早い話があなたで見れば若い者のつきあひにも後へ下つてはゐられませんし、行けば帰つて来て遊んでばかゐてお金をつかつてつて云ひませうし、何うして彼様な家に……」と伯母は現在問題が眼の前に横たはつてゐるやうに然意を見せていふ。

「今晩はお泊りに成つては？」と伯母は遠慮しながらすゝめる。私は然うも成らないからと断つて別を告げた。

清人が一二町送つて来る。

「何うだい体の工合ひは？」と尋ねると、

「少し急ぐと息切れがして……」と頼りない返事をする。その感情を包んだふつくらした様子が何所か河野に似てゐる。私は人目を盗んで一緒に学校の所まで行つたその日の事を思ひ浮べた。またの日を契つて、私は日の落ち去つた西山を望んで足を早め、彼は寂しげな姿を雪の野に引いて東に向つた。


【解題】

二十三日は石川式次郎の妻田みこの姉の嫁ぎ先で、清人の養子先と目されている、原の近藤家が舞台である。空穂が近藤夫妻を「伯父・伯母」と書いているのは、田みことの関係からであろう。近藤家は代官までした旧家で、空穂の村上家婿養子の件にも一枚噛んでいるので、話題に内田（村上家）のことが上り、空穂の後に入った新しい婿養子の話題などが出ており、興味深い。空穂は婿養子当時を、「私も覚悟が足りませんでしたから」、と振り返っている。

二十三日の初めの方に、原への道すがら同行する清人にせがまれて、空穂が島崎藤村の「小諸なる古城のほとり」の詩の一節を朗読する場面がある。空穂の早稲田大学教壇での、万葉集などの朗読を含む講義は素晴らしく、単位を取得した学生が重ねて聴講するほどだった、と読んだことがある。妻の藤野も高等小学校の生徒の頃に聞いた、空穂の詩の朗読を覚えており、以下のように記す。

「あの北側の教室で、先生がやさしい声で、詩だか新体詩だかをうたはれた時、妙な感じがして聞いてをつた、……」(『亡妻の記』)

空穂が藤野たち生徒に詠んだ詩は『若菜集』の「初恋」か。

三月二十四日（亀井家訪問、藤野に会う）

今日は此の旅の目的の一つである亀井の家を訪ねるべき日だ。同行するべき太田は、昨夜更けて車で乗り込み、上坐敷に寝てゐる。兄は土産物のよしあし、その上包みなどまで、うるさいまでに注意して、まるで私よりは自分の嫁でも迎へるやうな騒ぎをしてゐる。

私は垢染みた顔や手をやゝ湯を多くして洗ったばかり、支度も質素を旨として、車でといふのを断つて、徒歩で出懸けた。修一は芝澤の堤まで送つて来た。

太田はフロックの、釦の心の出たのを着て、先へ立つて大股に歩いて行く。私は日和下駄で、脇に土産物の包みを抱へて、後から随いて行く。昨日の雪は融けて路はぬかつてゐるが、日は春めいて、急ぐとやゝ汗ばんで来る。太田の諸方に対する風評の弁明を聞いて、からかひ半分の物云ひをしながら、急ぐともなく川岸を歩いて行くと、ふと今日の自分といふ者は、詩的のものだと思つた、否、詩的でなくてはならない筈だと思つた。何様な気がしてゐるだらう?と自分で自分を顧みた。が、唯胸の躍るのを待つてゐるばかり、何時か心の軽い所はあるが、同時にしんみりと、やゝ不安の気もあつて、小説の中に書いてあるやうではない、写生文の材料には成らないと苦笑した。

島立へ出るべきを間違へて、太田は永田へ出てしまつた。私たちは泥の中を辿らなければならなく成つた。ぱたり〳〵と歩きながら、「僕今年は、作をして見ようと思ふ、長篇にしようか短篇にしようかと迷つてゐるが、長篇だと藤村さんに頼んで単行本にしたいと思ふがね」など、気炎をあげる。「何を書くんだい?」「僕の今の心理状態さ。」「大分僕等に近づいて来たね」と云つたばかり、私は太田の此のがらにもない気炎もさして悪感を持たなくて聞けた。

家を回ると眼の前に見えるのは亀田屋で、私たちは田圃の中の細道を辿つて、やがて門口に立つた。家はガッシリした、酒屋風の土間の広い造り方で、厚みはある事はあるが何所かけば〳〵しい所もある。「かめ井」とすかし彫りにした玄関のすだれの真新しいのは殊に此の感じをさせた。家へ入ると酒蔵に働いてゐるやうな若い者が二三人、遠くから私たちを窺つてゐるのが眼に附いた。太田は帳場の側の狭い所から私を導き入れる。其所は主人の居間で、取引上の人と応接する所らしい。

火燵の正面にあたつてゐたのが亀井氏であつた。体のきやしやな、色白の面長な、顔の線の細く何所か円みを持つた、そして澄んだ眼の態とらしくなく軽く動く、——村落の人としては珍しい位垢の抜けた、商人風の所のある人だ。年頃は四十四五位であらうが、一寸見には四十位にも見える。軽快に私たちを迎へて、初対面の挨拶もよい程にした。私は魅力を感じた。今一人入口の方にゐたのは、五十二三、五分刈の頭の殆んど真白な、円く脂ぎつた顔をした人で、物を云ふ時に白い細かい歯を気に成るまで現はす人であつた。主人の紹介で、主人の妻の兄である事を知つた。私は一見して胸に親しくないやうに思はれた。

「此方へ」と亀井氏は先に立つて帳場から続いてゐる筥梯子に導いた。

二階は二間あつて、火燵の切つてある方は十畳、上は十四畳位であらう、一間半ばかりの床の間には一杯に仏壇が飾つてある、——門徒宗だ。

主人は私達を案内して直ぐ出て行つたが、やがて外套帽子、包みなどを抱へて、「御荷物を」と云つて持つて来た。私は土産物（兄の上書きをした）を出して、そつと隅の方に置くと、主人は立つて行つて、丁寧に頂いて仏壇の方へ持つて行く。

「桐原さん、あなたには両三回御目に懸りましたな」と、太田は接相役として態と来てゐるらしい桐原氏に話の緒をつける。——太田が山辺の学校にゐた当時、氏は学務委員でもしてゐたらしい。

「然うですな、ですが最う途中で御目に懸ると分りませんね。」と桐原氏は太田の様子をぞんざいな見方をしながら云ふ。

「然うでせう、異つたでせう！」と太田は興ありげに云つて、唇に微笑を見せた。

此の微笑を見ると、私も思はず微笑を洩らした。――山辺から逐はれて初めて和田へ来た当時の貧乏神のやうな風をした太田、それをフロックコートに髭をいたはつてゐる今の太田に較べては、見違へるのも無理ではない、何とか弥次つてやりたいと思つたのであつた。

「御娘さんは何う成さいました」と太田は桐原氏に尋ねる。

「あなたの御厄介に成つた訳でしたな、確か」と桐原氏は白い歯を見せて太田を見て、「あれは、御存知でせうか岩垂の岩垂某にやりました。」と改まつて報告でもするやうに云ふ。

「岩垂君は小学校にゐた時同級でした。」

「然うですか、……松本に一年ゐましたが、唯今は村の方にゐます。」

「あゝ、さうでしたな……」と全く注意の中へは入つてはゐないが、場合上取り繕はなければ悪いといつた様子がありくと見える。

「桐原直耶は……」と桐原氏は話題を転じる。

「あゝ彼れは何うです、私の申た通りに成りましたな、」と太田は自分の予言したやうに果して辛抱の出来ない人に決つたのを、やゝ得意気に言ふ。

「如何にも」と桐原氏は黙頭く。

話はそれから此れと、山辺の学校を中心としてめぐつてゐる所へ、主人の妻と藤野とは挨拶に出て来た。主婦は四十八ばかり、色の白い、みづ〳〵しい潤つた眼をした、口の大きい、何所か婦人病でも煩つてゐるやうな様子のある人である。大きく髷を結つて、眼立たない程に化粧をして、やゝ端手な風をしてゐた。藤野はつむぎの飛白の羽織に、同じ縞物を着てゐたが、何所となくじみで、年よりはふけた造りであつた。

私は二人の上へ眼を走らせた。主婦の若々しい、何所か甘い様子を見ると、次に藤野を見た、予期してゐた神経質の厚みのある顔ではなかつた。……頬の紅ゐな、眼の美しいといふ方でもない。小柄な、肥つた、何所かしつかりした、それでゐて稚態を脱しない——妻の妹でも見るといふやうな感じが起つて来た。路々の私の空想はあえなく崩れてしまつて、胸は急に広々と楽に成つて来た。

私は坐をすべつて、主婦に簡単に初対面の挨拶をし、藤野には黙つて挨拶をした。そして先方の迷惑を思つて、直ぐに火燵へ帰つた。

藤野は改めて茶の給仕に出て来た。振舞が落ち着いてゐて、何所までも自然で、家の客を迎へるやうにしてゐる。私は注意しないらしく見せて注意したが、事実顔も紅めなかつた。

山辺の話は腰が折れてしまつた。主人は私に向つて微笑しつゝ、「如何です、東京の様子は？」と尋ねた。その厭味のない微笑、細く艶のある声は、私をして楽んで口を開かせた。

「左様、東京の膨張力の盛んなのには驚きます。新宿とか中野とかつて方面へ行きますと、この頃まで林だつた所が、もう立派な町に成つてゐますから。殊に戦争後は然うのやうですね。……あれだそうです、学者の説によりますと、その当時の交通機関を利用して、一日に往復の出来るだけの広さまでは膨張する力があるものですつて。例へば駕籠の時代ですと、一日八里として四里四方まででは広がりますし、電車の時代に成りますと、電車で往復の出来る所まで広がれる訳です。——そうしますとまだ大分余地がある訳です。」

「然うですかな」と主人は私の顔を見る。

「然うかいなあ、然ういふ標準で広がるもんかいなあ！」と太田は交通機関を標準とするといふ論にひどく感心してしまつた。

「東京の変化するのを見てゐますと、その激しいのに驚いてしまひます、何所まで変化して行くんだか分りませんからな。」私は紹介者といふより何方かと云へば自分の感情を語るものに成つた。言葉にも調子が附いて来た。「早いお話が、唯今の十年は徳川時代の百年よりももつと多く変化しますから。四十年の間の変化は三百年よりも多いでせう！」

「然うですとも、十年所ぢやない、五年位なものでせう」と桐原氏は他所の財産の噂でもするやうに云ふ。

「如何にも」と主人は笑ましげに黙頭いて見せ、後を促すやうな眼をする。

「変化します中でも、思想上の変化には驚いてしまひます。政治上の事ですとか経済上の事ですと、何れも相応の設備がしてありますので、変化しようとしましても然う容易くは行かない場合がありますから、自然に遅れますが、其所へ行きますと、思想の方は唯頭だけで、何の面倒もありませんからずん〳〵変化して行きます。見てゐるだけでも忙しい位です。」

「成る程それは然うでせう」と主人は心に落ちたやうにいふ。

「何うでせう、此所には幸ひ桐原さんも居らつしやる事ですから、一つ窪田君の今度の事に就いての意見を聞かせてもらふのは？」と太田は主人と桐原氏とを見くらべて云つて、「君も御話しては何うだらう！」と私に促した。

私は答へなくて俯向いた。——迷惑に思つたのでも、極りの悪い訳でもなかつたが、自ら其様子に見えるやうに成つた。そして腹の中では、主人は賢くて何事も感じる力を持つてゐるが、中心は弱い人だ、斯ういふ人を対手にする場合には、皮肉に突込んだ事を云はずに周囲だけを細かく云つて聞かせると、その中に、此方で思ふよりもより多くの中心を盛つて呉れるものだ。そのつもりで話そうとの思ひが忙しく胸を走つた。

私は顔を上げた。主人はやゝ伏眼に成つて、私の顔を見るのを避けてゐる——話し宜い様にとの心遣ひだらう。桐原氏は何気ない様に立つた。此れは坐を外すのだ。

【解題】

二十四日は空穂自身が記しているように、今回帰省の主目的である、結婚相手藤野の生家である亀井家訪問の日である。空穂の友人であり、藤野の女学校の師である、この縁談の名実相伴う仲人の太田水穂が同行している。仲人太田は着古してはいるがフロックコートの洋装、主役の空穂は水野葉舟から借りてきた靴ではなく日和下駄とあるからには、和装であったと思われる。太田は空穂より半年ほど年上であるが、ほぼ同い年といってよい。空穂と水穂の親交は紆余曲折を経ながら晩年まで続くのであるが、この二人の人間関係は実に興味深い。

空穂と藤野の結婚の仲介者が水穂であったことは「帰省の記」で記されるとおりである。婿養子先から自宅に戻ってきた空穂に、短歌を作ろうと思わせたのは水穂であった。当時水穂は空穂の生家のある和田村の小学校の教員であった。水穂は既に歌人と称せられる域にまで進んでおり、識見も立っていたという。空穂は「私は太田に刺激されて、試みに作歌をし、評を得る目的で示すと、彼は一笑して詠草を突き戻し、「これは短歌ではない、可否以前のものだ」と言った。私は服せなかった。」(「私の履歴書」)と、書き残している。太田の言に服せなかった空穂が選者与謝野鉄幹の「文庫」に投稿し、鉄幹に推奨されたことから、歌人空穂の道は開けていくのである。空穂の詠草を一笑に付した水穂の役割もこの点から言えば貴重である。友でありライバルでもある空穂と水穂。「帰省の記」からは生中継のようにその事実が伝わってくる。当時をふり返って六十代の空穂は「なつかしくて同時に憎い太田水穂君」と表現している(「歌の集団を讃ふ」、『全集』第八巻)。空穂の第一歌集の題名を「まひる野」と決めたのも水穂であったという。太田水穂の処女歌集『つゆ草』を、苦労の末に出版までこぎつけたのは空穂であった。

水穂が七十九歳で故人となった時、空穂は「太田水穂君逝く」と題した四首を詠む。その中の一首が若い頃の和田村での想い出である。

遭逢《さうほう》のあとのあやしも我ら若く生涯の転機かもし合ひける　『丘陵地』

水穂と出会い関わりあえたことは不思議な縁だ　二人とも若く　生涯の転機を作り合ったなぁ

短歌を詠むという

生涯の転機を醸し合う仲……やはり得難い友には違いないであろう。このふたりが三十代の一時、交際を断ったことがある。大好きな女学校の恩師である太田先生と夫の空穂が疎遠になったことは、藤野にとっては少なからぬ嘆きであったことであろう。『亡妻の記』に空穂は以下のように記している。

或る程度までは互に感化しあつたこの旧友と別れるのは、私に取つては心苦しい事であつた。妻に取つては太田君は師であり、且つ媒酌人であつた。親しく出入りする家の多くを持つて居ない妻には、太田君の家へ遊びに行くのは楽しみの一つになつて居た。

「遊びに行ける家が一軒なくなつてしまひました」

妻はそう言つて嘆息した。がその事に就てはそれ以上には何も言はなかつた。

なぜ藤野が嘆息する事態になったのか。村崎凡人は『評伝窪田空穂』の中で、「伊勢物語」に関する出版をめぐってのトラブルであると述べている。確かに同じ明治四十五年四月に太田水穂が『新訳伊勢物語』を刊、二ヵ月後の六月に窪田空穂が『評釈伊勢物語』刊、あまりに偶然が過ぎる。村崎は記す。

　水穂は、四十一年に、四年間を勤めた松本高等女学校教諭の職を捨てて上京していた。水穂の住居は、空穂の竹早町とは三丁ぐらいの距離でもあつたから、よく往来していた。空穂の『伊《（ママ）》勢物語評釈』が出ることになつたときに、空穂は、親しさからそれを、水穂に話した。水穂は、同じ伊勢の口語釈を先に出版した。誰が古典を出してもいいことだが、この場合、水穂は空穂を出し抜いた形になつた。空穂は水穂と友達づきあいをしがたい気分に置かれた。空穂は水穂に手紙を書いて、書店に対しても非礼であることを難じた。それから、空穂、水穂は往来しなくなつた。

　村崎は「歌物語」という用語を始めて使ったのは空穂である、とも書いているが、わたくしは浅学にしてその真偽のほどは知りえない。一念発起しての上京四年、水穂の側にもそれなりの理由があったのであろうし、水穂研究にはその真偽が既に明らかにされているのかもしれない。後の大日本歌人協会解散に関わる水穂と空穂の関係のダイナミックスをも含めて、「空穂・水穂論」

の再考が適者を得てなされることを期待したい。

空穂は、「『太田水穂全集』の刊行を喜ぶ」と題する一文を寄せている。その中で、水穂創設の歌誌「潮音」について触れ、「歌誌二百を数える中の屈指の大誌」と評価している。水穂との青春時代を「お互に青春期で、夢が多かった。今から顧みると、時代そのものも夢が多く、青年はじっとしてはいられず、それぞれの夢を追って、実行に移さずにはいられなかったのである。」(「信濃教育」第八八九号、『全集』第十一巻)と八十四歳で振り返る空穂。その器の大きさとともに、時代そのものについても多くのことを想わせられる。

さて、藤野とのお見合い。生涯の特別な日の様子が生き生きと伝わってくるのだが、空穂、肝心なところで筆を置いてしまっている。秘すれば花か。未だの方は是非とも窪田空穂著『亡妻の記』(角川書店)をお読みいただきたい。「幻の書」がほんとうに見つかったのだから。

結婚前のふたりが交わした書簡が残っており、『亡妻の記』の中にもそのいくつかが書き写されており、「帰省の記」に辿り着くまでのふたりの熱く切ない想いが読むものにも迫ってくる。それ以外にも、松本の窪田空穂記念館にはふたりの書簡が保存されている。書簡を年代順に整理した上で、読み込み、共有できる空穂研究の資料としてまとめておく必要があると考え、二〇一六年に何とか実現した。拙著『明治の恋―窪田空穂、亀井藤野の往復書簡』がそれである。その中から結婚直前(六月五日付け)の藤野から空穂宛の書簡の最後のところを。松本の窪田空穂記念館所蔵である。

ひるは日ねもす、御なつかしき思ひを致し通し夜は夢にて差し向ひに御話をさへ承り居り候
毎日斯かる有様にて人にははづかしくて御話の出来ぬ処が事実にて候（笑はせ給ふな）

「愛ある所何の苦かあらん　安んじて来よ」あゝ此尊き御言葉、しかも尊き君より賜はりたる。
此身の幸多き事よ　かゝる君を夫として仕へまつるを得る我が生涯の幸福何物にかたとえん、
誰に較べん。

『亡妻の記』の中で空穂は結婚式後のふたりを記す。

私と藤野とは私の郷里の家で結婚をした。式後、二人で相対すると、私の胸には過ぎ去つた足かけ三年間の思ひが、今一度よみがへつて来た。今生涯の頂点である時の上に生きてゐるといふ思ひがした。その部屋は少女であつた藤野の年始に来たことのある部屋であつた。蛙の声が門田の方から頻りに聞えて来た。黙つてぢつと私の顔を見守つてゐる藤野の眼からは、涙が静かにこぼれ落ちて居た。

読むたびに胸に満ちてくる想いがある、窪田空穂の名文である。

初　恋――窪田空穂未発表小説

一九一三（大正二）年七月十五日の空穂の日記には、以下のように記されている。

「初恋」をやう〻〻書き終わる。八十枚足らず、此頃での労作であつた。客観的の心持は足りない、調子も細くだるい。が心理の確実はあらうと思ふ。
人前に出すに足りると思ふ。

空穂自身も大切に保存し、窪田家のご家族も大事に守ってこられたこの作品を、一〇六年の時を経て、「人前に出す」ことと相成った。空穂が松本尋常中学校時代のころのできごとである。空穂がモデルと思われる主人公の名は、清水六次郎、お相手の一つ年上のいとこ、石川河野《かわの》（可己《かわ》の）の名は、瀬川冨江として描かれている。
明治も二十年代の「初恋」、窪田空穂が書き残さずにはいられなかった、遠き日の「初恋」を、ともに味わいたい。

空穂はこの初恋をいくたびも書き残そうと試みた。反古とした原稿用紙を一枚、また一枚と大切に保存し、今日まで残されている。そのうちの一部を（相手の名は芳野）。

枝垂桜は日を受けて、艶めかしく寂しげな趣をし、芳野を蔽ふやうにしてゐる。
桜の下枝越し　遠く菜種の花と麦との野が見える。芳野は夢の国の入口に立つて
ゐるやうに思はれる。

空穂の初恋は、故郷の山の上　満開の枝垂山桜とともにある。

初恋

窪田　空穂

一

それは春の土曜日であつた。

中学生の清水六次郎は、学校が済むといつものやうにその中学の在る町からは二里ばかりも距てゝゐる農村の自分の家へ帰らうとして一二町ばかりも来たが、不意に立ち止つて、暫く考へてゐると見ると、向つて来た方とは全く反対の方《はう》へ引つ返して、すた〳〵と前よりは早い足取りで歩き出した。

平気で、さうするものと極めたやうに歩いてゐた彼の胸には、影のさすやうに家の様が浮んで来た。それは丁度桑畑の手入れの最中である。新たに雇入れられた日雇取は、忙しさうに家のまはりの桑畑へ出て働いてゐる。父も兄も、楽しい季節でも来たかのやうに、其所へ見廻つて行つて世話をやく。家の中はそれらの者に食べさせる飯拵へや、午前と午後の茶とでごたつく。……机に対つてゐる彼の前を、父や兄が通りながら、変な者でも見るやうに彼に眼を向ける。その眼には、「われも出て手伝へ。それが当り前だ」といふ色がありくと読める……

あの騒立つた空気の中で暮す今日明日《けふあす》——と思ふと六次郎は、急に家に帰るのが厭になつて来た。それは家の手伝ひをするのが厭なのでは無かつた。彼はこの頃、ぢつと自身の心持を守つてゐなければならないやうな気が可なり強くしてゐた。何の為と口に出しては言へないが、彼は自身の心持の中には、生れようとして生れなくてゐる不思議なもの〻あるのを認めてゐた。隠れて、無いやうにも見えるが、ある、確にある。そして何よりも先づ、その生れて来たのを待たなければならない。それには静な、周囲の者から妨げられない場所が必要だ——と彼は思つてゐた。何所《どこ》へ行かう?と思つたが、さうした所は何所《どこ》にも無い。強ひて求めると伯父の家だけである。

六次郎は伯父の家へ遊びに行かうと思つたのであつた。

伯父の家は彼の家とは反対の方角にあつて一里以上離れてゐた。

たまにより通らない其方《そちら》の町は、丁度まともにさして来る四月末の日光に照されて、店も、店にゐる人達も美しく彼の眼を刺した。——町と、町の人達の美しいといふ事は、この町に通ひ始めた当座は可なり強く感じた事であるが、それも何時《いつ》か忘れたやうになつてしまつた。それがこの頃になつて、又新しく彼の胸に感じられて来た。里を越し、村を越して、労れ気味になつて町へはいつて来た朝の最初の瞥見、そして、又帰りに、町の彼方にさみしい野を思ふ時、彼の胸には淡いながら寂しが起つて来るのであつた。

彼は学校の往復に通る町の間、それは短い、そして早足に通り過ぎてしまふ所であつたが、彼は丁度餓を感じてゐる者が飯食店の前を通り過ぎる時に投げるやうな、人に気附かれない、そして烈しい思を語るまなざしを投げるのであつた。

美しい通りにも、ゆかしさを感じさせる店の奥の方にも、特に彼の眼を惹きつけるものは見えなかつた……。村から用足しに出て来た人と、荷車との往き来する間を通つて行く中《うち》に、何時か彼の眼の前には田圃が展けて来た。

真つ青に蓮華草に埋められた田は、その中にところ〴〵菜種の花の黄に咲いた畑をまぜて、遠く遠く続いてゐる。樹立に囲まれた家が、飛び〳〵に低く立つてゐる。それを越して前面から、ずつと左右へ懸けて、パノラマのやうに山脈が横へはつてゐる。その山脈の左手の方《はう》だけは、丁度弓の弦のやうに平の中へ曲り込んで来て、その頂きの一線は、眼を挙げてとめる程にも近くなつてゐる。

その田の中を縫つて、一筋の往還は白く乾いて何所までも続いてゐる。往還に沿つて電柱が立つてゐる。

清らかに、一ひらの雲も浮べない空は、一杯に日の光を含んで明るく輝いてゐる。蓮華草も、電柱も、往還も、ちら〳〵と光つて、そして平全体は柔かにだきかゝへられて眠りに入らうとしてゐるやうに音も立て無い。

六次郎は、眩しいやうに眼を細くして田圃を眺めた。太陽は急に彼の顔に近く輝いてゐるやうな気がした。

遠く喇叭の声が起るかと見ると、人通りの殆ど無い往還の上へ一台の乗合馬車が現れて来た。此方《こちら》へ向つて走つて来る馬の姿と、御者の姿とが小さく眼に入つた。

彼はそれを見ながら　往還に沿つて続いてゐる土手を登つて行つた。その土手は川床になつてゐた。山から流れて来る川は、流れと共に砂を運んで来て、何時《いつ》か往還よりも高いものとなつてゐた。橋を渡つて、今まで左手に眺めて来た山の方《はう》へ向つて下りて行くと、眼の下に静な村落が現れて来た。

その橋を渡ると六次郎は何時《いつ》も、初めて伯父の家へ尋ねて行かうとして、その橋の位置を繰り返し繰り返し教へられて、そして見落すまいとして一心に注意して歩いて来た日を想ひ起すのが癖のやうになつてしまつて居た。

それは彼が中学生になつて、その村の家から中学のある町へ毎日通ふ事になつた年の秋であつた。

六次郎が学校から帰ると、家には伯父が客に来てゐた。

「おゝ、帰《けえ》つたか。」と伯父は挨拶に行つた六次郎の顔を見ると、丁度大事な使に出て帰つて来た者を迎へる時のやうに、何時《いつ》に無いやさしい、そして何所《どこ》か改つた調子で言つて迎へた。

「六公、中学へ入つたてな。——一年早い訳だが、うまくやつたいなあ。」

伯父の眼には、明らかに感心した色が浮んで居た。六次郎は頰を紅めながらも、伯父は何故《なぜ》そんなに感心するだろう……と怪んだ。

「六公、お前今年《めえことし》や是非《ぜひ》おれの方《はう》の祭へ来て呉れねか。——何時《いつ》の年《とし》も此の家《うち》からは来て呉れねで、寂しくていけねがのう。——兄様も嫂様《あねさま》も、今年《ことし》やこれをおよこしなすてお呉んなさんし。」

六次郎は生返事をして居た。が祭の日が来ると両親に勧められて、学校から直ぐに行つた。

彼は伯父の家の立派な構へであるのを初めて見た。極たまに、一人一人《ひとり〳〵》よりは見なかつた伯父の家族の、一しよに賑かに暮してゐるのを見た。其所には、祖父母がゐて、家の前にある長屋門の一部を綺麗な隠居所にして暮してゐた。白い髯を長く垂した祖父は発句を詠むのが楽みであつた。三人の従妹弟《いとこ》が居た。六次郎は惣領の富江の何時《いつ》の間《ま》にか大きくなつてゐるのを内々呆れた。

家の者は喜んで迎へて、馳走もして呉れたが、祭を見に行かうといふ者は無かつた。

「お宮へ行つて見ないと、お祭に来たやうでも無いな。」

従妹弟達と遊びながら六次郎は呟いた。と富江は、困つたやうな顔をして、

「お宮へ行つても見るものも無いが……」と言ひながら、顔いろを読まうとするやうに六次郎を見上げた。

二人は宮へ行つた。それは田の畔の細路を通つて、旱魃の時の用意だといふ大きな池の側を通つて、松山を可なり登つた所にあつた。宮には燈明と幟とがあがつてゐるばかり、子供が四五人さむしく集つて、太鼓を叩いて居た。

「此れがお祭かい——」と六次郎は小声ながら嘲るやうに言つた。彼は自身の村の祭の賑さを思

つて誇を感じた。

冨江は黙つて、きまり悪るさうに微笑してゐた。

宮を出てもと来た路を家へと帰つて来た。

「……私は此方《こつち》から行きますで――」

冨江は呟くやうに言つた。六次郎は何故《なぜ》そんな事を言ふのかと思つた。そして田と田の間の細い路を、草の露に濡れまいとするやうに著物の褄を取つて、早足に逃げるやうに行く従妹の後姿を見送つて、彼は一人で歩いた。

五六人の若者の一団となつて此方《こちら》へ来るのが、薄暗の中《なか》から現れた。若者はすつと六次郎の側へ寄つて来て顔へ覗き込むと見ると、慌てゝ避けてしまつた。

――追想は六次郎の胸から消えた。淡く、何の痕跡も残さずに消えて行つた。彼はこつ〳〵と鳴る自身の踏の音を聞きながら、一つの部落を越して、山の裾の路を歩いてゐた。

山の半腹から裾へかけて一面の桑畑であつた。小石の多い畑から桑の枝は寂しく立つて、やゝ黄ばんだ若葉を吐いてゐた。畑の中には男がゐて、鎌を持つてその枝を根もとから切つてゐた。

路ばたに小さな宮があつた。それをめぐると、山と、一度別れた土手とが抱き合つて、一つゞきの田圃が出来てゐた。山と土手とは丁度網の口のやうに狭まつて一緒になつた。その網の口の所に、此方に向いて大きな家が建つてゐた。

六次郎は足を早めて、土手の下の路を歩いた。土手を蔽つてゐる川柳とさいかちの若葉は、日光にきらめきながらも、影をつくつてゐた。そよ〳〵と風も吹いてゐて、六次郎のやゝ汗ばんだ顔に快くさはつた。

「おや?」と六次郎は眼を凝して真向ひに見える、大分近くなつて来た家の前を見た。長屋門の入口の所に、誰か人が立つて此方《こちら》を眺めてゐるらしい。誰だらう……。新一(上の従弟)でも無さゝうだが……と思ひながら歩いて行くと、ひよいと其の側に小さな子の姿が並んだ。

それが冨江と、下の従弟の清次だと六次郎に分つた時には、清次はにこ〳〵として六次郎を呼び懸けた。冨江は眩しいやうな眼をして六次郎を見ながら、黙つて挨拶した。

「何して居たんだ。」六次郎も笑顔で返しながら近寄つて行つた。清次の頭に手を載せた。――道ばたの小川の水をとめ、砂利で堤防を拵えたのが六次郎の眼にとまつた。

「水いぢりだな――」

「うゝん。」と清次は首を振りながらも、極りの悪るさうに冨江の袂にぶら下つて、袂で顔を隠さうとした。そして彼女の顔に眼を移すと言訳のやうに言つた。

「……姉様と、兄様の来るな待つてたい。」

「まあ、あんな嘘を――」冨江は顔を真つ紅にした。その眼には怒が湧いて涙にならうとするやうに見えた。そして清次の顔から離れなかつた。

六次郎は聞えなかつたやうな顔をした。「皆な家にゐる?」と聞きながらも彼は長屋門の下を通つて、家へと歩んで行つた。

二

六次郎が入《はい》つて行つた時には、瀬川の家の者は皆な一緒に集つて、午後の茶を飲んでゐた所であつた。

それは勝手に並んだ茶の間であつた。炬燵は何時《いつ》か取り去られて、代りに長火鉢が据ゑてあつた。壁に寄せて茶簞笥が置いてあつて、それに並んで今一つ小さな簞笥が置いてあつた。それは帳簞笥で、主人に属する物である。茶の間は主婦の居間ときまつてゐるのであるが、此の家では主人も其所にゐるのだと知れた。

長火鉢を前にして、五十を一つ二つ越したかと思はれる主人は据わつて居た。その側に主婦はゐた。新一も居て、大きな黄粉結飯《むすび》にかじりついて居た。

「まあ――」と主婦は第一に笑顔で六次郎を見上げながら言つた。その躍つた眼には彼の遊びに来たのを心から迎へる色があらはれて居た。

六次郎は伯父に伯母にと順々に、親しさうに簡単な挨拶をした。

「何方様《どなつさま》もお変りやござんしねかい？」と伯母はやゝ改つて尋ねた。

「えゝ」と六次郎は答へて、眩しいやうにその顔を見返した。

用はそれで済んだやうに、瀬川の主人も主婦も何時《いつ》もの顔にかへつた。六次郎も呑気に胡坐を組んだ。

「此んな物だが……」と言はれて主婦に侑められた黄粉結飯を六次郎も取り上げた。

一緒になつて茶を飲み、黄粉結飯を食べてゐると、六次郎は直ぐに、自身も此の家の家族の一人《ひとり》のやうな気がされた。周囲からはすつかり懸け離れた、そして其所《そこ》に何ういふ事が起つたといふ噂を運んで来る者も無いやうな家に、静に、そして伸び〳〵と暮してゐるやうな気がした。伯父の顔いろは少し青く、眉間には皺が寄つてゐる、それも何時もの通りであつた。そしてその皺も、心配からでは無く、むしろ習慣からで、そして晩酌の一徳利を傾けて、その青い頬がうす紅くなつて来る頃には、その皺は伸びて、むつちりとしてゐる口も軽く開く事が予想された。伯母の、絹物の古くなつたのを、立つと裾を曳きさうに長めに著てゐるのも何時もの通りであつた。眼が渋つた時にするやうに、をり〳〵強く瞬きをする癖も何時もと少しも違はなかつた

庭口へ向つた方《はう》は格子になつてゐる。そして障子は明いてゐて、裏庭が見えた。葡萄棚の上に這はせてある葡萄の蔓が小さい若葉を出してゐるだけ、其所から見える裏の土蔵も、土蔵の側《わき》を掠めて見える河原の土手の上の樹立も、その樹立を越して見える空の色の変つてゐないやうに何一つ変つたものも無かつた。

「試験は何うだつた?」六次郎は思ひ附いたやうに新一の顔を見て聞いた。

新一は黙つて六次郎の顔を見返した。子供に似合はないませた、相手を馬鹿にしたやうな眼つきは、六次郎に軽い不快を与へた。が其の眼の底には羞恥の影が動いて居た。「……出来なんだな。」と六次郎は心で思つた。

「六さ、聞いてお呉んなさんし」と主婦は、新一を見据ゑるやうに見た眼を六次郎に移した。その眼は故意に鋭くされてゐるのが六次郎には感じられた。

「この子つて言つたら口ばか達者で、学校の事つて言や其方《そつち》退けでござんしてね。先生がかう言ふやござんしねか、『新さは読方より講義の方《はう》を先へ覚えてしまふつて。』――本当に、何つて言ふ子だか。」

さう言つてゐる中《うち》にも主婦の顔には、何か嬉しかつた事を思ひ出したやうに微笑が湧いて、それが蔽へずに顔に広がつて来た。新一はその微笑を捉へると、直ぐににや〳〵として来た。

「いゝぢや無《ね》えかね、口だけでも達者な方《はう》が――」

「あれだ！」と主婦は怒るにも怒れないと言ふやうに言つて、そして又眼を鋭くした。

六次郎はやゝ改つた顔をして新一を見た。

「今はいゝが、その中《うち》に勉強して置かないと。中学へ行つてに苦しいぜ――」

中学と言はれると新一は、眼を伏せてしまつた。

「それでござんすわね、六さ。この頃ぢや村の内でも、一層の者の子供まで『中学』つて言ひますでね。それに負けちや恥しいと思ひましてね。」

主人は聞えないやうな風をして、眉間へ皺を寄せたまゝ煙草を吸つてゐたが、主婦がさう言ふと、急にほつと軽く溜息をもらした。そして眼を六次郎に向けて、

「お前《めえ》ちつと、叱つたり、物を覚えたりしてやつてお呉れ。何うも困り者で――」

「本当にねえ六さ。――それに伯父様もあゝして役場へなんか出てゐて見りや一層ねえ……。」

伯父伯母から改つて頼まれるやうに言はれると、六次郎は頰を紅くした。「……この家《うち》で私を迎へるのもその為だな――」と彼は、頰の色の元へかへつた時には思つた。

「丁度に行かねえもので。冨江とこれと入り変つてゐて呉れると丁度いゝけれども――」

新一はとひよいと主婦の方《はう》へ顔を突き出して見せた。とぼけた顔をして。が眼の中《なか》には深い憎悪が動いてゐた。

主婦はその顔は見なかつた。

「六さに著物を」と主婦は呟いた。長煙管に煙草をつめながら、「冨江は何うした?」と坐敷の方《はう》を見廻した。

その事を言ひつけようと思つた娘が見えないので主婦は、勝手の炉ばたにゐた下女を呼んだ。

「お七、六様に著物をな――」

女中は茶の間に続いてゐる間の方《はう》へはいつて行つた。

三

晩飯は茶の間で賑かに食べた。

「お客様も此所《ここ》で御免蒙つて――」と言つて、主婦は六次郎の膳を主人の側に据ゑた。

主人は晩酌の猪口を干しながら、

「何うだ、六、一つやらねか?」と言つて若い甥の方を見た。六次郎が首を振ると、黙つて自分で酌をしては飲んだ。頰のあたりに少し赤みのさして来る頃には、眉間の皺も消えてしまつて居た。

猪口を伏せて、飯茶椀を出した頃には、もう六次郎や新一は茶を飲んで居た。

木戸口のくゞり障子の明く音がして、暗い土間にそつと気兼ねらしく歩く下駄の音がした。主人も主婦も聞えないやうな風をして居た。

「御ぜん中でござんすね。お静にお上りなさんし――」

「まあ、わで（上手）のおつ様―さあ」と主婦は眼を躍らしながら、張りのある声で迎へた。「さあ、何うぞ。」

「御免なさんし。」と言つて、暗がりから明りの所へ、六十近い、あから顔の、眼尻に深い皺を寄せた男が顔を出した。微笑した口からは、大きな、黄くよごれた歯があらはれてゐて、それが眼に着いた。

「お客様でござんすね。ようお出《い》なさんした。」

挨拶をされると六次郎は、困つたやうな顔をしながら黙つて挨拶を返した。

「新一、座敷へ行かないか?」六次郎はさう言つて其の場を立つた。新一も黙つて起ちながら、

「お七、座敷いランプ持つて来い。」

座敷にはまだ炬燵があつた。冷たい懸蒲団にさはると、二人は火を欲しくなつた。女中に火を

入れさせて、そろ〳〵炬燵櫓の暖くなつて来る頃には、茶の間の方《はう》では主婦、夫婦のはしやいだ話声が聞えて来、をり〳〵客の笑ひ声もまじつて聞えて来た。

「こゝの家《うち》は、妙に隣り近所の者に大騒ぎをする家《うち》だ。」六次郎は自身の家に較べて変に感じた。

六次郎と新一とはまじ〳〵と顔を見合せてゐるばかり、何の話も無かつた。打明けて話し合ふ事によつて親しさを感じる生活上の微細な事柄、さういふものも二人《ふたり》の間には無かつた。新一から見ると六次郎は、想像もつかないやうな遠い世界にゐる人、六次郎からは新一は、聞くにも足りない程つまらない世界にゐるものに見えた。

六次郎はたゞ一人《ひとり》、ぽつねんとゐるやうな気がして来た。

心を散らすべき何物も無くてゐる時間を彼は避けようとした。それは無意識ではあるが、何時《いつ》ともなく習慣になつて居た。彼は歩くか、遊戯をするか、話すかそれでもなければ手当り次第に何の本でもひろげて、それに心を打ち込んだ。たゞ一人《ひとり》ぼんやりとしてゐると、彼の心は彼の眼に続く空霊を追つて伸びて行つた。空にでも、山にでも、壁にでも、懸軸にでも。そして眼に映つたものは直ぐに消えて、そこには直ぐに別の物が浮んで来た。

それは彼自身であつた。否、現在の彼ではなく、将来の彼であつた。彼には何時《いつ》も現在は空霊であつた。此所《ここ》にかうしてゐる現在の彼は、将来の彼の準備であつた。そして其の将来の彼は、何時《いつ》もぱつとしてゐて、取りとまりの無いものであつた。それは丁度、六月の広い草原の上に映つて動いて行く空の雲の影のやうであつた。

或る時にはそれは華やかに見えた。願つて叶はないものは無い——と、ぱつとではあるが深く信じてゐる心の前には、華やかな彼自身が浮んで来る。桜の花の中《なか》に顔を埋めてゐるがやうな、明るく、柔かく、待つてゐるとい丶匂ひのにほつて来るやうな気のする華やかさである。が或る時は反対に、悲しい彼となつて来た。そして其れは不思議にも、真つ暗な広い野の中《なか》を、短刀を手にしてたゞ一人《ひとり》、まつしぐらに駈けて行く所の彼である。前には敵がゐる。大敵が……と思ふだけ、その敵は何であるか見えた事は無い。そして彼の額からは汗が流れ、歯は喰いしばつてゐる。

それは楽しくも、悲しくも、彼は見定めたくは無かつた。見定めて、それと見当の附いてしまふのが惜しかつた。惜しいよりも怖かつた。……も少し見てゐると、その形ははつきり見きはめられさうな気がするので、何時《いつ》も慌て丶気を転じてしまつた。

ともすると彼の眼の前には、色の白い、眼のぱつちりと涼しい、若い娘の顔が浮んで来た。顔と言つてもそれは一つのきまつた顔では無かつた。ちら〳〵と白い皮膚や、黒い髪や、眼などが、闇の中《なか》で子供達の遊びにする線香花火のやうにちらちらと見える。見えてはくづれ、くづれては見える。何時《いつ》か其の顔は、一つの顔となる。それは町で、通りを歩きながら見かけた顔である。彼は首を振る。と其の顔は消えて、又別の顔が浮ぶ。彼は又慌て丶首を振る……

「新一、何か本は無いのか？」

「本？——あ、上坐敷の床前に雑誌があつたい。」

彼は炬燵を出て上坐敷の方へ行つたが、直ぐに四五冊の雑誌をもつて来て、其所へ投げ出した。それは赤十字社の報告と、「女鑑」といふ婦人雑誌であつた。誰が読むのかと思はれるその二種の雑誌は、前から此の家へ送られて来てゐた。女鑑の方《はう》は封を切られてゐたが、赤十字社のは帯封のまゝになつてゐた。

「此れか――」と言ひながらも六次郎は一冊一冊手に取つて見た。その中には前にもう読んだのもまじつて居た。

が六次郎の眼は、何時《いつ》か一冊の「女鑑」のページからページへと、吸ひ着けられたやうになつて来た。

そこには烈女伝があつた。女に対する訓戒があつた。歌があつた。紀行文があつた。――それらは皆な六次郎の眼にうつつて、頭を掠めて消えて行つた。

茶の間に高い笑ひ声がした。と続いて客の挨拶をする声がして、木戸口の潜り障子が鳴つた。「も少ししたら寝ろよ。」と主婦の声で誰かに言つた。家の中が急にしいんとして来たと思ふと、爐ばたで、今までぶつすりとも声を立てなくてゐた下男の、何か呟くやうに言ふ声が聞えると、下女のお七の蓮葉な笑ひ声が起つて来た。

「……何を言つてるんだらう?」と六次郎は思つた。さゝやくやうな男の声と、蓮葉な女の笑ひ声の後ろにあるものは、大凡何ういふものだといふ事が直覚されて、そして聞いて見たいやうな気もした。

彼は慌てゝ、なくなしてしまつた行を眼で捜した。

襖の明く音が耳にはいつたので、六次郎は雑誌から眼を離してそちらを見た。と冨江が茶盆を持つて其所に立つて、坐敷の中を見てゐる眼と見合せた。

冨江は六次郎と見合せた眼を、つと新一に走らせた。「まあ、何ずら新一つて言や。」

冨江の調子には、恥かしい所を見られたやうな、たしなめるやうな、怒《おこ》つたやうな所があつた。そして大人《おとな》らしくも聞えた。

六次郎も新一の方《はう》へ眼を遣つた。注意から消えてしまつてゐた新一は、何時の間には炬燵の上へもたれかゝつて転寝をしてゐた。口をあいて、いびきを立てゝ寝てゐる顔は醜く見えた。

冨江は茶盆を火燵の上に置いた。そしてその拍子に見るともなく六次郎の顔を見た。その眼の中《なか》には、何所《どこ》か落ちつかない色があつた。直ぐにその眼は又新一の方へ向けられた。そして居ざり寄つて、新一の肩に手を懸けてゆすりながら、

「新一！――新一！」と呼び覚さうとした。その声は低く柔かい調子に変つて来て居た。

新一は何か口の中でむにや〳〵言つたゞけ、炬燵蒲団の上へ押しつけて此方《こちら》へ向けてゐた顔を、彼方《あちら》向きになつてしまつた。

「まあ！」と冨江は、呆れたものだと言つたやうに眼を見張つて、暫く新一の頭を見詰めてゐたが、六次郎と顔を見合せると、さもをかしいものを見た時のやうに眼で微笑をした。

「いゝぢや無いか、寝てゐても――」と六次郎は新一の顔を見ながら言つた。

「え ゝ。でも風邪《かぜ》を引くといけないから――」

「大丈夫だよ。」と言つて六次郎は、……それ位の事に、あんなに心配をして騒ぐのか知ら……と、むしろ不思議なやうな気がした。

冨江は茶を注いだ。……むつつりした、無愛想な、気の知れない子だが、優しい所があるんだな……と思ひながら、六次郎は俯向いて茶をついでゐる冨江の横顔を眺めてゐた。と、急須を持つた白く丸みを持つて来た手にも、ぽつと薄く紅みを帯びて来た頰のあたりにも、彼は今まで気の附かなかつた、何か新しいものがあるやうに胸に感じた……。さうだ、髪の毛も艶々として、さはると柔かさうに見える耳たぶとのあたりに、何か知ら不思議な、美しい影のやうなものを漂つてゐる……

さうした心持は、六次郎の胸を、丁度小鳥の飛ぶやうに早く通つて行つた。それと共に彼は、初めから無心であつたがやうに、冨江の横顔を見続けてゐた。

急須の茶はもうしたまれてしまつてゐた。ぽちり、〳〵と雫が落ちるのみであつた。が冨江は、最後の一雫までしたまうと思つてゐるかのやうに、急須の口と茶飲茶椀の間から眼を離さずにゐた。そしてその頰はぽつと、明らかに紅みを加へて来てゐた。

……横顔を見てゐたのを気が附いてゐたんだな、と思ふと、六次郎は慌てゝ眼をそらした。とその瞬間に、冨江も急須から眼をそらした。

二人《ふたり》の眼はランプの灯かげの中《なか》でちらりと逢つた。

六次郎は不思議な感じに捉へられて来た……。今まで何遍逢つてゐても何とも思はなかつた富江、此れといふ印象も記憶も残させなかつた富江、それが何ういふ訳なのか、急に親しみのある、丁度胸に手を触れて、その鼓動も感じて来た親友のやうに思はれる。そして、今までは別段美しいとも思はなかつた子が、丁度夏の暁、まだ日の出ない前に田圃路を歩いて、此れまで平気で踏みつけて来た白い野菊の花の露にぬれて、寂しく、つゝましく咲いてゐるのに思はず眼を据ゑた時のやうに、心附かなかつた美しさを持つてゐる。

六次郎の不思議な感じは、それだけではなかつた。今まで平気で雑誌を読んでゐた坐敷は、今かうして冨江と向ひ合つて、側《はた》に誰一人《ひとり》注意を払ふものもなくてゐると思ふと、急にかう、嵐の来ようとする前に空気が濃厚になつて、息苦しくなつて来る、それに似た気分を与へる坐敷となつて来た。そして又、今までとは違つた、何所《どこ》か遠い所にでもある坐敷のやうな気がする。

ランプの灯は六次郎の眼には、ゆら〳〵と、何か秘密な思ひに燃えてゐるやうに見えた。明るく眩しくも見えた。――しいん、と急に怖しく静かになつて来た周囲、止《とま》つてゐた時計が急に廻り出して来た時に感じるやうな「時」の歩み、それらが今、この白く燃えてゐるランプの灯影をめぐつて、動いて、彼の胸にははつきりと感じられるものとなつたがやうである……

冨江は新一に寄り添つて、六次郎と向ひ合ふやうにして炬燵へ膝を入れてゐた。そして何か言ひたさうにしては、六次郎の顔を見ては、言ひそゝられるやうにしては、振り返つて明けたまゝの襖の隙き間から勝手の方を見た。と、六次郎もそちらを見た。――ランプが眠さうにともつて、そして爐で焚いてゐる火が、明るく帯戸の一部へぽかり〳〵と映るのが、暗い広い間《ま》を越して見えた。

　六次郎を捉へた不思議は、しかし不思議その物としては彼にはそれ程珍しいものでは無かつた。彼は自身の心持を手離して、行くに任せてゐると　かうした胸のをどるやうな不思議には、何方《どちら》かといふとたやすくはいれた。そして彼はそれを避けようとさへしてゐた。彼はその不思議が今、明らかに富江によつて与へられた、その事の方《はう》が不思議に感じられたのであつた。

　……何を話さうとするのだらう？さう思ひつゝ、また勝手の方を振り返つた富江の横顔を追つた時には、彼の不思議の感じは、丁度風の吹き過ぎて行くがやうに薄らいでしまつて居た。

　話の糸口を引き出してやらうとするやうに、六次郎は富江の顔を見ると柔かに微笑した。そして他意の無いやうに装ひながら、富江を批評してゐた。……美しい女では無い。……胸一杯の夢を繋いで行かれるやうな、そんな柔かさも撓かさも持つた女では無い。いや、そんな事を思つたゞけでも、自身の持つてゐる矜を傷つけられる。……だが、さういふ所が妙に気やすく感じさせる。ちよつと可愛い所から無意識に手を伸して摘んで見る野の花のやうに。ちよつと気に入つた、値段も安い本である所から、躊躇なく蟇口を出して見るやうに。

「……従兄《にい》さま。」と富江は呼び懸けた。その声は改まつて、少し顫へを帯びてゐた。眼には先生の前に立つて物を言ふ時のやうな本気さがあつた。

　六次郎はその顔をぢつと見た。

冨江はちよつと眼を伏せたが、また六次郎の顔を見て、

「あの、今日《けふ》清次の言ひました事ね――」

「……清次の言つた事?」と六次郎は冨江の顔をぢつと見た。何だつたらうと言ふやうに。

冨江の顔はぽつと紅くなつて、その眼は極り悪さに燃えた。

「あゝ、あれか――」と、六次郎は投げ出すやうに言つた。それは冨江が、彼の来るのを待つて門《かど》に立つてゐたとか言つた、その事だらう、と心附いた。

「あんな事、嘘でござんす。――本当に仕方の無い子とも何とも。」冨江は一気にさう言つた。

そして、黙つてはゐられない、思つても腹が立つと言ふやうに、眼に本気な色を籠めた。

「はゝゝゝ、」と六次郎は急に笑ひ出した。と、冨江がさつと又顔を紅くして、彼の顔を見ると、彼は気の毒さうに慌てゝ言ひ足した。

「何だ、そんなつまら無い事、――もう忘れちまつて居た。」

冨江はほつとした。そして黙つてランプの灯を見上げた。

四

女中は上の間に床を敷いて勝手の方《はう》へ消えて行つた。

「新一!新一!」と、冨江は眼を覚ませて寝せようとして肩をゆすつた。が新一は眼を覚ましさうにもし無い。

当惑に包まれてゐる冨江の声に、素振りに、そして其の眼に、何物か、その外の或る物があつて、かすかに動いてゐた。六次郎の胸はそれを感じた。

六次郎は寄り合つて起してやらうか、と思ひながらも、注意は冨江に取られてゐた。

……さうだ、それは丁度、何か悪い事をした時に、ちよつとした、悪いとも思はなかつた程の悪い事をしたのを、誰か気遣ひな人に見附けられた、と自身の為た事の悪かつた事を初めて気が附いて、はつとする、その時の表情に似てゐる。と其の事の為に、今までの自身は仮面をかぶつて居たので、今の自身が本当のものゝやうに思はれはしないか、と案じられて、見すかされて、自由を失つて、何うする事も出来ないやうな気がちよつとの間する、その時の表情に似てゐる……。

「おい、新一！」と六次郎は呼んだ。と新一は眠さうな眼を細く明いた。と思ひ懸けなく六次郎の顔を見たやうに、眼をしばだゝいて見たと思ふと、つと立つて、ふら〳〵と上の間《ま》へ行つた。

暗い中《なか》へ、体を倒す音がした。

「まあ、著たまんまで——」と冨江の呆れたやうな声のする時には、もう低い鼾声《いびき》が聞えて来た。

正体なく眠つてはゐたが、新一は其所に居た。それが見えなくなると、六次郎の耳は、急に鋭くなつて来た。しんとした静かさは、家の者の皆な寝しづまつたのを語つた。……彼の胸は軽く慌て出した。知らない路を歩きながら、日の暮れて来るのを見たがやうに。

「私も寝よう。」彼ははつきりした声でさう呟いた。そして新一と並べて取つてある床へ行かうとした。

距ての襖の明いた所を通して、ランプの光線は、明るく、扇形に上の間《ま》に流れてゐた。柔かさうに敷いた床は、その光線の下に堆く、暗く襞をつくつてゐた。

上の間《ま》へ入《はい》らうとする六次郎と入り違ひに、冨江はその間《ま》から出ようとした。明るさから暗さへ移らうとする六次郎の眼には、ぽつとほの白い冨江の顔が映つた。それは闇に浮んだほの白さであつた。丁度六月の夜の白牡丹の花を見るほの白さであつた……

冨江は体を避けて一あし後ずさりをした。と襖の蔭の一層の暗さが彼女を包んだ。

六次郎はふら〳〵と其方《そちら》へ寄つた。と彼の手は暗に向つて伸されてゐた。

冨江は柔かに、くづれるやうに其所へ据わつた。六次郎は其の上へ倒れかゝるやうに並んだ。彼の手は冨江の肩に纏はり着いて居た。

それは一瞬の間であつた。一瞬の無意識に似た間を越えると六次郎は、自身が今生涯の大事の前に臨んでゐると感じに、その心持を氷らせられて居た。幕を払ひのけられたやうに、彼には彼自身の今の有様が俄に、はつきりと見えて来た。

物を思ふ事も、言ふ事も、動く事も出来ない彼の心持の上に、初めて水の上に起る波のやうに、怖れの情が起つて来た……。それが憎みとなつて来た……。その時には、暗の中《なか》のほの白い花であつたものは、冨江とかはつて居た。

肩に懸けた六次郎の手はその指の先が冨江の胸の上で、彼女の手で柔かに握られ放されてしてゐた。その感触は六次郎の身を走つた。……油の香が暗の中《うち》に漂つた。

……そこは闇の底のやうに六次郎に感じられた。しんとした、真つ暗な闇の上から、何者か怖しいものが、今彼を見据ゑてゐるやうに感じる。そして其所には、ちら〳〵と――何所《どこ》から来るとも知れない正体の分らない火花がある。……と其の火花は何時《いつ》か彼の胸の中《なか》にはいつて来てゐて、わく〳〵と胸を騒がせる。血を躍らせてゐる……

二人《ふたり》とも何も言はない。

時は非常な早さと、止《とま》つてしまつたかと思はれる遅さをもつて動いてゐる。それが何時《いつ》か平生の速力に復《かへ》らうとして来た。

「……七が来ますよ。」

冨江は喉を圧へられながら言ふやうな声で、かすかに言つた。六次郎の耳には、しと〳〵と畳を踏むらしい音が聞えて来た。

障子を明けて、便所へ通ふ廊下に立つと、六次郎はほつとした。或る危険から脱れたやうに、ほつとすると、安易な情は、涼しい風の熱した体を吹くやうに感じた。

雨戸の隙き間を洩れて月の光が美しくさしてゐる。外は明るい月夜だらう……と思ふと、眼馴れた景色が懐かしく六次郎の胸にうつつてきた。

があ〳〵――と、遠く、かすかに蛙の啼く音が聞えて来た。

五

六次郎は床の上に眼を覚ました。十分寝て自然に眼の覚めた時の豊かな気分で、彼はあたりを眺めた。

伯父の家の坐敷が見える。並んで取つた床のからになつたのが見える。一枚繰つた雨戸から、朝の光線は明るく流れ込んで、書院障子の上へくつきりと南天の木を描き出してゐる。雀の声がする。——勝手の方《はう》から賑かな笑ひ声が破れるやうに聞えて来た。主婦の尖つた笑ひ声にまじつて、肥えた含み声の笑ひ声が聞えて来て、それだけが彼の耳の底にとまつた。

と六次郎の胸には、ぱつと冨江の顔が映つた。彼の顔には紅ゐが潮して来た。

「……笑つてる位なら——」と彼は呟いた。と胸が軽くなつて、紅くなつた顔もさめて行つた。

顔を洗つて六次郎は茶の間へ行つた。

「お早う！」と、六次郎の顔を見ると主婦は、陽気な声で浴びせるやうに言ひながら笑顔を向けた。余りの寝坊をからかふやうに。

六次郎は極り悪るさうに微笑して坐りながら、柱時計に眼をやつた。丁度九時を打たうとしてゐた。

「お七、御《ご》ぜんを。——冨江も手伝つてな。」主婦は勝手の方へ向つて言ひ附けて、また笑顔を六次郎に向けた。

「伯父様が、休みでも今日《けふ》は役場へ行かなくちやならねえでつて仰やつて、六を起して来いつて催促なさるけれど、若い者は眠いでつて言つてた所《とこ》せ。」

膳は二人《ふたり》の前に据ゑられた。

主人の眉間にはまた皺が寄つて居た。そして黙つて箸を取り上げた。茶椀と箸を持つ時の主人の手つきは、丁度僧侶が、手首にまつはりかゝる衣《ころも》から、そつと手を出すのに似てゐる。それを六次郎は今更のやうに変な恰好に見てゐた。

給仕には冨江が据わつて居た。

主人に続いて六次郎も飯の代へをした。その時彼は盆の上を越して、初めて眼を冨江に向けた。冨江の眼も六次郎に向いてゐた。

眼はちらりと合つて離れた。がその眼の色は、六次郎から、食物の味を奪つてしまつた。彼は器械的に箸を動かしながら、その眼の色を眺めてゐた。

それは何時《いつ》もに変らない冨江の眼であつた。深い、そして温かい、丁度春の湖を見るやうな色であつた。いやそれよりも、しつかりとした倚りかゝるものを持つて居て、何の不安も感じた事の無いといふ人に見る色であつた。彼はその眼と見合つた瞬間に、子供の頃喧嘩をして、彼を負かした相手の眼を見た時と同じ感じを与へられた。

「……何故《なぜ》あんな平気な顔をしてゐられるだらう、昨夜《ゆふべ》のあの子が――」

六

朝飯をしまふと主人は、忙しさうに家を出た。

主人を送り出すと主婦は、著物を著替へて出て来た。

「今日《けふ》はね六さ、娘分にしてある者の家《うち》に法事があつて、手伝ひやら世話やきやらに行かなくちやならねえがね——お祖父《ぢつ》さまと話でもしてゐてお呉んなさんしね。」

主婦はさう言ひながらも、出て行くのが臆劫さうに、又煙管を取り上げて、家の内《なか》を見廻しながら、癖の、強くまたたきをして居た。

「おつ母様《かさま》、おれも附いて行《い》つてい丶かい?」新一はそつと言つた。

「い丶え、子供なんか行く所《とこ》ぢや無《ね》え、」と主婦は強く打消して、「それに六従兄《あに》さまだつて入らつしやるぢや無《ね》えか。」

新一は甘えた眼を六次郎に走らせた。

主婦が出て行くと、新一の姿は何時《いつ》か何所《どこ》へか消えてしまつた。

隠居所から隠居夫婦が、留守をしにと茶の間へ出て来た。

隠居はもう七十に近かつた。赫い、つやつやした顔をしてゐるが、伸びるに任せた髯は真つ白で、胸まで垂れてゐた。眼尻には皺が深く寄つて、柔和な相を添へてゐるが、眼には乾いた、心の苦労をして来た人に見る光を残して居た。

「御隠居は、あれは昼提灯つて言ふので、毒にも薬にもならねえ方《かた》でござんす。」以前この家に、下女として奉公してゐた女房の、この家の噂をした時にさう言つて高く笑つた、それが六次郎の記憶にあつた。

「養子を取ると直ぐに家を渡してしまつて、養子の生家《さと》へ泊りがけに客に来るつて所が、あの隠居のえらい所《とこ》ぞ。出来ねえ真似だでのう。」彼の男親の、何かの拍子にさう言つたのも六次郎の記憶にあつた。

がその何れも、六次郎の胸の隅に残つてゐるだけ、そしてさうした人と其の批評を受け入れてゐるだけで、彼には隠居は何の問題ともなつてゐなかつた。

隠居は主人の据わる火鉢の前へゆつたりと据わつて、皺の寄つた手で小さな湯呑へついだ茶を呑んだり、勝手元へ出入りする者、其所を動き廻る孫の上などへ眼を遣つて居た。その眼は、丁度それらの人々を、庭の植木を見るやうに見てゐるらしい色があつた。

「此頃は発句はいかがでござんす、お出来になりましたか?」六次郎は隠居の顔を見て、微笑しながら聞いた。それは町から配達して来た地方新聞に目を通してしまつて、又見るともなく隠居の顔を見た時であつた。

「えへ……」と隠居は曖昧な返事をして、そして何か考へるやうな眼ざしをした。「発句つてものは本《ほん》を読まねえと駄目なもんで、何うも私共《わし》には――」

発句の本《ほん》。――本に親んでゐると思つてゐる六次郎にも、発句の本と言はれると見当も附かなかつた。彼は物を尋ねようとする眼を、静に隠居に向けた。

隠居の唇には、白い髯の中で微笑が浮んで来た。

「此の間二つ三つやりましてね。――褒められて、また褒められる新茶かな　つてのが一つ、――」

「はあ――」と六次郎は、やゝ改まつて物を聞く時のやうな返事をした。そして胸の中《うち》で其の句を味つて見ようとするやうに静に繰り返した。「……褒められて、また褒められる新茶かな――」と彼は二度まで繰り返したが、其の中《うち》には当然あるべきものと予期してゐる味ひが感じられて来ない。

発句つて、全く違つた世界のものらしい……と思ひながら、六次郎は困つたやうな色をその顔に浮かべて、隠居に対つて居た。

「えゝと、あれは――」と隠居は、格子の方《はう》へ眼をやりながら、忘れた句を思ひ出さうとしてゐた。南を受けた格子には、丸屋根の二階建の蚕室を越して、柔かい明るい日光がさし込み始めて居た。

「六さ、つまりましねいね、そんな事。」気忙しさうな眼つきをしながらも、隠居と六次郎の間に据わつてゐた女隠居は、側《わき》から口を入れた。その眼にも、調子にも、学問のある若者に無智な年寄が……と非難するらしい心持が明らかにあらわれて居た。

隠居は聞えないやうな顔をして居た。が強ひて思ひ出さうともしなくなつた。

「忘れましたよ。年を取ると胴忘れをして。」

こゝ、、こゝこゝ――といふ声が耳に近く聞えて来た。それは勝手元の方《はう》からであつた。見ると丁度今、暗い土間《どま》から、流し元の所へひよいと、雄鶏《をんどり》が一羽飛び上がつた。雄鶏は黄《きい》ろい脚を片方《かたはう》あげ、紅い鶏冠《とさか》の厳めしく附いた首を前の方へ差し伸ばして、あたりの様子を窺ふといふ風をして居たが、流し元の方《はう》へ一脚《あし》踏み出すと、又こ、こ、――と、前よりは高い声で言つた。と、平気な顔をした、気忙しさうな雌鶏が二三羽、雄鶏のあがつた口から一緒にあがつて来た。雄鶏は其所にある笊《ざる》の前へ立つたまゝ、のろまな風をしてゐると、雌鶏はその前をすり抜けて行つて、その短い頸を笊の中へ突つ込んだ。

「あれ、にはつ鳥が――お七！」と女隠居は初めて見附けて下女の名を呼んだ。返事が無いので、「冨江や！――清次や！」と呼んだ。誰も答へ無い。

「ほつ！」と鶏を目がけて叱りながら、女隠居は立つて行つた。

雌鶏は逃げたが、雄鶏は未練の残るやうに、あちこちと逃げはするが、土間へは直ぐには下《お》りようとしない。女隠居は忌々しさうに側《そば》まで行つて追つた。

裏口の方に雌鶏の声がすると、雄鶏は慌てたやうに其方《そちら》へ出て行つた。

ひつそりとした門口《かどぐち》の方《はう》から、子供の何かに騒ぐ声が、明るく、楽しさうに、絹糸を曳いたやうに聞えて来た。その中《なか》には清次の甘へた声もまじつて居た。

女隠居はうす暗い土間を通して、明け放しになつてゐる門《かど》口の潜り障子から外を見た。長屋門の潜りを通して、蓮華草の青々とした田が見えた。蓮華草は日光を浴びて柔かく光つてゐた。

又子供の騒ぎ声が、物に距てながら聞えて来た。

七

六次郎はぶらりと門《かど》へ出て来た。

子供達の騒ぎ声は、往還に沿つて、しょろ〳〵と流れてゐる溝の縁《ふち》から起るのであつた。その水は手で堰きとめられる程の水で、そして小砂利と砂の上を清らかに流れてゐるのであつた。五つ六つから七八つ位の子供が四五人、上と下と二手に分れて、両方とも小砂利と砂とで其の溝を横切つて堤防に似たものを拵へてゐた。流れて来る水は次第に溜つて、先づ上の堤防を乗り越えようとする。と其所にゐる子供は、一気に堤防を壊して、下の方《はう》へと水を落してやる。水は躍つて行つて下の堤を衝く。その時下の堤防が壊れるか壊れないかゞ勝負になつてゐた。

冨江は長屋門の板壁に凭つて、ぼんやりと其の遊びを眺めて居た。

「何うするんだ?」六次郎は微笑しながら清次に言つた。清次は子供が大人《おとな》から声を懸けられた時にする、はにかんだ色をした。そして仲間の方《はう》を見た。返事をしてもらはうとするがやうに。

六次郎が其所へ来た為に、子供達はふつと興味の流れを淀ませられたやうに見えた。

子供達は家の裏つ方へ動き出した。清次も其の仲間に加はりながら、一緒に行くのを願ふやうな眼を冨江に投げた。

冨江は笑つた。そしてそろ〳〵と歩くとも無く歩いた。少し離れて六次郎も、ぶら〳〵と其方《そちら》へ足を移した。

青垣根と田圃との間の細い路は、家の裏の方《はう》へ曲がつて行つた。路は爪先上がりになつて、又とある家の裏へ出た。うねりうねつて路は、八幡知らずのやうになつた。若葉した栗の木の下になつた。竹藪に添つた。子供達は一団になつて走り出すと見ると、ばら〳〵になつて草を摘んだり、小石を拾つて投げたりした。小鳥の啼き声はこぼれ落ちて来たが、人の影は見えなかつた。冨江は子供達と離れると、歩みを早めて一緒になり〳〵した。そして一緒になると気遣しさうに振り返つた。

六次郎はその後姿に眼をやりながらも、初めて歩く路の両側にめづらしさうに眼を配つた。

小路はやゝ広い路と一緒になつた。と子供達は、その路に沿つて山の方《はう》に向つて設けてある石段に昇り始めて居た。冨江の振り返つた顔が見えたと思ふと、その姿も石段を昇つて行つた。六次郎の眼には彼等の姿が消えるやうに無くなつて、赤松に蔽はれた赤土山の肌がずつと続いて見えた。

可なりに高い石段であつた。六次郎はそれを昇りながら、お寺だな……と思つた。

石段を昇り切ると、其所は築庭になつてゐた。植込や石など置いてあつた。その奥に、山を背中にして寺の庫裡と見える建物が立つてゐた。家を眼にすると、あたりの森閑としてゐるのが際やかに感じられた。午近い日は高い空から庭の上に寂しくそゝいで、そして其の寂しさが生んだもの丶やうに小鳥の音がした。

六次郎の耳へは、小高いあたりから起る子供の歓呼の声が落ちて来た。彼はそれが何所《どこ》からとも分らないやうに見廻した。と、彼の立つてゐる直ぐ前の所に、庫裡の側《わき》からかけて一面に篠竹の藪になつてゐた。その藪を越して、また山の腹に沿つて壊れかゝつた石段のあるのを見出した。その石段は、小高い台の上に導いてゐるらしい。声は其の台の上からであるらしい。

篠竹の藪の中には、人に踏み分けられて自然に出来た路があつた。六次郎は其所を通つて石段を昇つて行つた。

其の上は平な台になつてゐた。何か建物があるだらうと思つたのに何も無くて、唯老木の山桜が一本、枝を四方に垂らして、ほのかに紅ゐをまぜた寂しい花を一杯に咲かせてゐた。台の後《うし》ろは、山の勾配が急に峻しくなつて、そして松も繁くなつて、ぎつしりと隙き間なく蔽つてゐる。新たにふいて来た若芽をまじへて青々《あを〳〵》と煙つてゐる松、山の前に、たゞ一本木《もと》高く立つてゐる満開の桜は、周囲から離れて、浮き出て、美しい、不思議なもののやうに見上げられた。

台の上は芝原であつた。雑木一本《ぽん》なく、黄に枯れた芝が青く芽を吹いてゐた。たんぽぽや菫が、ぽち〳〵とこぼれたやうに咲いてゐた。すい〳〵と芽花《つばな》が見えた。

桜の下を離れて振り返ると、六次郎の眼は新しく広い展望の中《うち》に、捉へ去られてしまつた。

其所からは平の三分の一くらゐが、一目に瞰下《みおろ》す事が出来た。春畑の青いのと、菜花の黄《きい》なのとが、蓮華草の田のうす紅い中《なか》にまじつて、何所までも続いてゐる。ずつと遠く、長々と川が横たはつてゐる。そして又ずつと遠く、青黒く煙つた森木と森木。……見定めも附かなく、ぽつと霞んでしまつた中《うち》から、ふと湧き上がつたもの丶やうに聳え立つてゐる山脈。その山脈の奥の山脈の峰。その奥の峰。青い山、青黒い山、雪を頂いて空に融け入らうとしてゐる山……

蓮華田と麦畑と菜畑との縞を織つてゐる中《なか》には、飛び〳〵に、若葉をしたばかりの寂しい木立がある。木立の中《なか》には家がある。家と家とを貫いてゐる糸のやうに、其所には往還があつて、そして白く乾いてゐた。

日はちら〳〵と中天に照つてゐた。一切の物は、その光を受けて柔かく輝いてゐた。其所には色彩の無い一つのものも無かつた。色彩のある物で生きてゐない一つのものも無かつた。生きてゐて美しくない一つのものも無かつた。

高い所から平を瞰下《みおろ》すといふ経験は六次郎には殆ど無かつた。彼には其れが又珍しかつた。そして彼の立つてゐる所の、如何にも高い町であるやうな気もした。

不思議な物を見た瞬間のやうに、閃き輝いて映つた景色は、次ぎの瞬間には六次郎の胸に、静かな、寂しい、そしてもの懐かしい気分を湧かせてゐた。生命の海。余りにも広く、余りにも美しい……。そつと、脆いものをいたはるやうに抱《だ》きかゝへなくてはゐられない彼自身……。青く、冷たく見えた松山は、今日光を抱いて、むし〳〵と、青く、胸をそゝるやうな息《いき》を湧いてゐる……。

亢奮した心持は、彼自身を抱《だ》いて何所《どこ》かへ流れようとした。何処《どこ》とも知らず流れ流れて行かうとした……。六次郎は其れを待つ心もした。それを怖れるやうな心持もした。

彼は慌てたやうに動き出した。

子供が奪ひ合ふやうにして花を摘んでゐるのを彼は見た。六次郎はふつと、其の子供が何うした子供であつたらうと疑ふやうな気がした。

冨江は桜の幹にもたれて立つてゐた。眩しさうにしてゐる彼女の眼を見ると、六次郎は彼女が今まで、彼を見守つてゐたといふ事を感じた。

六次郎の眼には、その瞬間の冨江が美しく見えた。隠して持つてゐる美しさを、ひよいと現してゐるがやうに見えた。寂しく美しく松山の松を背景にして立つてゐる桜と、その下に眩しさうな眼と紅い唇をして立つてゐる冨江とは一緒になつて感じられた。

と同時に、六次郎の胸には疑ひが起つた。……何故《なぜ》あんな平気な顔をしてゐられるだらう。昨夜《ゆふべ》の、あんな事は無かつたやうな顔をしてゐるでは無いか。さうだ、今までのずつと長い間《あひだ》の一晩、何の記憶も残さなくて来た一晩のやうな顔をしてゐるでは無いか。……いや、それ所《どころ》では無い、今朝《けさ》も不思議なものを見るやうな眼をして私を見た。此所《ここ》へ来る途中だつて誰も居ないのに、――頑是なしな子供きり側には居ないのに、成るべく私を避けようとして居た。今だつても、私の此所へ附いて来たのを迷惑に思つて、そして私を見て居たのかも知れない。……

美しく見えた顔を追はうとするやうに、心附けばさうだと思はれる冨江に対する反感が、六次郎の胸に湧かされ、貯へさせられて来る。そしてさう思ひながらも彼の歩みは無意識の中《うち》に桜の下へ移されて行つた。

二人《ふたり》は並んで立つた。

「言はう！」と六次郎は、胸で言つた。「この儘で黙つてゐると、弱みを押へられてるやうで仕方が無い……。言はう、何方《どつち》へでも——。」

「……い丶所《とこ》ぢや無いか？」六次郎はさう言つて、その拍子に、遠く投げてゐた眼を冨江の顔にぢつと注いだ。と、何気なく言つたつもりの言葉が、態とらしい、間《ま》の抜けたものになつて感じられた、「此んない丶所《とこ》のある事をちつとも知らなかつた。」

冨江は微笑して答へた。が微笑は直ぐ消えて、物を尋ねようとするやうな、怖れを感じた時にあらはれるやうな色がその眼を掠めた。「……前には此所《ここ》に本堂があつて、焼けてしまひましたつて。」

「さうか。」

冨江の顔は何時《いつ》もの色に復《かへ》つた。それを見ると六次郎は、其所《そこ》に焼けない前の本堂を想像するやうに見廻した。

芝の中《なか》に半ば埋まつて、礎のころがつてゐるのが六次郎の眼についた。が本堂は浮んで来なくて、寂しい、言ひ難い寂しい心附がすつと胸を圧した。いら〳〵した心持は不思議に圧し去られて、寂しい気分ばかりになつた。

本気な心持になつた。それは細く尖つて来て、針のさきのやうになつた……

今一度、ぢつと六次郎は冨江を見た。と冨江は、美しさを失つた、むしろ見すぼらしい村の娘になつて居た。

六次郎は不思議な程心の自由を感じて来た――

「あの、昨夜《ゆふべ》の事ね、――」あれはほんの戯れであつたと彼は言はうと思つた。が、さう言ひ出すと共に、冨江は深くうなだれて、桜の幹に重く体《からだ》を持たせかけて、其所《そこ》に、六次郎に見詰められてゐるに堪へないやうな恰好をしてしまつた。

六次郎は言さして黙つてしまつた。そして、見おろすやうに、桃割に結《い》つた冨江の前髪から、身じろぎもしない胸のあたりを眺めた。

桜の花を洩れてさして来る日光は、冨江のうなだれた頸の所へさして、うす紅い耳たぶを美しいものに見せた。白く、円みを帯びてゐる素足も、うす青い芝草と、粗末な下駄の上に、美しく見えた……

冨江は黙つてゐる。何時《いつ》までも黙つてゐる。

六次郎は、言はうと思つた事が消えて行つてしまつた。

「姉様《ねえさま》――」

少し離れて草を摘んでゐた清次は、たんぽぽの花を手に一握り握つて、かう呼びかけながら、嬉しさうな笑顔と一しよに高く翳して見せた。

二人《ふたり》は其方《そちら》へ眼をやつた。その拍子に二人《ふたり》の眼は逢つた。冨江の顔からは、拭つたやうに嬌羞が消えてゐた。何か大きな事件の過ぎ去つた跡に見るやうな、静かな、明るい色が現れてゐた。

「……今で無くてもいゝ――」と六次郎は思つた。

「清次、帰るよ。――お昼飯《ひる》になるで。」

さう言つて冨江は、桜の下を離れた。そして静かに石段を下り始めた。

八

寺の門前のやゝ広い路は、小山の裾に沿つて、松林の下に赤土の肌をあらはしてゐた。路の上には枯れ松葉が散り重なつて、じめ〳〵と、形をくづさずに朽ちてゐた。その上を荷車の轍が深く裂いてゐた。

冨江はその路を撰んだ。

何時《いつ》か子供達は先へ走つて行つてしまつて、冨江と六次郎だけが取り残された。

冨江は何か屈託してゐる人のやうに、俯向き加減になつて、黙つて歩いてゐた。六次郎は先へ立つてぶら〳〵と歩いた。松の蔭のつめたく冷えた空気は、彼の汗ばんだ肌へ快く感じた。松やにの匂ひはそのつめたい空気の中《なか》に絶えず漂つてゐて、厭なやうな、懐かしいもの〻やうに彼の鼻を刺戟した。

山の中腹に立てられた家がをり〳〵見えた。それは小鳥の巣を見るやうに、珍しく、不安なものに六次郎には見えた。

六次郎が振り返つて見ると、冨江は何時《いつ》も俯向いたまゝで居た。そして両手の指には路ばたの草や木の葉が弄ばれてゐたが、無心でしてゐるやうであつた。

頭の上を蔽つてゐた松が尽きて、路が明るくなつたと思ふと、六次郎の眼の前には、見なれた田圃があつた。長屋門があつた。

何時《いつ》の間《ま》にか冨江は追ひ縋つて、六次郎と並ぶやうになつて居た。

「従兄《にい》さま」と冨江は何時《いつも》のやうに六次郎を呼びかけた。彼が振り向くと、彼女はその顔をぢつと見た。「あの、お話の事ね、……」

六次郎はその顔を見返した。何の事であつたかと尋ねるやうに。そして慌てゝ、頷いて見せた。

「あれ、今の事でさへ無いと私もようござんすけれど……。」

冨江はさう言ひながらも眼を伏せた。その頰は真つ紅になつて居た。

暫くの間六次郎は黙つて居た。

六次郎は強ひて笑ふやうに笑つた。「……そりや何うせ、今が今何うするつて事も無いさ。」

ぢつと相手の顔を見てゐた冨江は、見詰めたまゝ頷いた。その眼は怖れと微笑とにうるんで来た。

「……それだと私も――」

六次郎はその顔を見返して居た。――冨江の言つてゐる心持は分つた。それでは可《い》けないといふ訳は無い。だが私はそんな事を思つてゐたのかしら……。婚約なんて事を。

ま、事をしてゐるやうな感じが、彼の胸を掠めた。笑ひたいやうな、何か冗談を言ひたいやうな心持が起ると思ふと、それは直ぐ冨江の、大人《おとな》らしい、真面目な眼の色に消されてしまつた。

二人《ふたり》は何時《いつ》か立ちとまつてしまつて居た。六次郎はあたりに気の置かれるやうな気がして歩き出した。

九

「従兄《にい》さま、わたし従兄さまから見て頂きたいものがありますがね……」

長屋門をはいらうとする時に冨江は六次郎に言つた。

「何だい？」

「え丶、」と冨江は生返事をして、「隠居屋にありますがね……。」

「隠居屋へ行くのかい？」

「え丶。」

すゝまない顔をしてゐる六次郎の先へ立つて、冨江は門《もん》の潜りを潜つた。六次郎は後《あと》へ附きながら、「……何だらう？」と、見たいやうな気もした。

誰もゐない隠居所の炬燵の側へ据わると、六次郎は入口に気が取られた。誰かはいつて来たら何うしよう……と思つた。が冨江は落ちついた風をして、押入の襖を明けて、何かがた〳〵言はせてゐた。

六次郎と対ひ合つて据わつた冨江の眼には、何事かを言はうか言ふまいかと躊躇する時のやうな色が浮んで居た。そして六次郎の心を読まうとするやうにそつと彼の顔を見た。

冨江の手は懐へ入れられた。一本《ぽん》の手紙が持たれて居た。

「此んなものがありますがね……」と冨江は、言ふも厭な事を知らせるやうに言つたが、その眼には明るい色が浮んで、消えた。

手紙——とは思つたが、六次郎は何の手紙とも思はずに冨江の手から受取つた。そして披いて見た。

彼の眼は手紙の上へ吸ひつけられたやうに見えた。鋭くなつた眼は、紙の上を動いてゐた。

手紙は才ばしつた、上手な字で書いてあつた。面倒な漢字が多く使つてあつて、そしてそれには仮名が振つてあつた。その字は恋する男の苦しい心持を語つてゐた。誇張したと思はれる字が字を追つてゐた。

彼はふつと手紙から眼を離した。読みかけた手紙を両手で膝の上に持つたまゝ、ぢつと冨江の顔を見やつた。

それは不思議なものを見て、気を取られてぼんやりと眼詰めてゐるやうな眼であつた。頬と唇とは亢奮した色を持ちながらも。

六次郎と手紙とを不安さうに見較べて居た冨江は、今六次郎に動かない瞳を向けられると、当惑の色を浮べた。そして何か言はうとする様子を見せて来た。

六次郎は冨江を眺め続けた。彼は急に、冨江の周囲に湧き上つて来た世界を感じた。それは今まで思つても見なかつた世界であつた。いや、在るとも思はなかつた世界であつた。其所には一つの世界がある。冨江を中心として広がつた世界である。冨江はその真ん中《なか》に、一人《ひとり》の女として、注意するに足りる、得るに値する女として、耀いてゐる……。

それは見えない、見えないから感じられない世界である。その広さも、強さも分らない世界である。影のやうな世界である……。

「……此の娘が？」六次郎は相手を否定しようとする場合に強ひて湧かせる、何時《いつ》もの冷たい気分で冨江を見た。「何でも無い、何のすぐれた所も無い娘では無いか」と思つた。が其の気分は脱げて行くやうに抜けて行つた。

彼女の後ろに新たにひらけた世界は、冨江に或る光を投げかけてゐる……。

「何ういふ男だい？」六次郎は口を開いた。その眼には疑ひの色がにじんで居た。

「役場の書記をしてゐる人——」

「書記！」と六次郎は冷たく刎ね返すやうに言つた。彼の胸には、彼の村の村役場の書記の顔が浮んで来た。その手薄な、自足してゐるらしい様子が、あはれむべき者のやうに浮んだ。「何んな奴？」

「まあ！」と冨江は苦笑した。

明かに嘲つた調子で六次郎の言つたのを意外にするやうに。そして彼の顔を見ながら、「さうねえ……」と、答へるべき言葉を捜すやうに言つた。

「何んな履歴の男だい？」

「えゝ」と冨江は漸く言ふべき言葉を見附けたやうに頷いた。「町の中学へ少し行つてた事のある人で、それから東京の法律とかの学校へ、一二年行つてましたつて。」

東京――と言はれると、六次郎の眼には暗い影がさした。そして暫く黙つて居た。

「中々気が利いてる人だね。」

六次郎の調子には、皮肉らしい、そして態とらしい所があつた。彼の眼には冷たい鋭い色が見えた。

「あんな事――」と冨江は、笑つた。そして急に改まつた顔をして言ひ出した。

「でも中学もやりかけで止《や》めるし、東京の学校だつて卒業しないし、――私《わたし》にや何だか、いゝ加減な人のやうな気がして……」

妙な――少くとも彼には新しい立場からの批評だと六次郎は思つた。さうした批評をする冨江といふ娘が、思ひがけないものゝやうに六次郎の心を奪つた。

「何ういふ風にして此んな手紙よこしたんだい？」

「学校の帰りに自分で。私《わたし》は内へ持つて来るのだと思つて、その積りで取ると、私《わたし》にだつて言ふものだで……。」

六次郎の胸には、その時の冨江の恰好が浮んだ。紅い顔をした、はぢらつた――。彼は苦笑した。

「そして、――それつきりかい?」

「えゝ。」

「外にや、此んな人は無い?」

冨江は黙つて六次郎の顔を見た。その頰には、ぽつと紅くなつた。

「えゝ。」

「きつと――」と、六次郎はその顔を見返した。

話が切れると、冨江はその手紙を捲いて、そして又押入へしまつた。

六次郎は入口の方《はう》を振り返つた。時間のたつたといふ事が胸に復《かへ》つて来ると、それが不安になつた……。

「また後《あと》で――」

さう言ひながら六次郎は起つた。そして明けてある戸口から顔を出して、明るく日の照つてゐる庭のあちこちを見廻した。

彼は表口の方へ廻つて行つた。

十

六次郎は座敷の縁先に、膝を抱へて一人《ひとり》でぢつとして居た。眼は庭の一点に注がれてゐたが、見えて来るのは昨夜《ゆふべ》から今日《けふ》の事であつた。

失望の濁つた気分が胸に残つて居た。摑まうとしたのは、軽い、美しい、舞つてる蝶のやうな夢であつた――と振り返つて見ると初めて思へた。夢は一分間も無かつた。そして今は、思ひ懸けない、重苦しい、重苦しさから心を離れないやうな所に置かれた自身を見出した。丁度病人の看護のやうだ……と思つた。

「書記め！」と、六次郎は急に罵るやうに胸で言つた。憎悪の情はむら〳〵とまた胸に湧き上つた。

彼の心持は、顔も知らない競争者の上に集中された。

（二、七、一五。）

あとがき

春　窓の下は満開の桜花、時には花吹雪がたゆたう相模女子大学の研究室で、授業を終えた後に書き進めた小論をまとめたものが本著である。前著『明治の恋—窪田空穂、亀井藤野との往復書簡』に続き、敬愛する歌人・国文学者、窪田空穂に関するものである。空穂ゆかりの短歌雑誌「槻の木」に連載していただいたものを基に、新たに書き直した。

松本市和田の窪田空穂記念館の令和元年企画展のテーマは、「枯れざる生命《いのち》～空穂と万葉集～」であった。空穂は万葉集を「枯れざる生命」と讃えるが、空穂の短歌も「枯れざる生命」である。本著の「第一部」では、食育や老い方モデルに焦点を当て、空穂の短歌を展開し、意訳を試みた。「槻の木」の編集人であられた、空穂に連なる歌人の来嶋靖生先生が、すべての意訳にお目通しの上、お手を入れてくださった。変わらぬ来嶋靖生先生のご芳情に、こころからなる感謝と御礼を申し上げます。

本著の「第二部」は、窪田家所蔵の新資料が中心であり、「初恋」は初めての公刊である。これらの貴重な資料は、空穂の令孫窪田新一さんと綾乃夫人のご厚意にてお借りできた貴重な原資料である。綾乃さんは、空穂先生のお原稿を判読され、清書の労をお取りくださった。綾乃さんとともに空穂研究を進めた十余年でもあった。窪田新一さん、窪田綾乃さんご夫妻にこころより御礼申し上げます。

若き日の空穂の婿養子先である村上家、お相手の村上清世さんの令孫村上裕氏には、空穂から清世宛の新書簡二通に関して、いろいろお教えいただいた。巡り会えてほんとうに嬉しい新書簡であった。村上裕氏にこころより御礼申し上げます。

万葉集にちなむ「令和」が幕を開けた二〇一九年五月一日は、期せずしてわたくしが古稀を迎えた日であった。父を五十代で亡くしたわたくしにとって、七十歳はひそかな願いであり、しみじみ有難いと思った。自祝の気持ちで本を編めたら、とふと思った。前著『明治の恋―窪田空穂、亀井藤野との往復書簡』の信をおく編集者、藤田三男さんと服部滋さんがこの思いを受けてくださった。楽しい七十代の始まりである。半年間に及ぶ服部さんとの原稿の往復は、編集者の神髄を見せていただく感がした。感謝の思いでいっぱいです。

祝うかのごとく格調の高い本にしてくださった薬師寺章雄さん、榛地和さんにこころから御礼を申し上げます。

二〇二〇年　辛夷の花が開くころに

臼井和恵

主要参考文献

『窪田空穂全集』全二十八巻、角川書店、一九六五～六七年
『窪田空穂資料　窪田空穂全集　別冊』角川書店、一九六八年
窪田空穂『亡妻の記』角川書店、二〇〇五年
窪田章一郎・森伊左夫編『窪田空穂全歌集』短歌新聞社、一九八一年
窪田章一郎『窪田空穂の短歌』短歌新聞社、一九九六年
窪田空穂『わが文学体験』岩波文庫、一九九九年
大岡信編『窪田空穂歌集』岩波文庫、二〇〇〇年
大岡信編『窪田空穂随筆集』岩波文庫、一九九八年
大岡信『窪田空穂論』岩波書店、一九八七年
岩田正『窪田空穂論』芸術生活社、一九七六年
村崎凡人『評伝窪田空穂』長谷川書房、一九五四年
『岩本素白全集』第三巻、春秋社、一九七五年
来嶋靖生『現代短歌の秋』角川書店、一九九九年
前田晁「解説」、窪田空穂文学選集第三巻『わが文学生活Ⅰ』春秋社、一九五八年

吉江孤雁「序」、『空穂歌集』中興館書店、一九一二年
村上与八郎「吾が家の歌碑」、「信濃教育」信濃教育会、第一一二八号、一九八〇年
伏木亨・山極寿一編著『いま「食べること」を問う』農山漁村協会、二〇〇六年
鷲田清一編著『〈食〉は病んでいるか―揺らぐ生存の条件』ウェッジ、二〇〇三年
辰巳芳子『家庭料理のすがた』文化出版局、二〇〇〇年
牧野カツコ編著『青少年期の家族と教育―家庭科教育からの展望』家政教育社、二〇〇六年
井上忠司＋サントリー不易流行研究所『現代家庭の年中行事』講談社、一九九三年
斎藤学『家族依存症』誠信書房、一九八八年
山野保著『「未練」の心理―男女の別れと日本的心情』創元社、一九八七年
臼井和恵『明治の恋―窪田空穂、亀井藤野の往復書簡』河出書房新社、二〇一六年
臼井和恵『窪田空穂の身の上相談』角川書店、二〇〇六年

初出一覧

第一部

窪田空穂「食」の歌に学ぶ食育——家庭科〈食生活分野〉教育法の一展開
「槻の木」平成二十年（二〇〇八）三月号～六月号連載

男の老い方モデル——歌人窪田空穂の場合
「槻の木」平成二十五年（二〇一三）十二月号～平成二十六年（二〇一四）四月号連載

第二部

婿養子空穂——窪田空穂新書簡
「槻の木」平成二十一年（二〇〇九）十一月号～平成二十二年（二〇一〇）二月号連載

養子——窪田空穂未発表草稿
「槻の木」平成二十二年（二〇一〇）四月号～八月号連載

帰省の記——窪田空穂日記より
「槻の木」平成二十二年（二〇一〇）十一月号～平成二十三年（二〇一一）一月号連載

＊なお、窪田空穂の短歌は、窪田章一郎・森伊左夫編『窪田空穂全歌集』（短歌新聞社、一九八一年）に拠った。

著者略歴

臼井和恵　うすい・かずえ

一九四九年、群馬県生まれ。一九七二年、お茶の水女子大学家政学部家庭経営学科卒業。七四年、お茶の水女子大学大学院家政学研究科修士課程修了。相模女子大学教授、副学長を経て、相模女子大学名誉教授。現在、東京福祉大学教授。専攻は家族関係学。

著書に『窪田空穂の身の上相談』（角川書店）、『縁の糸　臼井和恵歌集』（短歌研究社）、『明治の恋―窪田空穂、亀井藤野の往復書簡』（河出書房新社）、編著書に『21世紀の生活経営―自分らしく生きる』（同文書院）ほか多数。

最終《さいしゅう》の息《いき》する時《とき》まで

窪田空穂《くぼたうつぼ》、食育《しょくいく》と老《お》い方《かた》モデル

二〇二〇年三月二〇日初版印刷

二〇二〇年三月三〇日初版発行

著　者　臼井和恵

発行者　小野寺優

発行所　株式会社　河出書房新社

郵便番号一五一－〇〇五一

東京都渋谷区千駄ヶ谷二－三二－二

☎〇三－三四〇四－八六一一（編集）

〇三－三四〇四－一二〇一（営業）

http://www.kawade.co.jp/

印刷・製本　新灯印刷株式会社

ISBN978-4-309-92204-1